A la persona mas buena y linda que jamás he cono[cido]

Siento si no me porté muy [bien en algunos]
momentos, pero se, que siempre estarás
en mi corazón — por siempre.

Te Quiere Mucho

Carlos

España 08.08.06

Paulo Coelho

El Zahir

Biblioteca Paulo Coelho

Paulo Coelho

El Zahir

Traducción de Ana Belén Costas

 Planeta

Título original: O Zahir

© Paulo Coelho, 2005
   Publicado de acuerdo con Sant Jordi Asociados, Barcelona (España)
© por la traducción, Ana Belén Costas, 2005
© Editorial Planeta, S. A., 2006
   Diagonal, 662-664, 08034 Barcelona (España)
Diseño de la colección: Compañía
Primera edición: setiembre de 2005
Segunda impresión: octubre de 2005
Tercera impresión: noviembre de 2005
Cuarta impresión: diciembre de 2005
Quinta impresión: enero de 2006
Depósito Legal: M. 940-2006
ISBN 84-08-05969-6
Composición: Fotoletra, S. A.
Impresión y encuadernación: Mateu Cromo, S. L.
Printed in Spain - Impreso en España

Página web del autor: www.paulocoelho.com

Oh, María, sin pecado concebida, rogad por nosotros,
que recurrimos a Vos. Amén.

¿Quién habrá entre vosotros que, teniendo cien ovejas y habiendo perdido una de ellas, no deje las noventa y nueve en el desierto y vaya en busca de la
perdida hasta que la halle?

Lucas, 15, 4

Cuando emprendas tu viaje hacia Ítaca
debes rogar que el viaje sea largo,
lleno de peripecias, lleno de experiencias.

No has de temer ni a los lestrigones ni a los cíclopes,
ni la cólera del airado Poseidón.
Nunca tales monstruos hallarás en tu ruta
si tu pensamiento es elevado, si una exquisita
emoción penetra en tu alma y en tu cuerpo.
Los lestrigones y los cíclopes
y el feroz Poseidón no podrán encontrarte
si tú no los llevas ya dentro, en tu alma,
si tu alma no los conjura ante ti.

Debes rogar que el viaje sea largo,
que sean muchos los días de verano;
que te vean arribar con gozo, alegremente,
a puertos que tú antes ignorabas.
Que puedas detenerte en los mercados de Fenicia,
y comprar unas bellas mercancías.
Acude a muchas ciudades del Egipto
para aprender, y aprender de quienes saben.

Conserva siempre en tu alma la idea de Ítaca:
llegar allí, he aquí tu destino.

Mas no hagas con prisas tu camino;
mejor será que dure muchos años,
y que llegues, ya viejo, a la pequeña isla,
rico de cuanto habrás ganado en el camino.

No has de esperar que Ítaca te enriquezca:
Ítaca te ha concedido ya un hermoso viaje.
Sin ella, jamás habrías partido;
mas no tiene otra cosa que ofrecerte.

Y si la encuentras pobre, Ítaca no te ha engañado.
Y siendo ya tan viejo, con tanta experiencia,
sin duda sabrás ya qué significa Ítaca.

KONSTANTINOS KAVAFIS (1863-1933)

En el coche, le había comentado que había puesto el punto y final a la primera versión de mi libro. Al empezar a subir juntos una montaña en los Pirineos, que consideramos sagrada y en la que hemos vivido momentos extraordinarios, le pregunté si quería saber cuál era el tema central o el título. Ella respondió que le gustaría mucho preguntármelo, pero que, por respeto a mi trabajo, no había dicho nada, simplemente se había puesto contenta, muy contenta.

Le dije el título y el tema central. Seguimos caminando en silencio, y en la curva, oímos un ruido; era el viento que se acercaba, pasando por encima de los árboles sin hojas, bajando hasta nosotros, haciendo que la montaña mostrase de nuevo su magia, su poder.

Después llegó la nieve. Paré y me quedé contemplando aquel momento: los copos cayendo, el cielo gris ceniza, el bosque, ella a mi lado. Ella, que siempre ha estado a mi lado, todo el tiempo.

Quise decírselo en aquel momento, pero lo dejé para que se enterase cuando hojease por primera vez estas páginas. Este libro está dedicado a ti, Cristina, mi mujer.

EL AUTOR

Según el escritor Jorge Luis Borges, la idea del Zahir procede de la tradición islámica, y se estima que surgió en torno al siglo XVIII. En árabe, *Zahir* significa visible, presente, incapaz de pasar desapercibido. Algo o alguien con el que, una vez entramos en contacto, acaba ocupando poco a poco nuestro pensamiento, hasta que no somos capaces de concentrarnos en nada más. Eso se puede considerar santidad o locura.

Enciclopedia de lo Fantástico, 1953,
Faubourg Saint-Pères

Soy un hombre libre

Ella, Esther, corresponsal de guerra recién llegada de Iraq porque la invasión del país es inminente, treinta años, casada, sin hijos. Él, un hombre no identificado, aproximadamente veintitrés o veinticinco años, moreno, rasgos mongoles. Ambos fueron vistos por última vez en un café de la calle Faubourg Saint-Honoré.

La policía fue informada de que ya se habían visto antes, aunque nadie sabía cuántas veces: Esther siempre dijo que el hombre —cuya identidad ocultaba bajo el nombre de Mikhail— era alguien muy importante, aunque jamás explicó si era importante para su carrera de periodista, o para ella, como mujer.

La policía inició una investigación formal. Se barajaron las posibilidades de secuestro, chantaje y secuestro seguido de muerte, lo cual no sería de extrañar en absoluto, ya que su trabajo la obligaba a estar frecuentemente en contacto con personas ligadas a células terroristas, en busca de información. Descubrieron que en su cuenta bancaria se retiró regularmente dinero en las semanas anteriores a su desaparición: los investigadores consideraron que eso podía estar relacionado con el pago de información. No se había llevado ninguna prenda de ropa pero, curiosamente, su pasaporte no fue encontrado.

Él, un desconocido, muy joven, sin ficha en la policía, sin ninguna pista que permitiese su identificación.

Ella, Esther, dos premios internacionales de periodismo, treinta años, casada.

Mi mujer.

Inmediatamente me ponen bajo sospecha y soy detenido, ya que me he negado a decir cuál era mi paradero el día de su desaparición. Pero el carcelero acaba de abrir la puerta y ha dicho que soy un hombre libre.

¿Por qué soy un hombre libre? Porque hoy en día todo el mundo lo sabe todo de todo el mundo, sólo con desear la información, ahí está: dónde se utilizó la tarjeta de crédito, sitios que frecuentamos, con quién dormimos. En mi caso, fue más fácil: una mujer, también periodista, amiga de mi mujer, pero divorciada —y, por tanto, sin problema en decir que estaba conmigo—, se ofreció para atestiguar a mi favor al saber que había sido detenido. Dio pruebas concretas de que estaba con ella el día y la noche de la desaparición de Esther.

Voy a hablar con el inspector jefe, que me devuelve mis cosas, me pide disculpas, afirma que mi rápida detención se llevó a cabo bajo el amparo de la ley y que no podré acusar ni procesar al Estado. Le explico que no tengo la menor intención de hacerlo, sé que cualquiera está siempre bajo sospecha y es vigilado veinticuatro horas al día, aunque no haya cometido ningún crimen.

—Es usted libre —dice, repitiendo las palabras del carcelero.

Le pregunto: ¿no es posible que realmente le haya ocurrido algo a mi mujer? Ella ya me había comentado que, por culpa de su enorme red de contactos en el submundo del terrorismo, alguna que otra vez sentía que sus pasos eran seguidos de lejos.

El inspector desvía la conversación. Yo insisto, pero no me dice nada.

Le pregunto si ella puede viajar con su pasaporte, él dice que sí, ya que no ha cometido ningún crimen: ¿por qué no iba a poder salir y entrar libremente del país?

—Entonces, ¿existe la posibilidad de que ya no esté en Francia?

—¿Cree usted que lo ha abandonado por culpa de la mujer con la que se acuesta?

No es asunto suyo, respondo. El inspector deja un segundo lo que está haciendo, se pone serio, dice que me han detenido porque es el procedimiento de rutina, pero que siente mucho la desaparición de mi mujer. También él está casado y, aunque no le gusten mis libros (¡entonces sabe quién soy! ¡No es tan ignorante como parece!), es capaz de ponerse en mi situación, sabe que es difícil el trance por el que estoy pasando.

Le pregunto qué debo hacer a partir de ahora. Me da su tarjeta, me pide que lo informe si tengo alguna noticia; es una escena que veo en todas las películas, no me convence, los inspectores siempre saben más de lo que cuentan.

Me pregunta si había visto alguna vez a la persona que estaba con Esther la última vez que la vieron. Respondo que sabía su nombre en clave, pero que nunca lo había conocido personalmente.

Me pregunta si tenemos problemas en casa. Le digo que estamos juntos desde hace más de diez años y que tenemos todos los problemas normales de una pareja, ni más ni menos.

Me pregunta, delicadamente, si habíamos hablado recientemente de divorcio o si mi mujer estaba considerando separarse. Respondo que esa hipótesis jamás existió, aunque —y repito, «como todas las parejas»— tuviésemos algunas discusiones de vez en cuando.

—¿Con frecuencia o de vez en cuando?

—De vez en cuando —insisto.

Me pregunta más delicadamente aún, si ella desconfiaba de mi aventura con su amiga. Le digo que fue la primera vez —y la última— que nos acostamos. No era una aventura, en realidad, era por la ausencia de obligaciones, el día era aburrido, no tenía nada que hacer después de la comida, el juego de la seducción es algo que siempre nos despierta a la vida, y por eso acabamos en la cama.

—¿Se acuesta usted con alguien sólo porque el día es aburrido?

Pienso en contestarle que ese tipo de preguntas no forman

parte de la investigación, pero necesito su complicidad, tal vez me sirva más adelante; después de todo, hay una institución invisible llamada Banco de Favores, que siempre me ha sido muy útil.

—A veces pasa. No hay nada interesante que hacer; ella busca emociones, yo busco aventura, y ya está. Al día siguiente, ambos fingimos que no ha pasado nada, y la vida sigue.

Él me lo agradece, me tiende la mano, dice que en su mundo no es del todo así. Hay aburrimiento, tedio e incluso ganas de irse a la cama con alguien, pero las cosas son mucho más controladas, y nadie hace lo que piensa o quiere.

—Tal vez con los artistas las cosas sean más libres —comenta.

Respondo que conozco su mundo, pero no quiero entrar ahora en comparaciones sobre nuestras diferentes opiniones de la sociedad y de los seres humanos. Permanezco en silencio, aguardando el siguiente paso.

—Hablando de libertad, puede usted marcharse —dice el inspector un poco decepcionado ante el hecho de que el escritor se niegue a hablar con la policía—. Ahora que lo conozco personalmente, voy a leer sus libros; en verdad, he dicho que no me gustaban, pero nunca he leído ninguno.

No es la primera ni la última vez que oigo esta frase. Por lo menos, el episodio ha servido para ganar otro lector. Me despido y me voy.

Soy libre. He salido de prisión, mi mujer ha desparecido en circunstancias misteriosas, no tengo un horario fijo para trabajar, no tengo problemas para relacionarme, soy rico, famoso y, si de verdad Esther me ha abandonado, encontraré rápidamente a alguien para sustituirla. Soy libre e independiente.

¿Pero qué es la libertad?

He pasado gran parte de mi vida siendo esclavo de algo, así que debería entender el significado de esta palabra. Desde niño he luchado para que fuese mi tesoro más importante. Luché contra mis padres, que querían que fuese ingeniero en vez de escritor. Luché contra mis amigos en el colegio, que ya desde el principio me escogieron para ser víctima de sus bromas perversas, y sólo después de mucha sangre brotada de mi nariz y de la de ellos, sólo después de muchas tardes en las que tenía que esconderle a mi madre las cicatrices —porque era yo el que debía resolver mis problemas, y no ella—, conseguí demostrar que podía sobrellevar una paliza sin llorar. Luché para conseguir un trabajo del que vivir, trabajé de repartidor en una ferretería, para librarme del famoso chantaje familiar, «nosotros te damos dinero, pero tienes que hacer esto y aquello».

Luché —aunque sin ningún resultado— por la chica que amaba en la adolescencia y que también me amaba; acabó dejándome porque sus padres la convencieron de que yo no tenía futuro.

Luché contra el ambiente hostil del periodismo, mi siguiente empleo, donde el primer jefe me tuvo tres horas esperando, y no me prestó atención hasta que empecé a romper en pedazos el libro que estaba leyendo: me miró sorprendido, y vio que era una persona capaz de perseverar y de enfrentarse al enemigo, cualidades esenciales para un buen reportero. Luché por el ideal socialista, acabé en prisión, salí y seguí luchando, sintiéndome héroe de la clase obrera, hasta que escuché a los Beatles y decidí que era mucho más divertido disfrutar del rock que de Marx. Luché por el amor de mi primera, mi segunda, mi tercera mujer. Luché para tener el valor de separarme de la primera, de la segunda y de la tercera, porque el amor no había resistido, y yo necesitaba seguir adelante, hasta encontrar a la persona venida a este mundo para conocerme, y no era ninguna de las tres.

Luché para tener el valor de dejar el trabajo en el periódico y lanzarme a la aventura de escribir un libro, incluso sabiendo que en mi país no había nadie que pudiese vivir de la literatura. Desistí al cabo de un año, después de más de mil páginas escritas, que parecían absolutamente geniales porque ni yo mismo era capaz de comprenderlas.

Mientras luchaba, veía a personas hablando en nombre de la libertad, y cuanto más defendían este derecho único, más esclavas se mostraban de los deseos de sus padres, de un matrimonio en el que prometían quedarse junto al otro «el resto de su vida», de la báscula, de los regímenes, de los proyectos interrumpidos a la mitad, de los amores a los que no se podía decir «no» o «basta», de los fines de semana en que se veían obligadas a comer con quien no deseaban. Esclavas del lujo, de la apariencia del lujo, de la apariencia de la apariencia del lujo. Esclavas de una vida que no habían escogido, pero que habían decidido vivir porque alguien las había convencido de que era mejor para ellas. Y así seguían en sus días y noches iguales, donde la aventura era una palabra en un libro o una imagen en la televisión siempre encendida, y cuando una puerta cualquiera se abría, siempre decían: «No me interesa, no me apetece.»

¿Cómo podían saber si les apetecía o no si nunca lo habían intentado? Pero era inútil preguntar: en verdad, tenían miedo de cualquier cambio que viniese a sacudir el mundo al que estaban acostumbradas.

El inspector dice que soy libre. Libre soy ahora, y libre era dentro de prisión, porque la libertad aún sigue siendo lo que más aprecio en este mundo. Claro que eso me llevó a beber vinos que no me gustaron, a hacer cosas que no debería haber hecho y que no volveré a repetir, a tener muchas cicatrices en mi cuerpo y en mi alma, a herir a alguna gente, a la cual acabé pidiendo perdón, en una época en la que comprendí que podía hacer cualquier cosa, excepto forzar a otra persona a seguirme en mi locura, en mi sed de vivir. No me arrepiento de los momentos en los que sufrí, llevo mis cicatrices como si fueran medallas, sé que la libertad tiene un precio alto, tan alto como el precio de la esclavitud; la única diferencia es que pagas con placer y con una sonrisa, incluso cuando es una sonrisa manchada de lágrimas.

Salgo de la comisaría y hace un día bonito, un domingo de sol en el que nada encaja con mi estado de ánimo. Mi abogado me está esperando fuera con algunas palabras de consuelo y un ramo de flores. Dice que ha llamado a todos los hospitales, depósitos (ese tipo de cosas que siempre se hacen cuando alguien tarda en llegar a casa), pero que no ha localizado a Esther. Dice que ha conseguido evitar que los periodistas supieran dónde estaba detenido. Dice que necesita hablar conmigo para trazar una estrategia jurídica que me permita defenderme de una acusación futura. Le agradezco su atención. Sé que no desea trazar ninguna estrategia jurídica; en verdad, no quiere dejarme solo porque no sabe cómo voy a reaccionar (¿me emborracharé y me detendrán otra vez? ¿Montaré un escándalo? ¿Intentaré suicidarme?). Respondo que tengo cosas importantes que hacer y que tanto él como yo sabemos que no tengo ningún problema con la ley. Él insiste, pero yo no le doy opción; después de todo, soy un hombre libre.

Libertad. Libertad para estar miserablemente solo.

Cojo un taxi hasta el centro de París, le pido que pare junto al Arco de Triunfo. Empiezo a caminar por los Campos Elíseos en dirección al hotel Bristol, donde acostumbraba a tomar chocolate caliente con Esther siempre que uno de los dos volvía de una misión en el extranjero. Para nosotros era como el ritual de volver a casa, una inmersión en el amor que nos mantenía unidos, aunque la vida nos empujase cada vez más hacia caminos diferentes.

Sigo andando. La gente sonríe, los niños están alegres por estas pocas horas de primavera en pleno invierno, el tráfico fluye libremente, todo parece en orden, excepto que ninguna de estas personas sabe, o finge no saber, o simplemente no le interesa el hecho de que acabo de perder a mi mujer. ¿Acaso no entienden cuánto estoy sufriendo? Deberían sentirse todos tristes, compadecidos, solidarios con un hombre que tiene el alma san-

grando de amor; pero siguen riéndose, inmersos en sus pequeñas y miserables vidas que sólo existen los fines de semana.

Qué pensamiento tan ridículo: muchas de las personas con
las que se cruzan también llevan el alma hecha pedazos, y yo no
sé por qué ni cómo sufren.

Entro en un bar a comprar tabaco, la persona me responde
en inglés. Paso por una farmacia a buscar un tipo de caramelos
de menta que me encanta, y el empleado me habla inglés (en
ambas ocasiones pido los productos en francés). Antes de llegar
al hotel, me interrumpen dos chicos recién llegados de Toulou-
se; quieren saber dónde está cierta tienda, han abordado a varias personas, nadie entiende lo que dicen. ¿Qué es esto? ¿Han
cambiado la lengua de los Campos Elíseos durante estas veinticuatro horas en que he estado detenido?

El turismo y el dinero pueden hacer milagros: pero ¿cómo es
que no me he dado cuenta de eso antes? Porque, por lo visto,
Esther y yo ya no tomamos ese chocolate hace mucho tiempo,
incluso aunque ambos hayamos viajado y vuelto varias veces
durante este período. Siempre hay algo más importante. Siempre hay algún compromiso inaplazable. Sí, mi amor, tomaremos
ese chocolate la próxima vez, vuelve pronto, sabes que hoy tengo una entrevista realmente importante y no puedo ir a buscarte
al aeropuerto, coge un taxi, mi teléfono móvil está encendido,
puedes llamarme si tienes una urgencia, en caso contrario, nos
vemos por la noche.

¡Teléfono móvil! Lo saco del bolsillo, lo enciendo inmediatamente, suena varias veces, cada vez mi corazón da un salto, veo
en la pequeña pantalla los nombres de personas que me están
buscando, pero no atiendo a nadie. Ojalá apareciese un número
«sin identificación»; sólo podría ser ella, ya que este número de
teléfono está restringido a poco más de veinte personas, que han
jurado no pasarlo jamás. No aparece, todos son números de
amigos o de profesionales muy allegados. Deben de querer saber
qué ha pasado, quieren ayudar (¿ayudar cómo?), saber si necesito algo.

El teléfono sigue sonando. ¿Debo contestar? ¿Debo verme con algunas de estas personas?

Decido permanecer solo hasta entender bien qué está pasando.

Llego al Bristol, que Esther siempre describía como uno de los pocos hoteles de París donde los clientes son tratados como huéspedes y no como vagabundos en busca de cobijo. Me saludan como si fuese alguien de la casa, escojo una mesa delante del bello reloj, escucho el piano, miro el jardín allí fuera.

Tengo que ser práctico, estudiar las alternativas, la vida sigue adelante. No soy ni el primero, ni el último hombre que ha sido abandonado por su mujer; pero ¿por qué tenía que pasar un día de sol, con la gente en la calle sonriendo, los niños cantando, con las primeras señales de la primavera, el sol brillando y los conductores respetando los pasos de cebra?

Cojo una servilleta, voy a sacarme todas estas ideas de la cabeza y a ponerlas sobre el papel. Vamos a dejar los sentimientos de lado y ver qué debo hacer:

A) Considerar la posibilidad de que realmente haya sido secuestrada, su vida está en peligro en este momento, soy su marido, su compañero de todos los momentos, tengo que mover cielo y tierra para encontrarla.

Respuesta a esta posibilidad: falta su pasaporte. La policía no lo sabe, pero también faltan algunos objetos de uso personal y una cartera con imágenes de santos protectores, que siempre lleva consigo cuando viaja a otro país. Ha sacado dinero del banco.

Conclusión: se estaba preparando para marcharse.

B) Considerar la posibilidad de que haya creído en una promesa que ha terminado convirtiéndose en una trampa.

Respuesta: ha estado en situaciones peligrosas muchas veces; forma parte de su trabajo. Pero siempre me prevenía, ya que yo era la única persona en quien podía confiar totalmente. Me decía dónde debía estar, con quién iba a entrar en contacto (aunque, para no ponerme en peligro, la mayoría de las veces usaba el nombre de guerra de la persona) y lo que debía hacer en el caso de que ella no volviese a una hora determinada.

Conclusión: no tenía en mente una reunión con sus fuentes de información.

C) Considerar la posibilidad de que haya encontrado a otro hombre.

Respuesta: no hay respuesta. Es, de todas las hipótesis, la única que tiene sentido. Pero no puedo aceptarlo, no puedo aceptar que se vaya así de esta manera, sin decirme por lo menos la razón. Tanto Esther como yo siempre nos hemos enorgullecido de afrontar todas las dificultades de la vida en común. Hemos sufrido, pero nunca nos hemos mentido el uno al otro (aunque formaba parte de las reglas del juego omitir algunos casos extraconyugales). Sé que ella empezó a cambiar mucho después de conocer al tal Mikhail, pero ¿justifica eso la ruptura de un matrimonio de diez años?

Aunque se hubiera acostado con él y se hubiese enamorado, ¿acaso no iba a poner en la balanza todos nuestros momentos juntos, todo lo que habíamos logrado, antes de partir hacia una aventura sin vuelta? Era libre para viajar cuando quisiese, vivía rodeada de hombres, soldados que no veían una mujer desde hace mucho tiempo, yo jamás le pregunté nada, ella jamás me dijo cosa alguna. Ambos éramos libres y nos enorgullecíamos de ello.

Pero Esther había desaparecido. Había dejado pistas sólo para mí, como si fuese un mensaje secreto: me marcho.

¿Por qué?

¿Acaso merece la pena responder a esta pregunta?

No. Ya que en la respuesta está escondida mi propia incapacidad para mantener a mi lado a la mujer que amo. ¿Vale la pena buscarla para convencerla de que vuelva conmigo? ¿Implorar, mendigar otra oportunidad para nuestro matrimonio?

Parece ridículo: es mejor sufrir como ya he sufrido antes, cuando otras personas a las que amé acabaron dejándome. Es mejor lamer mis heridas, como también hice en el pasado. Pasaré algún tiempo pensando en ella, me convertiré en una persona amarga, irritaré a mis amigos porque no tengo otro tema de conversación que no sea el abandono de mi mujer. Intentaré justificar todo lo que pasó, pasaré días y noches reviviendo cada momento a su lado, acabaré por concluir que fue dura conmigo, que siempre he intentado ser y hacer lo mejor. Conoceré a otras mujeres. Al caminar por la calle, a cada momento me voy a cruzar con una persona que puede ser ella. Sufrir día y noche, noche y día. Esto puede durar semanas, meses, tal vez más de un año.

Hasta que cierta mañana me despierto, me doy cuenta de que estoy pensando en algo diferente y comprendo que lo peor ya ha pasado. El corazón está herido, pero se recupera, y consigue ver la belleza de la vida otra vez. Ya ha pasado antes, volverá a pasar, estoy seguro. Cuando alguien parte es porque otro alguien va a llegar; encontraré otra vez el amor.

Por un momento, saboreo la idea de mi nueva condición: soltero y millonario. Puedo salir con quien quiera, a plena luz del día. Puedo comportarme en las fiestas como no me he comportado durante todos estos años. La información correrá de prisa, y pronto muchas mujeres, jóvenes o no tan jóvenes, ricas o no tan ricas como pretenden ser, inteligentes o tal vez simplemente educadas para decir lo que creen que a mí me gustaría oír, estarán llamando a mi puerta.

Quiero creer que es genial estar libre. Libre otra vez. Preparado para encontrar al verdadero amor de mi vida, a aquella mujer que me está esperando y que jamás me dejará vivir otra vez esta situación humillante.

Acabo el chocolate, miro el reloj, sé que todavía es pronto para tener esa agradable sensación de que formo parte de la humanidad de nuevo. Durante algunos momentos sueño con la idea de que Esther entrará por aquella puerta, caminando por las bellas alfombras persas, se sentará a mi lado sin decir nada, encenderá un cigarrillo, mirará el jardín interior y me cogerá de la mano. Pasa media hora, durante ese tiempo me creo la historia que acabo de inventar, hasta darme cuenta de que se trata simplemente de otro delirio.

Resuelvo no volver a casa. Voy a la recepción, pido una habitación, un cepillo de dientes y un desodorante. El hotel está lleno, pero el gerente lo arregla: acabo en una bonita suite con vistas a la torre Eiffel, una terraza, los tejados de París, las luces que se encienden poco a poco, las familias que se reúnen para cenar este domingo. Y vuelve la misma sensación que tuve en los Campos Elíseos: cuanto más hermoso es todo lo que hay a mi alrededor, más miserable me siento.

Nada de televisión. Nada de cenar. Me siento en la terraza y hago una retrospectiva de mi vida, un joven que soñaba con ser un famoso escritor y, de repente, ve que la realidad es completamente diferente; escribe en una lengua que casi nadie lee, en un país en el que decían que no había lectores. Su familia lo fuerza a entrar en una universidad (cualquiera sirve, hijo mío, siempre que consigas un título, porque, en caso contrario, jamás podrás ser alguien en la vida). Él se rebela, recorre el mundo durante la época hippy, acaba conociendo a un cantante, compone algunas letras de canciones y de repente consigue ganar más dinero que su hermana, que había escuchado lo que sus padres decían y había decidido convertirse en ingeniera química.

Escribo más letras, el cantante tiene cada vez más éxito, compro algunos apartamentos, me peleo con el cantante, pero tengo dinero suficiente para pasar los siguientes años sin trabajar. Me caso la primera vez con una mujer mayor que yo, aprendo mucho —a hacer el amor, a conducir, a hablar inglés, a acostarme tarde—, pero acabamos separándonos porque soy lo que ella considera un tipo «emocionalmente inmaduro, que vive pendiente de cualquier chica con los pechos grandes». Me caso la segunda y la tercera vez con personas que pienso que me darán estabilidad emocional: consigo lo que deseo, pero descubro que la soñada estabilidad viene acompañada de un profundo tedio.

Otros dos divorcios. De nuevo, la libertad, pero es simplemente una sensación; libertad no es la ausencia de compromisos, sino la capacidad de escoger —y comprometerme— con lo que es mejor para mí.

Continúo la búsqueda amorosa, continúo escribiendo letras. Cuando me preguntan qué hago, respondo que soy escritor. Cuando dicen que sólo conocen mis letras de canciones, digo que eso es simplemente una parte de mi trabajo. Cuando se disculpan y dicen que no han leído ningún libro mío, explico que estoy trabajando en un proyecto, lo cual es mentira. En verdad, tengo dinero, tengo contactos, lo que no tengo es el coraje de escribir un libro: mi sueño se ha convertido en posible. Si lo intento y fallo, no sé cómo será el resto de mi vida; por eso, es mejor vivir pensando en un sueño que enfrentarse a la posibilidad de verlo irse al traste.

Un día, una periodista viene a entrevistarme: quiere saber lo que significa para mí que mi trabajo se conozca en todo el país, sin que nadie sepa quién soy, ya que normalmente sólo aparece el cantante en los medios de comunicación. Bonita, inteligente, callada. Volvemos a encontrarnos en una fiesta, ya no hay presión del trabajo, consigo llevármela a la cama esa misma noche. Me enamoro, ella cree que fue algo sin importancia. La llamo, siempre dice que está ocupada. Cuanto más me rechaza, más interés siento, hasta que consigo convencerla para que pase un fin de semana en mi casa de campo (aunque fuese la oveja negra, ser rebelde muchas veces compensa, era el único de mis amigos que a esas alturas de la vida ya había conseguido comprar una casa de campo).

Durante tres días estamos aislados, contemplando el mar, cocino para ella, ella me cuenta historias de su trabajo y acaba enamorándose de mí. Volvemos a la ciudad, empieza a dormir regularmente en mi apartamento. Una mañana, sale más temprano y vuelve con su máquina de escribir: a partir de ahí, sin decir nada, mi casa se va convirtiendo en su casa.

Empiezan los mismos conflictos que tuve con mis mujeres

anteriores: ellas siempre buscando estabilidad, fidelidad, yo buscando aventura y lo desconocido. Esta vez, sin embargo, la relación dura más; aun así, dos años después, pienso que es el momento de que Esther vuelva a llevarse para su casa la máquina de escribir y todo lo que vino con ella.

—Creo que no va a salir bien.

—Pero tú me amas y yo te amo, ¿no?

—No lo sé. Si me preguntas si me gusta tu compañía, la respuesta es sí. Sin embargo, si quieres saber si puedo vivir sin ti, la respuesta también es sí.

—Yo no querría haber nacido hombre, estoy muy contenta con mi condición de mujer. Al fin y al cabo, todo lo que esperáis de nosotras es que cocinemos bien. Por otro lado, de los hombres se espera todo, absolutamente todo: que sean capaces de mantener la casa, de hacer el amor, de defender a la prole, de conseguir la comida, de tener éxito.

—No se trata de eso: estoy muy satisfecho conmigo mismo. Me gusta tu compañía, pero estoy convencido de que no saldrá bien.

—Te gusta mi compañía, pero detestas estar sólo contigo mismo. Siempre buscas la aventura para olvidar cosas importantes. Vives pendiente de la adrenalina en tus venas y olvidas que por ellas tiene que correr la sangre, y nada más.

—No huyo de cosas importantes. ¿Qué es importante, por ejemplo?

—Escribir un libro.

—Eso puedo hacerlo en cualquier momento.

—Entonces hazlo. Después, si quieres, nos separamos.

Pienso que su comentario es absurdo, puedo escribir un libro cuando lo desee; conozco a editores, periodistas, gente que me debe favores. Esther es simplemente una mujer con miedo a perderme, se inventa cosas. Digo que basta, que nuestra relación ha llegado al final, no se trata de lo que ella crea que me haría feliz, se trata de amor.

«¿Qué es el amor?», pregunta ella. Me paso más de media hora explicándoselo, y acabo dándome cuenta de que no soy capaz de definirlo bien.

Ella dice que, mientras no sepa definir el amor, trate de escribir un libro.

Respondo que entre ambas cosas no hay la menor relación, que voy a marcharme de casa ese mismo día, que ella se quede el tiempo que quiera en el apartamento; me iré a un hotel hasta que haya conseguido un lugar en el que vivir. Ella dice que por su parte no hay ningún problema, que puedo marcharme ahora; antes de un mes, el apartamento estará libre, empezará a buscar un sitio al día siguiente. Hago mis maletas y ella se pone a leer un libro. Digo que ya es tarde, que me iré mañana. Ella sugiere que me vaya inmediatamente, porque mañana me sentiré más débil, menos decidido. Le pregunto si quiere librarse de mí. Ella se ríe, dice que he sido yo el que ha decidido acabar con todo. Vamos a dormir. Al día siguiente, las ganas de marcharme ya no son tantas, decido que necesito pensarlo mejor. Esther, sin embargo, dice que el asunto no está terminado: mientras no lo arriesgue todo por lo que creo que es la verdadera razón de mi vida, volverá a haber días como ése, acabará siendo infeliz, y será ella la que me dejará. Sólo que, en ese caso, la intención se convertirá inmediatamente en acción, y quemará cualquier puente que le permita volver. Le pregunto qué quiere decir con eso. Buscar otra pareja, enamorarme, responde ella.

Esther se va a trabajar al periódico, decido tomarme un día de descanso (además de las letras de canciones, por el momento trabajo en una discográfica). Me instalo delante de la máquina de escribir. Me levanto, leo los periódicos, contesto cartas importantes, cuando se acaban empiezo a contestar cartas sin importancia, apunto cosas que tengo que hacer, escucho música, doy una vuelta por el barrio, charlo con el panadero, vuelvo a casa... Ha pasado todo el día y no he sido capaz de mecanografiar ni una simple frase. Concluyo que odio a Esther, porque me fuerza a hacer cosas que no me apetecen.

Cuando llega del periódico, no me pregunta nada; afirma que no he sido capaz de escribir. Dice que mi mirada de hoy es la misma mirada de ayer.

Voy a trabajar al día siguiente, pero por la noche vuelvo a acercarme a la mesa en la que está la máquina. Leo, veo la televisión, escucho música, vuelvo a la máquina, y así pasan dos meses, acumulando páginas y más páginas de «primera frase», sin conseguir terminar el párrafo nunca.

Doy todas las disculpas posibles: en este país nadie lee, todavía no tengo el argumento, o tengo un argumento genial, pero estoy buscando la manera correcta de desarrollarlo. Además, estoy ocupadísimo con un artículo o con una letra que tengo que componer. Otros dos meses, y un día ella aparece en casa con un billete de avión.

—Basta —dice—. Deja de fingir que estás ocupado, que eres una persona consciente de tus responsabilidades, que el mundo necesita lo que estás haciendo, y viaja durante algún tiempo.

Siempre podré ser el director del periódico en el que publico algunos reportajes, siempre podré ser el presidente de la compa-

ñía de discos para la que compongo las letras y en la que estoy
trabajando, simplemente, porque no quieren que componga letras para otras discográficas de la competencia. Siempre podré
volver a hacer lo que hago ahora, pero mi sueño ya no puede esperar. O lo acepto, o lo olvido.

—¿Para dónde es el billete?

—España.

Rompo algunos vasos, los billetes son caros, no puedo ausentarme ahora, tengo una carrera por delante y tengo que cui-
darla. Perderé muchas colaboraciones con otros músicos, el problema no soy yo, el problema es nuestro matrimonio. Si quisiera
escribir un libro, nadie me impediría hacerlo.

—Puedes, quieres, pero no lo haces —dice ella—. Como tu
problema no es conmigo, sino contigo mismo, es mejor que pa-
ses algún tiempo solo.

Me enseña un mapa. Debo ir hasta Madrid, donde cogeré un
autobús hacia los Pirineos, en la frontera con Francia. Allí empieza una ruta medieval, el camino de Santiago: debo hacerlo a
pie. Al final, ella estará esperándome, y entonces aceptará todo
lo que digo: que ya no la amo, que todavía no he vivido lo suficiente como para crear una obra literaria, que no quiero volver
a pensar en ser escritor, que todo era un simple sueño de adolescencia, nada más.

¡Es un alucine! La mujer con la que estoy hace dos largos
años —verdadera eternidad en una relación amorosa— decide mi
vida, me hace dejar mi trabajo, ¡quiere que cruce a pie un país entero! Es tan delirante que decido tomarlo en serio. Me emborra-
cho durante varias noches, con ella a mi lado emborrachándose
también, aunque deteste la bebida. Me pongo agresivo, le digo
que tiene envidia de mi independencia, que esta loca idea surgió
simplemente porque le dije que quería dejarla. Ella dice que todo
empezó cuando yo todavía estaba en el colegio y soñaba con ser
escritor. Ahora, basta de retrasarlo, o me enfrento a mí mismo, o
me pasaré el resto de mi vida casándome, divorciándome, contando bonitas historias sobre mi pasado y empeorando cada vez más.

Evidentemente no puedo admitir que tenga razón, pero sé que está diciendo la verdad. Y cuanto más me doy cuenta de ello, más agresivo me pongo. Ella acepta las agresiones sin quejarse; simplemente recuerda que la fecha del viaje se acerca.

Una noche, cerca del día señalado, ella se niega a hacer el amor. Me fumo un porro entero de hachís, bebo dos botellas de vino y me desmayo en medio de la sala. Al despertar me doy cuenta de que he tocado fondo y de que ahora lo que me queda es volver a la superficie. Entonces yo, que me enorgullezco tanto de mi coraje, veo lo cobarde que estoy siendo, resignado, mezquino con mi propia vida. Esa mañana la despierto con un beso y le digo que voy a hacer lo que me sugiere.

Viajo, y durante treinta y ocho días recorro a pie el camino de Santiago. Al llegar a Compostela, entiendo que mi verdadera jornada empieza allí. Decido vivir en Madrid, vivir de mis derechos de autor, dejar que un océano me separe del cuerpo de Esther, aunque oficialmente sigamos juntos, hablando por teléfono con cierta frecuencia. Es muy cómodo seguir casado, sabiendo que siempre puedo volver a sus brazos, y al mismo tiempo disfrutar de toda la independencia del mundo.

Me enamoro de una científica catalana, de una argentina que hace joyas, de una chica que canta en el metro. Los derechos de autor siguen entrando, y son suficientes para poder vivir cómodamente, sin tener que trabajar, con tiempo libre para todo, incluso... para escribir un libro.

El libro siempre puede esperar al día siguiente porque el alcalde de Madrid ha decidido que la ciudad debía ser una fiesta, ha creado un eslogan interesante («Madrid me mata»), estimula la visita de varios bares en la misma noche, inventa el romántico nombre de «movida madrileña», y eso no puedo dejarlo para mañana, todo es muy divertido, los días son cortos, las noches son largas.

Un bonito día, Esther telefonea y dice que vendrá a visitarme: según ella, tenemos que resolver nuestra situación de una vez por todas. Separa su pasaje para una semana después, y así me da tiempo de organizar una serie de disculpas (me voy a Portugal, pero vuelvo dentro de un mes, le digo a la chica rubia que antes cantaba en el metro, que ahora duerme en el aparthotel y sale conmigo todas las noches a la movida madrileña). Ordeno el apartamento, saco cualquier indicio de presencia femenina, les pido a mis amigos un silencio absoluto, mi mujer va a venir a pasar un mes.

Esther baja del avión con un irreconocible y horrible corte de pelo. Viajamos hacia el interior de España, visitamos pequeñas ciudades que significan mucho durante una noche y a las que, si tuviera que volver hoy, no sabría dónde están. Vamos a corridas de toros, bailes flamencos, y soy el mejor marido del mundo porque quiero que ella vuelva con la impresión de que aún la amo. No sé por qué deseo dar esta impresión, tal vez para que crea que el sueño de Madrid se acabará algún día.

Me quejo de su corte de pelo, ella lo cambia, está guapa otra vez. Ahora faltan solamente diez días para que sus vacaciones se acaben, quiero que ella se vaya contenta y me deje de nuevo solo con Madrid que me mata, discotecas que abren a las diez de la mañana, toros, conversaciones interminables sobre los mismos temas, alcohol, mujeres, más toros, más alcohol, más mujeres y ningún, absolutamente ningún horario.

Un domingo, caminando hacia una cafetería que está abierta toda la noche, ella me pregunta sobre el tema prohibido: el libro que yo decía estar escribiendo. Bebo una botella de jerez, golpeo las puertas de metal del camino, agredo verbalmente a la gente en la calle, le pregunto por qué ha viajado hasta tan lejos si su único objetivo es hacer de mi vida un infierno, destruir mi alegría. Ella no dice nada, pero ambos entendemos que nuestra relación ha llegado al límite. Paso una noche sin sueños y al día siguiente, después de quejarme al gerente porque el teléfono no funciona bien, después de decirle a la camarera de habitaciones que no cambia la ropa de la cama desde hace una semana, después de darme un baño interminable para curar la resaca de la noche anterior, me siento delante de la máquina simplemente para demostrarle a Esther que, honestamente, estoy intentando trabajar.

Y de repente ocurre el milagro: viendo a aquella mujer delante de mí, que acaba de preparar el café, que está leyendo el periódico, cuyos ojos demuestran cansancio y desesperación, que está allí con su gesto siempre silencioso, que no siempre demuestra su cariño a través de gestos, aquella mujer que me hizo decir «sí» cuando quería decir «no», que me obligó a luchar por lo que ella creía —con razón— que era la razón de mi vida, que renunció a mi compañía porque su amor por mí era mayor incluso que su amor por sí misma, que me hizo viajar en busca de mi sueño; viendo a aquella mujer casi niña, callada, con ojos que decían más que cualquier palabra, muchas veces amedrentada en su corazón, pero siempre valiente en sus actos, siendo capaz de amar sin humillarse, sin pedir perdón por luchar por su marido, de repente, mis dedos golpean las teclas de la máquina.

Sale la primera frase. Y la segunda.

Entonces me paso dos días sin comer, duermo sólo lo necesario, las palabras parecen brotar de un lugar desconocido, como ocurría con las letras de las canciones en la época en que, después de muchas discusiones, muchas conversaciones sin sentido, mi compañero y yo sabíamos que «eso» estaba presente, listo, y era el momento de ponerlo sobre el papel y las notas musicales. Esta vez sé que «eso» viene del corazón de Esther, mi amor renace de nuevo, escribo el libro porque ella existe, ha superado los momentos difíciles sin quejarse, sin verse como una víctima. Empiezo a contar mi experiencia en lo único que me ha interesado en los últimos años: el camino de Santiago.

A medida que escribo, me voy dando cuenta de que estoy pasando por una serie de cambios importantes en mi manera de ver el mundo. Durante muchos años había estudiado y practicado magia, alquimia, ciencias ocultas; estaba fascinado por la idea de que un grupo de personas disponía de un poder inmenso que no podía de ninguna manera ser compartido con el resto de la humanidad, pues sería arriesgadísimo dejar caer ese enorme potencial en manos inexpertas. Participé de sociedades secretas, me envolví en sectas exóticas, compré libros carísimos y fuera de mercado, desperdicié un tiempo inmenso en rituales e invocaciones. Vivía entrando y saliendo de grupos y hermandades, siempre entusiasmado por encontrar a alguien que finalmente me revelase los misterios del mundo invisible y siempre decepcionado al descubrir, al final, que la mayoría de esas personas —aunque fuesen bienintencionadas— simplemente seguían este o aquel dogma, y que muchas de las veces se convertían en fanáticos, justamente porque el fanatismo es la única salida a las dudas que no cesa de generar el alma del ser humano.

Descubrí que muchos de los rituales funcionaban, es verdad. Pero descubrí también que los que decían ser maestros y poseedores de los secretos de la vida, que afirmaban conocer técnicas capaces de dar a cualquier hombre la capacidad de conseguir todo lo que quisiese, ya habían perdido por completo la conexión con las enseñanzas de los antiguos. Recorrer el camino de Santiago, entrar en contacto con la gente común, descubrir que el universo hablaba un lenguaje individual —llamado «señales»— y para entenderlo bastaba con ver con la mente abierta lo que ocurría a nuestro alrededor, todo eso me hizo dudar de si el ocultismo era realmente la única puerta para esos misterios. Entonces, en el libro sobre el camino, empiezo a discutir otras posibilidades de crecimiento, y termino concluyendo con una frase: «Basta con prestar atención; el aprendizaje siempre llega cuando estás preparado, y si estás atento a las señales, aprenderás siempre todo lo necesario para dar el siguiente paso.»

El ser humano tiene dos grandes problemas: el primero es saber cuándo comenzar, el segundo es saber cuándo parar.

Una semana después, empiezo la primera, la segunda, la tercera revisión. Madrid ya no me mata, es hora de volver; siento que un ciclo se ha cerrado y necesito urgentemente comenzar otro. Digo adiós a la ciudad como siempre he dicho adiós en mi vida: pensando que puedo cambiar de idea y volver algún día.

Regreso a mi país con Esther, seguro de que tal vez sea hora de buscar otro empleo, pero mientras no lo encuentro (y no lo encuentro porque no lo necesito), sigo haciendo revisiones del libro. No creo que ningún ser humano normal pueda sentir un gran interés por la experiencia de un hombre que atraviesa un camino en España, romántico pero difícil.

Cuatro meses después, cuando voy a hacer la décima revisión, descubro que el manuscrito ya no está allí y Esther tampoco. Cuando estoy a punto de enloquecer, ella vuelve con un resguardo del correo: se lo ha enviado a un antiguo novio suyo, que ahora es dueño de una pequeña editorial.

El ex novio lo publica. Ni una línea en la prensa, pero alguna gente lo compra. Se lo recomienda a otra, que también lo compra y se lo recomienda a más gente. Seis meses después, la primera edición está agotada; un año después, ya se han publicado tres ediciones. Empiezo a ganar dinero con aquello que nunca soñé: la literatura.

No sé cuánto va a durar este sueño, pero decido vivir cada momento como si fuese el último. Y veo que el éxito me abre la puerta que esperaba hace tanto tiempo: otras editoriales desean publicar el siguiente trabajo.

Lo que pasa es que no se puede hacer un camino de Santiago todos los años; entonces, ¿sobre qué voy a escribir? ¿Acaso el drama de sentarme delante de la máquina y hacer de todo —menos frases y párrafos— va a comenzar de nuevo? Es importante seguir compartiendo mi visión del mundo, contar mis experiencias de vida. Lo intento durante algunos días, muchas noches, decido que es imposible. Una tarde, leo por casualidad (¿por casualidad?) una historia interesante en *Las mil y una noches*; allí está el símbolo de mi propio camino, algo que me ayuda a comprender quién soy y por qué he tardado tanto en tomar la decisión que siempre ha estado esperándome. Uso dicho cuento como base para escribir sobre un pastor de ovejas que va en busca de su sueño, un tesoro escondido en las pirámides de Egipto. Hablo del amor que queda esperándolo, como Esther me había esperado mientras yo daba vueltas y más vueltas en la vida.

Ya no soy aquel que soñaba con ser algo: soy. Soy el pastor que atraviesa el desierto, pero ¿dónde está el alquimista que lo ayuda a seguir adelante? Cuando acabo la nueva novela, no entiendo muy bien lo que está allí escrito: parece un cuento de hadas para adultos, pero a los adultos les interesan más las guerras, el sexo, las historias sobre poder. Aun así, el editor la acepta, el libro es publicado, y de nuevo los lectores lo llevan a la lista de los más vendidos.

Tres años después, mi matrimonio va de maravilla, hago lo que quiero, aparece la primera traducción, la segunda, y el éxito —lento, pero sólido— va llevando mi trabajo a todos los rincones del mundo.

Decido mudarme a París, por sus cafés, sus escritores, su vida cultural. Descubro que ya nada de eso existe: los cafés son lugares para turistas con fotos de las personas que se hicieron famosas. La mayoría de los escritores están más preocupados por el estilo que por el contenido, intentan ser originales, pero todo lo que consiguen es ser aburridos. Están encerrados en su mundo, y aprendo una expresión interesante de la lengua francesa: «Reenviar el ascensor.» Esto significa: yo hablo bien de tu libro, tú hablas bien del mío, y creamos una nueva vida cultural, una revolución, un nuevo pensamiento filosófico, sufrimos porque nadie nos entiende, pero al fin y al cabo eso ya sucedió con los genios del pasado, forma parte de un gran artista ser incomprendido en su tiempo.

«Reenvían el ascensor» y al principio consiguen algún resultado. La gente no quiere correr el riesgo de criticar abiertamente aquello que no entiende. Pero en seguida se da cuenta de que la están engañando, deja de creer en lo que dice la crítica.

Internet y su lenguaje simple llega para cambiar el mundo.

Surge un mundo paralelo en París: los nuevos escritores se esfuerzan para que sus palabras y sus almas sean entendidas. Me uno a esos nuevos escritores en cafés que nadie conoce porque ni ellos ni los cafés son famosos. Desarrollo mi estilo solo, y aprendo con un editor lo que tengo que aprender sobre la complicidad entre los hombres.

—¿Qué es el Banco de los Favores?

—Ya sabe. Todo ser humano vivo lo conoce.

—Puede ser, pero todavía no he conseguido entender qué es.

—Se menciona en un libro de un escritor americano. Es el banco más poderoso del mundo. Está presente en todas las áreas.

—Vengo de un país sin tradición literaria. No podría hacerle un favor a nadie.

—Eso no tiene la menor importancia. Puedo darle un ejemplo: yo sé que usted es alguien que va a progresar, tendrá mucha influencia algún día. Lo sé porque ya he sido como usted, ambicioso, independiente, honesto. Hoy ya no tengo la energía que tenía antes, pero pretendo ayudarlo porque no puedo o no quiero quedarme quieto, no sueño con la jubilación, sueño con esta lucha interesante que es la vida, el poder, la gloria.

»Empiezo a hacer depósitos en su cuenta —estos depósitos no son en dinero, sino en contactos. Le presento a tal persona y a tal otra, facilito ciertas negociaciones, siempre que sean lícitas, claro está. Usted sabe que me debe algo, aunque yo jamás llegue a cobrar nada.

—Y un día...

—Exactamente. Un día, le pido algo. Usted puede decir que no, pero sabe que me lo debe. Hará lo que le pido, yo seguiré ayudándolo, los demás sabrán que es usted una persona leal, harán depósitos en su cuenta; siempre contactos, porque este mundo está hecho de contactos, y nada más. También le pedirán algo algún día, usted respetará y apoyará a quien lo ayudó, al pasar el tiempo usted tendrá su red extendida por todo el mundo, conocerá a todos los que tenga que conocer, y su influencia aumentará cada vez más.

—Pero puedo negarme a hacer lo que usted me pide.

—Claro. El Banco de Favores es una inversión de riesgo, como cualquier otro banco. Puede negarse a hacer el favor que le he pedido, creyendo que lo he ayudado porque se lo merece; es usted el mejor, todos nosotros tenemos la obligación de reconocer su talento. Bien, yo se lo agradezco, se lo pido a otra persona en cuya cuenta he hecho depósitos, pero a partir de ese momento todo el mundo sabe, sin necesidad de decir nada, que usted no merece confianza.

»Puede progresar hasta la mitad, pero no progresará todo lo que pretende. En un momento dado, su vida empezará a declinar, habrá llegado hasta la mitad, pero no hasta el final, está medio contento y medio triste, no es ni un hombre frustrado, ni un hombre realizado. No es frío ni caliente, es usted templado y, como dice algún evangelista en algún libro sagrado, las cosas templadas no afectan al paladar.

El editor hace muchos depósitos –contactos– en mi cuenta del Banco de Favores. Aprendo, sufro, los libros son traducidos al francés, y como manda la tradición del país, el extranjero es bien recibido. No sólo eso: ¡el extranjero tiene éxito! Diez años después tengo un apartamento con vistas al Sena, soy querido por los lectores, odiado por la crítica (que me adoraba hasta que vendí mis primeros cien mil ejemplares, pero a partir de ahí dejé de ser un «genio incomprendido»). Pago siempre al día los depósitos hechos y en seguida empiezo a hacer préstamos (contactos). Mi influencia aumenta. Aprendo a pedir, aprendo a hacer lo que los demás me piden.

Esther consigue permiso para trabajar como periodista. Aparte de los conflictos normales de cualquier matrimonio, estoy contento. Me doy cuenta por primera vez de que todas mis frustraciones con los noviazgos y los matrimonios anteriores no tenían nada que ver con las mujeres que conocí, sino con mi propia amargura. Esther, sin embargo, fue la única que entendió algo muy simple: para poder conocerla a ella, primero tenía que conocerme a mí mismo. Estamos juntos desde hace ocho años, creo que ella es la mujer de mi vida, y aunque de vez en cuando (mejor dicho, con bastante frecuencia) acabe enamorándome de otras mujeres que se cruzan en mi camino, en ningún momento considero la posibilidad del divorcio. Nunca me pregunto si ella sabe de mis aventuras extraconyugales. Nunca dice ni hace ningún comentario al respecto.

Por eso me quedo absolutamente sorprendido cuando, al salir de un cine, me dice que ha pedido permiso a la revista donde trabaja para hacer un reportaje sobre una guerra civil en África.

–¿Qué me estás diciendo?
–Que quiero ser corresponsal de guerra.
–Estás loca, no lo necesitas. Trabajas en lo que deseas. Ganas dinero, aunque no necesitas ese dinero para vivir. Tienes todos los contactos necesarios en el Banco de Favores. Tienes talento y el respeto de tus colegas.
–Entonces, digamos que necesito estar sola.
–¿Es por mi culpa?
–Hemos construido nuestras vidas juntos. Amo a mi esposo y él me ama, aunque no sea el más fiel de los maridos.
–Es la primera vez que hablas de eso.
–Porque para mí no tiene importancia. ¿Qué es la fidelidad? ¿El sentimiento de que poseo un cuerpo y una alma que no son míos? Y tú, ¿crees que jamás me he ido a la cama con otro hombre en todos los años que llevamos juntos?
–No me interesa. No quiero saberlo.
–Pues yo tampoco.
–Entonces, ¿qué historia es esa de la guerra en un lugar perdido del mundo?
–Lo necesito. Ya te he dicho que lo necesito.
–¿No lo tienes todo?
–Tengo todo lo que una mujer puede desear.
–¿Qué hay de malo en tu vida?
–Justamente eso. Lo tengo todo, pero soy infeliz. No soy la única: a lo largo de todos estos años, he convivido o entrevistado a todo tipo de personas: ricas, pobres, poderosas, resignadas. En todos los ojos que se han cruzado con los míos, vi una amargura infinita. Una tristeza que no siempre era aceptada, pero que estaba allí, independientemente de lo que me decían. ¿Me estás escuchando?

—Estoy escuchando. Estoy pensando. Según tu opinión, ¿nadie es feliz?

—Algunas personas parecen felices: simplemente no piensan en el tema. Otras hacen planes: voy a tener un marido, una casa, dos hijos, una casa en el campo. Mientras están ocupadas con eso son como toros en busca de torero: reaccionan instintivamente, siguen adelante sin saber dónde está el objetivo. Consiguen su coche, a veces hasta un Ferrari, creen que el sentido de la vida está en eso y no se hacen jamás la pregunta. Pero a pesar de todo, sus ojos muestran una tristeza que ni ellas mismas saben que llevan en el alma. ¿Tú eres feliz?

—No lo sé.

—No sé si todo el mundo es infeliz. Sé que están siempre ocupados: haciendo horas extras, cuidando a los hijos, al marido, la carrera profesional, el título, qué hacer mañana, qué hay que comprar, qué hay que tener para no sentirse inferior, etc. En fin, pocas personas me dijeron: «Soy infeliz.» La mayoría dice: «Estoy de maravilla, he conseguido todo lo que deseaba.» Entonces les pregunto: «¿Qué lo hace feliz?» Respuesta: «Tengo todo lo que una persona podría soñar: familia, casa, trabajo, salud.» Pregunto de nuevo: «¿Ya se ha parado a pensar si eso lo es todo en la vida?» Respuesta: «Sí, eso lo es todo.» Insisto: «Entonces, el sentido de la vida es el trabajo, la familia, los hijos que van a crecer y a dejarlo, la mujer o el marido que se convertirán más en amigos que en verdaderos amantes apasionados. Y el trabajo, que se acabará algún día. ¿Qué va a hacer cuando eso suceda?»

»Respuesta: no hay respuesta. Cambian de tema.

»En verdad, responden: «Cuando mis hijos crezcan, cuando mi marido, o mi mujer, sea más amigo que amante apasionado, cuando me jubile, tendré tiempo para hacer lo que siempre he soñado: viajar.

»Pregunta: «¿Pero no ha dicho que ya era feliz ahora? ¿No está haciendo lo que siempre ha soñado?» Ahí sí, dicen que están muy ocupados y cambian de tema.

»Si yo insisto, siempre acaban descubriendo que les faltaba algo. El dueño de empresa todavía no ha cerrado el negocio con el que soñaba, al ama de casa le gustaría tener más independencia o más dinero, el chico enamorado tiene miedo de perder a su novia, el recién licenciado se pregunta si escogió él la carrera o si la eligieron por él, el dentista quería ser cantante, el cantante quería ser político, el político quería ser escritor, el escritor quería ser campesino. E incluso cuando encuentro a alguien que hace lo que ha escogido, esa persona tiene el alma atormentada. No ha encontrado la paz. Por cierto, me gustaría insistir: ¿eres feliz?

—No. Tengo a la mujer que amo. La profesión que siempre he soñado. La libertad que todos mis amigos envidian. Los viajes, los homenajes, los elogios. Pero hay algo...

—¿El qué?

—Creo que, si paro, la vida pierde el sentido.

—Podrías relajarte, ver París, cogerme de la mano y decir: he conseguido lo que quería, ahora vamos a aprovechar la vida que nos queda.

—Puedo ver París, puedo cogerte de la mano, pero no puedo decir esas palabras.

—En esta calle por la que estamos caminando ahora, puedo apostar que todo el mundo está sintiendo lo mismo. La mujer elegante que acaba de pasar se pasa los días intentando parar el tiempo, controlando la balanza, porque cree que de eso depende el amor. Mira hacia el otro lado de la calle: una pareja con dos niños. Viven momentos de intensa felicidad cuando salen a pasear con sus hijos, pero al mismo tiempo el subconsciente no deja de aterrorizarlos: piensan que pueden quedarse sin empleo, que puede surgir una enfermedad, que el seguro médico no cumpla las promesas, que uno de los niños sea atropellado. Mientras intentan distraerse, buscan también una manera de librarse de las tragedias, de protegerse del mundo.

—¿Y el mendigo de la esquina?

—Ése, no sé; nunca he hablado con ninguno. Él es el retrato

de la infelicidad, pero sus ojos, como los ojos de cualquier mendigo, parecen estar disimulando algo. En ellos la tristeza es tan visible que no acabo de creérmela.

—¿Qué es lo que falta?

—No tengo la menor idea. Veo las revistas de famosos: todo el mundo ríe, todo el mundo está contento. Pero como estoy casada con un famoso, sé que no es así: todo el mundo se ríe o se divierte en ese momento, en esa foto, pero de noche o por la mañana, la historia siempre es otra. «¿Qué voy a hacer para seguir saliendo en la revista?» «¿Cómo disimular que ya no tengo el dinero suficiente para mantener el lujo?» «¿Cómo administrarme para tener más lujo, para que destaque más que el de los demás?» «¡La actriz con la que estoy en esta foto riendo, de fiesta, mañana podría robarme el papel!» «¿Estaré mejor vestida que ella?» «¿Por qué sonreímos si nos detestamos?» «¿Por qué vendemos felicidad a los lectores de la revista si somos profundamente infelices, esclavos de la fama?»

—No somos esclavos de la fama.

—Deja de ser paranoico, no estoy hablando de nosotros.

—¿Qué es lo que crees que pasa?

—Hace años leí un libro que contaba una historia interesante. Supongamos que Hitler hubiese ganado la guerra, liquidado a todos los judíos del mundo y convencido a su pueblo de que realmente existe una raza superior. Los libros de historia empiezan a cambiar, y cien años después, sus sucesores consiguen acabar con los indios. Trescientos años más, y los negros son completamente diezmados. Tarda quinientos años, pero finalmente la poderosa máquina de guerra consigue eliminar de la faz de la Tierra a la raza oriental. Los libros de historia hablan de remotas batallas contra bárbaros, pero nadie lee con atención porque no tiene la menor importancia. Entonces, dos mil años después del nacimiento del nazismo, en un bar de Tokio —habitada hace casi cinco siglos por gente alta y de ojos azules—, Hans y Fritz toman una cerveza. En un momento dado, Hans mira a Fritz y le pregunta:

»—Fritz, ¿tú crees que todo ha sido siempre así?

»—¿Así cómo? —quiere saber Fritz.

»—El mundo.

»—Claro que el mundo siempre ha sido así, ¿no es eso lo que hemos aprendido?

»—Sí, claro, no sé por qué he hecho esta pregunta idiota —dice Hans. Terminan su cerveza, hablan de otras cosas y olvidan el tema.

—No es necesario ir tan lejos en el futuro, basta con retroceder dos mil años al pasado. ¿Podría llegar a gustarte una guillotina, una horca o una silla eléctrica?

—Ya sé adónde quieres llegar: al peor de todos los suplicios humanos, la cruz. Recuerdo haber leído en Cicerón que era un «castigo abominable», que provocaba sufrimientos horribles antes de que llegase la muerte. Y, sin embargo, hoy en día la gente la lleva en el pecho, la cuelga en la pared de la habitación, la identifica con un símbolo religioso; han olvidado que es un instrumento de tortura.

—O también: pasaron dos siglos y medio antes de que alguien decidiese que era preciso acabar con las fiestas paganas que se celebraban en el solsticio de invierno, fecha en la que el sol está más apartado de la Tierra. Los apóstoles, y los sucesores de los apóstoles, estaban demasiado ocupados en divulgar el mensaje de Jesús, y jamás se preocuparon del *natalis invict Solis*, la fiesta mitraica del nacimiento del sol, que ocurría el 25 de diciembre. Hasta que un obispo decidió que esas fiestas del solsticio eran un peligro para la fe, ¡y ya está! Hoy tenemos misas, belenes, regalos, sermones, bebés de plástico en pesebres de madera y la convicción, ¡la absoluta y completa convicción de que Cristo nació este día!

—Y tenemos el árbol de Navidad: ¿sabes cuál es su origen?

—No tengo la menor idea.

—San Bonifacio decidió «cristianizar» un ritual dedicado a honrar al dios Odín cuando era niño: una vez al año, las tribus germánicas dejaban regalos alrededor de un roble para que los niños los encontrasen. Creían que con eso alegraban a la divinidad pagana.

—Volviendo a la historia de Hans y de Fritz: ¿crees que la civilización, las relaciones humanas, nuestros deseos, nuestras conquistas, todo eso es fruto de una historia mal contada?

—Cuando escribiste sobre el camino de Santiago, llegaste a la misma conclusión, ¿no es verdad? Antes creías que un grupo de elegidos sabía el significado de los símbolos mágicos; hoy en día sabes que todos nosotros conocemos ese significado, aunque esté olvidado.

—Saberlo no mejora nada: la gente se esfuerza al máximo para no acordarse, para no aceptar el inmenso potencial mágico que poseen, ya que eso desequilibraría sus universos organizados.

—Aun así, todos tenemos capacidad, ¿no es cierto?

—Absolutamente cierto. Pero falta coraje para seguir los sueños y las señales. ¿Vendrá de ahí esa tristeza?

—No lo sé. Y no estoy afirmando que soy infeliz todo el tiempo. Me divierto, te amo, me encanta mi trabajo. Pero de vez en cuando, siento esta tristeza profunda, a veces mezclada con culpa o con miedo; la sensación desaparece, siempre para volver más adelante, y volver a desaparecer. Como nuestro Hans, me hago la pregunta; como no puedo responderla, simplemente olvido. Podría ir a ayudar a los niños hambrientos, fundar una asociación de apoyo a los delfines, empezar a intentar salvar a la gente en nombre de Jesús, hacer cualquier cosa que me proporcione la sensación de ser útil, pero no quiero.

—¿Y por qué esta historia de irte a la guerra?

—Porque creo que, en la guerra, el hombre está al límite; puede morir al día siguiente. Quien está al límite se comporta de manera diferente.

—¿Quieres responder a la pregunta de Hans?

—Sí.

Hoy, en esta hermosa suite del Bristol, con la torre Eiffel brillante durante cinco minutos cada vez que el reloj completa una hora, la botella de vino cerrada, el tabaco que se acaba, la gente saludándome como si realmente no hubiera sucedido nada grave, yo me pregunto: ¿fue ese día, al salir del cine, cuando empezó todo? ¿Tenía yo la obligación de dejarla ir en busca de esa historia mal contada o debería haber sido más duro, decirle que olvidase el tema porque era mi mujer, y necesitaba mucho su presencia y su apoyo?

Tonterías. En ese momento yo sabía, como lo sé ahora, que no tenía otra posibilidad más que aceptar lo que ella quería. Si le hubiese dicho «escoge entre tu idea de ser corresponsal de guerra y yo», estaría traicionando todo lo que Esther había hecho por mí. Incluso sin estar convencido de su objetivo –ir en busca de «una historia mal contada»–, concluí que ella necesitaba un poco de libertad, salir, vivir emociones fuertes. ¿Qué había de malo en eso?

Acepté, aunque no sin antes dejar bien claro que ella estaba haciendo un gran saqueo al Banco de Favores (pensándolo bien, ¡qué ridículo!). Durante dos años, Esther cubrió varios conflictos de cerca, cambiando de continente más de lo que cambiaba de zapatos. Siempre que volvía, yo creía que esa vez desistiría, no es posible vivir mucho tiempo en un sitio en el que no hay comida decente, baño diario, cine o teatro. Le preguntaba si ya había respondido al interrogante de Hans, y ella siempre me decía que estaba en el camino correcto, y yo tenía que conformarme. A veces pasaba algunos meses fuera de casa; al contrario de lo que dice la «historia oficial del matrimonio» —yo ya empezaba a utilizar sus términos—, esta distancia hacía crecer nuestro amor, demostrar lo importantes que éramos el uno para el otro. Nuestra relación, que creí que había llegado a su punto ideal cuando nos mudamos a París, iba cada vez mejor.

Por lo que entendí, conoció a Mikhail cuando necesitaba un traductor que la acompañara a algún país de Asia Central. Al principio me hablaba de él con mucho entusiasmo: una persona sensible, que veía el mundo como era de verdad y no como nos habían dicho que debía ser. Era cinco años más joven que ella, pero tenía una experiencia que Esther calificaba de «mágica». Yo escuchaba con paciencia y educación, como si aquel chico y sus ideas me interesasen mucho, pero en verdad estaba distante, mi cabeza recorría las tareas que tenía que hacer, las ideas que podían surgir para un texto, las respuestas a las preguntas de los periodistas y los editores, la manera de seducir a determinada mujer que parecía interesada en mí, los planes para los viajes de promoción de los libros.

No sé si ella lo notó, pero yo no me di cuenta de que Mikhail fue poco a poco desapareciendo de nuestras conversaciones, hasta desaparecer por completo. Y el comportamiento de Esther fue cada vez más radical: incluso cuando estaba en París, empezó a salir varias veces por semana, alegando siempre que estaba haciendo un reportaje sobre los mendigos.

Pensé que estaba teniendo una aventura. Sufrí durante una semana, y me pregunté: ¿debía expresarle mis dudas o fingir que no sucedía nada? Decidí ignorarlo, partiendo del principio «ojos que no ven, corazón que no siente». Estaba absolutamente convencido de que no había la menor posibilidad de que me dejase; había trabajado mucho para ayudarme a ser quien soy, y no sería lógico dejar escapar todo eso por una pasión efímera.

Si realmente hubiera tenido interés en el mundo de Esther, debería haber preguntado, por lo menos una vez, qué había sucedido con su traductor y su sensibilidad «mágica». Debería haber sospechado de este silencio, de esta ausencia de información. Debería haberle pedido que me dejase acompañarla por lo menos a uno de esos reportajes con mendigos.

Cuando ella, alguna que otra vez, preguntaba si me interesaba su trabajo, mi respuesta era la misma: «Me interesa, pero no quiero interferir, deseo que seas libre para seguir tu sueño de la manera que has escogido, igual que tú me ayudaste a mí.»

Lo cual no dejaba de ser una total falta de interés, está claro. Pero como la gente siempre cree en lo que quiere creer, Esther se quedaba contenta con mi comentario.

De nuevo me viene a la cabeza la frase dicha por el inspector en el momento en el que salí de prisión: «Es usted libre.» ¿Qué es la libertad? ¿Es ver que a tu marido no le importa ni un poco lo que haces? ¿Es sentirse sola, sin tener con quien compartir los sentimientos más íntimos, porque en verdad la persona con la que te casaste está concentrada en su trabajo, en su importante, magnífica y difícil carrera?

Veo de nuevo la torre Eiffel: ha pasado otra hora porque vuelve a brillar como si estuviese hecha de diamantes. No sé cuántas veces ha sucedido eso desde que estoy aquí en la ventana.

Sé que, en nombre de la libertad en nuestro matrimonio, yo no me di cuenta de que Mikhail había desaparecido de las conversaciones de mi mujer.

Para reaparecer en un bar y desaparecer otra vez, esta vez llevándosela consigo, y dejando al famoso y popular escritor como sospechoso de un crimen.

O, lo que es peor, como un hombre abandonado.

La pregunta de Hans

En Buenos Aires, el Zahir es una moneda común de veinte cen-
tavos; marcas de navaja o de cortaplumas rayan las letras N T y
el número dos; 1929 es la fecha grabada en el anverso. (En Gu-
zerat, a fines del siglo XVIII, un tigre fue Zahir; en Java, un ciego
de la mezquita de Surakarta a quien lapidaron los fieles; en
Persia, un astrolabio que Nadir Shah hizo arrojar al fondo del
mar; en las prisiones de Mahdí, en 1892, una pequeña brújula
que Rudolf Carl von Slatin tocó...

Un año después me despierto pensando en la historia de Jorge Luis Borges: algo que, una vez tocado o visto, jamás se olvida, y va ocupando nuestro pensamiento hasta llevarnos a la locura. Mi Zahir no son las románticas metáforas con ciegos, brújulas, tigre, ni la moneda.

Tiene un nombre, y su nombre es Esther.

Poco después de lo de la cárcel, salí en varias portadas de revistas sensacionalistas: empezaban sugiriendo un posible crimen, pero para evitar un proceso judicial, terminaban siempre el asunto «afirmando» que yo había sido absuelto (¿absuelto? ¡Si ni siquiera había sido acusado!). Dejaban pasar una semana, comprobaban si la venta había sido buena: sí, lo había sido, yo era una especie de escritor que estaba por encima de cualquier sospecha, y todos querían saber cómo un hombre que escribe sobre espiritualidad tenía un lado tan tenebroso que esconder.

Entonces volvían a atacar, afirmaban que ella había huido de casa porque yo era conocido por mis aventuras extraconyugales: una revista alemana llegó a insinuar una posible relación con una cantante, veinte años más joven que yo, que decía que nos habíamos reunido en Oslo, Noruega (era verdad, pero la reunión había sido por el Banco de Favores; un amigo mío me lo había pedido, y estuvo con nosotros durante la única cena a la que asistimos juntos). La cantante decía que no había nada entre nosotros —si no había nada entre nosotros, ¿por qué habían puesto nuestra foto en la portada?— y aprovechaba para decir que estaba lanzando un nuevo disco. Tanto la revista como yo habíamos sido utilizados para promocionarla, y hasta hoy no sé si el fracaso de su trabajo fue consecuencia de este tipo de promoción barata (por cierto, su disco no era malo; lo que lo estropeó todo fueron las notas de prensa).

Pero el escándalo con el famoso escritor no duró mucho: en Europa, y principalmente en Francia, la infidelidad no sólo es aceptada, sino que incluso es secretamente admirada. Y a nadie le gusta leer cosas sobre algo que puede sucederle a uno mismo.

El tema dejó las portadas, pero las hipótesis continuaban: secuestro, abandono del hogar por culpa de los malos tratos (foto de un camarero diciendo que discutíamos con mucha frecuencia: recuerdo que realmente un día discutí allí con Esther, furiosamente, sobre su opinión sobre un escritor sudamericano, que era completamente opuesta a la mía). Un tabloide inglés alegó —aunque sin grandes repercusiones— que mi mujer había entrado en la clandestinidad, apoyando a una organización terrorista islámica.

Pero en este mundo repleto de traiciones, divorcios, asesinatos y atentados, un mes después, el asunto había sido olvidado por el gran público. Años de experiencia me han enseñado que este tipo de noticia jamás afectaría a mi lector fiel (ya había sucedido en el pasado, cuando un programa de televisión argentino sacó a un periodista diciendo tener «pruebas» de que yo había tenido una cita secreta en Chile con la futura primera dama del país, y mis libros siguieron en la lista de los más vendidos). El sensacionalismo fue hecho para durar sólo quince minutos, como decía un artista americano. Mi gran preocupación era otra: reorganizar mi vida, encontrar un nuevo amor, volver a escribir libros y guardar, en el pequeño cajón que se encuentra en la frontera entre el amor y el odio, cualquier recuerdo de mi mujer.

O mejor dicho (tenía que aceptar ya el término): de mi ex mujer.

Parte de lo que había previsto en aquella habitación de hotel acabó sucediendo. Me pasé un tiempo sin salir de casa; no sabía cómo enfrentarme a mis amigos, mirarlos a los ojos y decir simplemente: «Mi mujer me ha dejado por un hombre más joven.» Cuando salía, nadie me preguntaba nada, pero después de beber algunos vasos de vino yo me sentía obligado a sacar el tema, como si pudiese leer los pensamientos de todos, como si creyese que no tenían otra preocupación más que saber lo que estaba sucediendo en mi vida, pero fuesen lo suficientemente educados como para no decir nada. Dependiendo de mi humor ese día, Esther era realmente la santa que merecía un destino mejor o la mujer pérfida, traidora, que me había envuelto en una situación tan complicada, a punto de haber sido considerado un criminal.

Los amigos, los conocidos, los editores, los que se sentaban a mi mesa en las muchas cenas de gala que me veía obligado a frecuentar, me escuchaban con alguna curiosidad al principio. Pero, poco a poco, noté que intentaban cambiar de tema; el asunto les había interesado en algún momento, pero ya no formaba parte de sus curiosidades cotidianas. Era más interesante hablar sobre la actriz asesinada por el cantante, o sobre la adolescente que había escrito un libro contando sus aventuras con políticos conocidos. Un día, en Madrid, me di cuenta de que las invitaciones a eventos y a cenas habían empezado a escasear: aunque le sentase muy bien a mi alma desahogar mis sentimientos, culpar o bendecir a Esther, comencé a entender que era peor que un marido traicionado: era una persona aburrida que a nadie le gusta tener a su lado.

A partir de ahí resolví sufrir en silencio, y las invitaciones volvieron a inundar mi buzón de correo.

Pero el Zahir, en el cual yo pensaba con cariño o irritación al principio, seguía creciendo en mi alma. Empecé a buscar a Esther en cada mujer que conocía. La veía en todos los bares, cines, paradas de autobús. Más de una vez mandé parar al conductor del taxi en el medio de la calle o que siguiese a alguien, hasta que me convencía de que no era la persona que estaba buscando.

Como el Zahir empezaba a ocupar todo mi pensamiento, necesitaba un antídoto, algo que no me llevase a la desesperación.

Y sólo había una solución posible: buscarme una novia.

Conocí a tres o cuatro mujeres que me atraían, acabé interesándome por Marie, una actriz francesa de treinta y cinco años. Ella fue la única que no me dijo tonterías del tipo «me gustas como hombre, no como una persona a la que todos sienten curiosidad por conocer», o «preferiría que no fueses famoso», o —peor aún— «el dinero no me interesa». Fue la única que estaba sinceramente contenta con mi éxito, ya que ella también era famosa, y sabía que la fama cuenta. La fama es un afrodisíaco. Estar con un hombre sabiendo que él la había escogido a ella —aunque podría haber escogido a muchas otras— era algo que le sentaba bien a su ego.

Nos veían con frecuencia en fiestas y recepciones. Se especuló sobre nuestra relación, ni ella ni yo confirmamos ni afirmamos nada, el tema quedó en el aire, y todo lo que les quedaba a las revistas era esperar la foto del famoso beso (que nunca llegó, porque tanto ella como yo considerábamos vulgar ese tipo de espectáculo público). Ella se iba a sus rodajes, yo tenía mi trabajo; cuando yo podía, viajaba hasta Milán, cuando ella podía, nos veíamos en París, nos sentíamos unidos, pero no dependíamos el uno del otro.

Marie fingía que no sabía lo que pasaba en mi alma, yo fingía que tampoco sabía lo que sucedía en la suya (un amor imposible por su vecino casado, aunque ella fuese una mujer que pudiese conseguir a cualquier hombre que desease). Éramos amigos, compañeros, nos divertíamos con los mismos programas, me arriesgaría a decir que hasta había espacio para un determinado tipo de amor, aunque diferente del que yo sentía por Esther o ella por su vecino.

Volví a participar en mis tardes de autógrafos, volví a aceptar invitaciones para conferencias, artículos, cenas benéficas, programas de televisión, proyectos con artistas que estaban empezando. Hacía de todo, menos aquello que debería haber estado haciendo: escribir un libro.

Pero eso no me importaba, en el fondo de mi corazón, creía que mi carrera de escritor se había acabado, ya que aquella que me había hecho comenzar ya no estaba conmigo. Había vivido intensamente mi sueño mientras duró, había llegado donde pocos habían tenido la suerte de llegar; ahora podía pasar el resto de mi vida divirtiéndome.

Pensaba en eso todas las mañanas. Durante la tarde, me daba cuenta de que lo único que me gustaba hacer era escribir. Cuando llegaba la noche, allí estaba yo, intentando convencerme otra vez de que ya había realizado mi sueño y de que debía probar algo nuevo.

El año siguiente fue un año santo compostelano; sucede siempre que el día de Santiago de Compostela, el 25 de julio, cae en domingo. Una puerta especial permanece abierta durante trescientos sesenta y cinco días; según la tradición, el que entra en la catedral de Santiago por esa puerta recibe una serie de bendiciones especiales.

Había varias conmemoraciones en España, y como la peregrinación había sido tremendamente gratificante, decidí participar por lo menos en un evento: una palestra, en el mes de enero, en el País Vasco. Para salir de la rutina —intentar escribir libro / ir a fiesta / aeropuerto / visitar a Marie en Milán / ir a una cena / hotel / aeropuerto / internet / aeropuerto / entrevista / aeropuerto—, escogí hacer los mil cuatrocientos kilómetros solo, en coche.

Cada lugar —incluso aquellos en los que jamás había estado antes— me recuerda mi Zahir particular. Pienso que a Esther le encantaría conocer esto, que sentiría un gran placer comiendo en este restaurante, caminando por esta orilla del río. Paro a dormir en Bayona, y antes de cerrar los ojos, pongo la tele y descubro que hay aproximadamente cinco mil camiones parados en la frontera entre Francia y España, debido a una violenta e inesperada tempestad de nieve.

Me despierto pensando en volver a París: tengo una excelente disculpa para cancelar el compromiso, y los organizadores lo entenderán perfectamente (el tráfico está imposible, hay hielo en el asfalto, tanto el gobierno español como el francés aconsejan que nadie salga de casa este fin de semana, pues el riesgo de accidentes es grande). La situación es más grave que anoche: el periódico de la mañana dice que hay diecisiete mil personas bloqueadas en otra parte, Protección Civil está movilizada para socorrerlos con alimentos y abrigos improvisados, ya que el combustible de muchos coches se ha acabado y ya no hay posibilidad de mantener la calefacción encendida.

En el hotel me explican que, si tengo que viajar, si es un caso de vida o muerte, puedo coger una pequeña carretera secundaria, hacer un camino que prolongará dos horas más el recorrido, aunque nadie pueda garantizar el estado del pavimento. Pero, por instinto, decido seguir adelante: algo me empuja hacia adelante, hacia el asfalto resbaladizo y las horas de paciencia en los embotellamientos.

Tal vez el nombre de la ciudad: Vitoria. Tal vez la idea de que estoy demasiado acostumbrado a la comodidad y he perdido mi capacidad de improvisar en situaciones de crisis. Tal vez el entusiasmo de la gente que en este momento intenta recuperar una catedral construida hace muchos siglos y, para llamar la atención sobre el esfuerzo que hacen, invitan a algunos escritores a conferencias. O tal vez aquello que decían los antiguos conquistadores de las Américas: «Navegar es preciso, vivir no es preciso.»

Y navego. Después de mucho tiempo y de mucha tensión, llego a Vitoria, donde gente más tensa todavía me está esperando. Comentan que hace más de treinta años que no hay una nevada como ésa, agradecen el esfuerzo, pero a partir de ahora es preciso cumplir el programa oficial, y eso incluye una visita a la catedral de Santa María.

Una joven, con un brillo especial en los ojos, empieza a contarme la historia. Al principio era la muralla. Después, la muralla siguió allí, pero una de las paredes se utilizó para la construcción de una capilla. Pasadas decenas de años, la capilla se transformó en una iglesia. Un siglo más, y la iglesia se convirtió en una catedral gótica. La catedral conoció sus momentos de gloria, surgieron algunos problemas de estructura, fue abandonada por un tiempo, sufrió reformas que deformaron su estructura, pero cada generación creía que había resuelto el problema, y rehacían los planos originales. Así, en los siglos que siguieron erguían una pared aquí, demolían una viga allá, aumentaban refuerzos de este lado, abrían y cerraban las vidrieras.

Y la catedral lo resistía todo.

Camino por su esqueleto, viendo las reformas actuales: esta vez, los arquitectos garantizan que han encontrado la mejor solución. Hay andamios y refuerzos de metal por todas partes, grandes teorías sobre los pasos futuros y algunas críticas a lo que se hizo en el pasado.

Y de repente, en medio de la nave central, me doy cuenta de algo muy importante: la catedral soy yo, es cada uno de nosotros. Vamos creciendo, cambiando de forma, nos abordan algunas debilidades que deben ser corregidas, no siempre escogemos la mejor solución, pero a pesar de todo seguimos adelante, intentando mantenernos erguidos, correctos, de modo que honremos no a las paredes, ni a las puertas o las ventanas, sino al espacio vacío que está allí dentro, el espacio en el que adoramos y veneramos aquello que nos es querido e importante.

Sí, somos una catedral, sin ninguna duda. Pero ¿qué hay en el espacio vacío de mi catedral interior?

Esther, el Zahir.

Ella lo llenó todo. Ella es la única razón por la cual estoy vivo. Miro a mi alrededor, me preparo para la conferencia y entiendo por qué me enfrenté a la nieve, a los embotellamientos, al hielo de la carretera: para recordar que todos los días necesito reconstruirme a mí mismo y para —por primera vez en toda mi existencia— aceptar que amo a un ser humano más que a mí mismo.

De regreso a París —ya con condiciones meteorológicas mucho mejores—, estoy en una especie de trance: no pienso, sólo presto atención al tráfico. Cuando llego a casa, le pido a la asistenta que no deje entrar a nadie, que duerma en el trabajo durante los próximos días, que haga el desayuno, la comida y la cena. Piso el pequeño aparato que me permite conectarme a internet y lo destruyo por completo. Pongo mi teléfono móvil en un paquete y se lo envío a mi editor, pidiéndole que no me lo devuelva hasta que yo vaya a recogerlo personalmente.

Durante una semana, camino a orillas del Sena por la mañana, y a la vuelta de las caminatas, me encierro en mi despacho. Como si estuviese escuchando la voz de un ángel, escribo un libro; mejor dicho, una carta, una larga carta a la mujer de mis sueños, a la mujer que amo, y que amaré siempre. Tal vez algún día este libro llegue a sus manos, pero aunque eso no suceda, yo ahora soy un hombre en paz con mi espíritu. Ya no lucho contra mi orgullo herido, ya no busco a Esther en todas las esquinas, bares, cines, cenas, Marie, noticias del periódico.

Al contrario, estoy satisfecho de que exista; me ha demostrado que soy capaz de un amor que yo mismo desconocía, y eso me deja en estado de gracia.

Acepto el Zahir, dejaré que me lleve a la santidad o a la locura.

Tiempo de romper, tiempo de coser, título basado en un verso del Eclesiastés, se publicó a finales de abril. En la segunda semana de mayo estaba ya en el primer lugar de las listas de los más vendidos.

Los suplementos literarios, que nunca habían sido gentiles conmigo, esta vez redoblaron el ataque. Recorté algunas de las frases principales y las puse en el cuaderno en el que estaban las críticas de los años anteriores. Básicamente decían lo mismo; sólo cambiaban el título del libro:

«... una vez más, en los tiempos tumultuosos en que vivimos, el autor nos hace huir de la realidad a través de una historia de amor» (como si el hombre pudiese vivir sin eso)

«... frases cortas, estilo superficial» (como si las frases largas significasen estilo profundo).

«... el autor ha descubierto el secreto del éxito: *marketing*» (como si yo hubiese nacido en un país de gran tradición literaria y tuviese una fortuna para invertir en mi primer libro).

«... aunque va a vender como siempre ha vendido, eso prueba que el ser humano no está preparado para enfrentarse a la tragedia que nos rodea» (como si ellos supieran lo que significa estar preparado).

Algunos textos, sin embargo, eran diferentes: además de las frases de arriba, añadían que me estaba aprovechando del escándalo del año anterior para ganar todavía más dinero. Como siempre sucedía, la crítica negativa divulgó aún más mi trabajo:

mis lectores fieles lo compraron, y aquellos que ya se habían olvidado del caso volvieron a acordarse y adquirieron sus ejemplares, pues deseaban saber mi versión de la desaparición de Esther (como el libro no trataba de eso, sino que era un himno al amor, deben de haberse sentido decepcionados y habrán dado la razón a los críticos). Los derechos fueron inmediatamente vendidos a todos los países en los que se publicaban mis títulos.

Marie, a quien le había entregado el texto antes de enviarlo a la editorial, resultó ser la mujer que yo esperaba que fuese: en vez de ponerse celosa o de decir que no debía exponer mi alma de aquella manera, me animó a seguir adelante y se alegró muchísimo del éxito. En aquel período de su vida, estaba leyendo las enseñanzas de un místico prácticamente desconocido, que citaba en todas nuestras conversaciones.

—Cuando la gente nos elogia, debemos tener cuidado con nuestro comportamiento.

—La crítica nunca me ha elogiado.

—Hablo de los lectores: has recibido más cartas que nunca, acabarás creyendo que eres mejor de lo que piensas, te dejarás dominar por un falso sentimiento de seguridad, que puede ser muy peligroso.

—Pero, en verdad, después de la visita a aquella catedral, creo que soy mejor de lo que pensaba ser, y eso no tiene nada que ver con las cartas de los lectores. He descubierto el amor, por más absurdo que eso parezca.

—Genial. Lo que más me agrada del libro es que no culpas en ningún momento a tu ex mujer. Y tampoco te culpas a ti mismo.

—He aprendido a no perder mi tiempo con eso.

—Qué bien. El universo se encarga de corregir nuestros errores.

—¿Te estás refiriendo a la desaparición de Esther como una especie de «corrección»?

—No creo en el poder curativo del sufrimiento y de la tragedia; suceden porque son parte de la vida, y no deben ser afrontados como castigo. Generalmente, el universo nos indica que estamos equivocados cuando nos quita lo más importante: a nuestros amigos. Y eso te ha sucedido a ti, si no me equivoco.

—He descubierto una cosa recientemente: los verdaderos

amigos son aquellos que están a nuestro lado cuando nos suceden las cosas buenas. Nos apoyan, se alegran de nuestras victorias. Los falsos amigos son los que sólo aparecen en los momentos difíciles con esa cara triste, de «solidaridad», cuando en verdad nuestro sufrimiento les sirve para consolarse en sus vidas miserables. Durante la crisis del año pasado, aparecieron varias personas que no había visto nunca y que venían a «consolarme». Detesto eso.

—A mí también me pasa.

—Agradezco que hayas aparecido en mi vida, Marie.

—No lo agradezcas tan de prisa, nuestra relación aún no es lo suficientemente fuerte. Sin embargo, ya empiezo a pensar en mudarme a París o pedirte que vayas a vivir a Milán: tanto en tu caso como en el mío, no supone una gran diferencia para nuestro trabajo. Tú siempre trabajas en casa y yo siempre trabajo en otras ciudades. ¿Quieres cambiar de tema o seguimos discutiendo esa posibilidad?

—Quiero cambiar de tema.

—Entonces hablemos de otra cosa. Tu libro ha sido escrito con mucho coraje. Lo que me sorprende es que, en ningún momento, citas al chico.

—Él no me interesa.

—Claro que te interesa. Claro que, alguna que otra vez, te preguntas: «¿Por qué lo habrá escogido?»

—No me lo pregunto.

—Mientes. A mí me gustaría saber por qué mi vecino no se divorció de su mujer nada interesante, siempre sonriente, siempre cuidando de la casa, de la alimentación, de los niños, de las cuentas que hay que pagar. Si yo me lo pregunto, tú también te lo preguntas.

—¿Quieres que diga que lo odio por haberme robado a mi mujer?

—No. Quiero oír que lo has perdonado.

—No soy capaz.

—Es muy difícil. Pero no hay elección: si no lo haces, pensarás siempre en el sufrimiento que te ha causado, y ese dolor no cesará nunca.

»No estoy diciendo que tenga que gustarte. No estoy diciendo que tengas que buscarlo. No estoy sugiriendo que lo veas como un ángel. ¿Cómo se llama? Un nombre ruso, si no me equivoco.

—No importa su nombre.

—¿Ves? Ni su nombre quieres pronunciar. ¿Es alguna superstición?

—Mikhail. Ya está, ése es el nombre.

—La energía del odio no te va a llevar a ningún sitio; pero la energía del perdón, que se manifiesta a través del amor, conseguirá transformar positivamente tu vida.

—Ahora pareces una maestra tibetana, diciendo cosas que son muy bonitas en la teoría, pero imposibles en la práctica. No olvides que ya me han herido muchas veces.

—Por eso todavía llevas dentro de ti al niño que lloró a escondidas de sus padres, que era el más débil del colegio. Todavía tienes las marcas del chico esmirriado que no era capaz de conseguir una novia, que nunca fue bueno en ningún deporte. No has conseguido alejar las cicatrices de algunas injusticias que han cometido contigo a lo largo de tu vida. Pero ¿de qué te vale?

—¿Quién te ha dicho que me ha pasado eso?

—Lo sé. Lo muestran tus ojos, y eso no te vale de nada, de nada en absoluto. Sólo un constante deseo de tener compasión de ti mismo porque fuiste víctima de los que eran más fuertes. O todo lo contrario: vestirte como un vengador preparado para hacer todavía más daño que el que te lastimó. ¿No crees que pierdes el tiempo?

—Creo que mi comportamiento es humano.

—Realmente es humano. Pero no es ni inteligente, ni razonable. Respeta tu tiempo en esta tierra, recuerda que Dios siempre te ha perdonado; perdona tú también.

Mirando a la multitud reunida para mi tarde de autógrafos en unos grandes almacenes de los Campos Elíseos, yo pensaba: ¿cuántas de estas personas habrán tenido la misma experiencia que yo con mi mujer?

Poquísimas. Tal vez una o dos. Aun así, la mayoría se identificaban con el texto del nuevo libro.

Escribir es una de las actividades más solitarias del mundo. Una vez cada dos años, me pongo frente al ordenador, miro hacia el mar desconocido de mi alma y veo que hay algunas islas en él, ideas que se han desarrollado y están listas para ser exploradas.

Entonces cojo mi barco —llamado *Palabra*— y decido navegar hacia la que está más próxima. En el camino me enfrento a corrientes, vientos, tempestades, pero sigo remando, exhausto, ahora ya consciente de que me he apartado de mi ruta, la isla a la que pretendía llegar ya no está en mi horizonte.

Aun así, ya no puedo volver atrás, tengo que seguir como sea o me perderé en medio del océano (en este momento me vienen a la cabeza una serie de escenas terroríficas, como pasar el resto de mi vida comentando los éxitos pasados o criticando amargamente a los nuevos escritores, simplemente porque ya no tengo valor para publicar libros nuevos). ¿Mi sueño no era ser escritor? Pues debo seguir creando frases, párrafos, capítulos, escribiendo hasta la muerte, sin dejarme paralizar por el éxito, por la derrota, por las trampas. En caso contrario, cuál es el sentido de mi vida: ¿poder comprarme un molino en el sur de Francia y dedicarme a cuidar el jardín? ¿Ponerme a dar conferencias, ya que es más fácil hablar que escribir? ¿Retirarme del mundo de manera estudiada, misteriosa, para crear una leyenda que me costará muchas alegrías?

Movido por estos pensamientos aterradores, descubro una fuerza y un coraje cuya existencia desconocía: me ayudan a aventurarme por el lado oscuro de mi alma, me dejo llevar por la corriente, y acabo anclando mi barco en la isla a la que he sido conducido. Me paso días y noches describiendo lo que veo, preguntándome por qué me comporto así, diciendo en todo momento que no vale la pena el esfuerzo, que ya no tengo que demostrarle nada a nadie, que ya he conseguido lo que quería y mucho más de lo que soñaba.

Noto cómo el proceso del primer libro se repite cada vez: me despierto a las nueve de la mañana, dispuesto a sentarme frente al ordenador justo después del desayuno; leo los periódicos, salgo a caminar, voy hasta el bar más cercano a hablar con la gente; vuelvo a casa, miro hacia el ordenador, descubro que tengo que hacer varias llamadas, miro el ordenador, ya es la hora de comer; como pensando que debería estar escribiendo desde las once de la mañana, pero ahora necesito dormir un poco; me despierto a las cinco de la tarde, finalmente enciendo el ordenador, compruebo el correo electrónico y recuerdo que destrocé mi conexión a internet; no me queda más remedio que salir e ir hasta un sitio a diez minutos de casa donde puedo conectarme. Pero, antes, ¿no podría, sólo para liberar mi conciencia de este sentimiento de culpa, escribir por lo menos media hora?

Empiezo por obligación, pero de repente «eso» me posee y ya no paro. La asistenta me llama para cenar, le pido que no me interrumpa; una hora después vuelve a llamarme. Tengo hambre, sólo una línea más, una frase, una página. Cuando me siento a la mesa, el plato está frío, ceno rápidamente y vuelvo al ordenador; ahora ya no controlo mis pasos, la isla se va descubriendo, soy empujado a través de sus senderos, y me encuentro con cosas que nunca había pensado ni soñado. Tomo café, tomo más café, y a las dos de la mañana, finalmente, dejo de escribir, porque mis ojos están cansados.

Me acuesto, paso una hora más tomando notas de cosas que voy a utilizar en el párrafo siguiente y que siempre resultan ser totalmente inútiles; sólo sirven para vaciar mi cabeza, hasta que viene el sueño. Me prometo a mí mismo que al día siguiente empezaré a las once sin falta. Y al otro, sucede lo mismo: paseo, conversaciones, comida, dormir, culpa, rabia por haber roto la conexión a internet, forzar la primera página, etc.

De repente, han pasado dos, tres, cuatro, once semanas, sé que estoy cerca del final, me posee un sentimiento de vacío, de alguien que ha acabado poniendo en palabras aquello que debería haberse guardado para sí mismo. Pero ahora tengo que llegar hasta la última frase, y llego.

Antes, cuando leía biografías de escritores, creía que intentaban adornar la profesión al decir que «el libro se escribe, el escritor no es más que el mecanógrafo». Hoy sé que eso es absolutamente cierto, nadie sabe por qué la corriente los llevó a determinada isla y no a aquella a la que soñaban llegar. Empiezan las revisiones obsesivas, los cortes y, cuando ya no soporto seguir leyendo las mismas palabras, envío el manuscrito al editor, que lo revisa una vez más, y lo publica.

Para mi constante sorpresa, otras personas iban en busca de aquella isla, y la encuentran en el libro. Unos se lo cuentan a otros, y la cadena misteriosa se expande, y aquello que el escritor creía ser un trabajo solitario se transforma en un puente, en un barco, en un medio por el que las almas caminan y se comunican.

A partir de ahí, ya no soy un hombre perdido en la tempestad: me encuentro conmigo mismo a través de mis lectores, entiendo lo que he escrito cuando otros también lo entienden, nunca antes. En algunos raros momentos, como el que está a punto de suceder dentro de poco, consigo mirar a algunas de esas personas a los ojos, comprender que tampoco mi alma está sola.

A la hora señalada, empecé a autografiar libros. Un rápido contacto visual, pero sensación de complicidad, alegría y respeto mutuo. Manos que se aprietan, algunas cartas, regalos, comentarios. Noventa minutos después, pido diez minutos de descanso, nadie se queja. Mi editor, como ya es tradicional en mis tardes de autógrafos, manda servir un vaso de champán a todos los que están en la fila (he intentado que esta tradición se adoptase en otros países, pero siempre alegan que el champán francés es muy caro y acaban dando agua mineral, lo que también demuestra respeto hacia el que está esperando).

Vuelvo a la mesa. Dos horas después, al contrario de lo que deben de estar pensando los que observan el evento, no estoy cansado, sino lleno de energía; podría seguir trabajando hasta bien entrada la noche, sin embargo, la tienda ya ha cerrado las puertas, la fila se va acabando, dentro quedan cuarenta personas, que se convierten en treinta, veinte, once, cinco, cuatro, tres, dos... Y de repente, nuestros ojos se tocan.

—He esperado hasta el final. Quería ser el último porque tengo un recado.

No sé qué decir. Miro hacia un lado, editores, representantes de venta y libreros están hablando entusiasmados, dentro de poco iremos a cenar, beber, compartir un poco la emoción de ese día, contar historias curiosas ocurridas mientras yo estaba firmando.

Nunca antes lo había visto, pero sé quién es. Cojo el libro de su mano y escribo: «Para Mikhail, con cariño.»

No digo nada. No puedo perderlo; cualquier palabra, cualquier frase, cualquier movimiento súbito puede hacer que se vaya y no vuelva nunca. En una fracción de segundo, entiendo que él, y solamente él, me salvará de la bendición —o de la maldición— del Zahir porque es el único que sabe dónde se encuentra, y por fin podré contestar a las preguntas que durante tanto tiempo me he repetido a mí mismo.

—Quería que supiese que ella está bien. Y, posiblemente, haya leído su libro.

Editores, representantes de ventas y libreros se acercan. Me abrazan, dicen que ha sido una tarde especial. Ahora vamos a relajarnos, a beber, a hablar sobre la noche.

—Me gustaría invitar a este lector —digo—. Estaba al final de la fila, representará a todos los lectores que han estado aquí con nosotros.

—No puedo. Tengo otro compromiso. —Y girándose hacia mí, un poco asustado—: Sólo he venido a dar un recado.

—¿Qué recado? —pregunta uno de los vendedores.

—¡Él nunca invita a nadie! —dice mi editor—. ¡Venga, vamos a cenar juntos!

—Se lo agradezco, pero participo en una reunión todos los jueves.

—¿A qué hora?

—Dentro de dos horas.

—¿Dónde?

—En un restaurante armenio.

Mi chófer, que es armenio, pregunta exactamente en cuál, y dice que está a tan sólo quince minutos de distancia del lugar al que vamos a cenar. Todos quieren agradarme: piensan que, si invito a alguien, esa persona debe de sentirse contenta y alegre con el honor, cualquier otra cosa puede quedar para otro día.

—¿Cómo te llamas? —pregunta Marie.

—Mikhail.

—Mikhail —veo que Marie lo ha entendido todo—, vendrás con nosotros por lo menos durante una hora; el restaurante al que vamos a cenar está aquí cerca. Después, el chófer te llevará a donde quieras. Pero, si lo prefieres, cancelamos nuestra reserva y vamos todos a cenar al restaurante armenio; así estarás más cómodo.

No me canso de mirarlo. No es especialmente guapo, ni especialmente feo. Ni alto, ni bajo. Va vestido de negro, simple y elegante; y por elegancia entiendo la total ausencia de marcas o de etiquetas.

Marie agarra a Mikhail por el brazo y camina hacia la salida. El librero dice que todavía tiene un montón de libros de lectores que no han podido venir y que yo debería firmar, pero prometo pasar al día siguiente. Mis piernas están temblando, mi corazón está disparado, y sin embargo intento fingir que todo va bien, que estoy contento con el éxito, que me interesa este o aquel comentario. Cruzamos la avenida de los Campos Elíseos, el sol se está poniendo por detrás del Arco de Triunfo, y, sin explicación alguna, entiendo que aquello es una señal, una buena señal.

Siempre que yo sepa manejar la situación.

¿Por qué deseo hablar con él? El personal de la editorial sigue hablando conmigo, respondo automáticamente, nadie se da cuenta de que estoy lejos, sin entender muy bien el hecho de invitar a la misma mesa a alguien a quien debería odiar. ¿Deseo descubrir dónde se encuentra Esther? ¿Deseo venganza contra ese chico, tan inseguro, tan perdido, y que aun así ha conseguido apartar de mí a la persona que amo? ¿Deseo demostrarme a mí mismo que soy mejor, mucho mejor que él? ¿Deseo sobornarlo, seducirlo, para que convenza a mi mujer de que vuelva?

No sé responder a ninguna de estas preguntas, pero eso no tiene la menor importancia. Hasta ahora la única frase que he dicho ha sido: «Me gustaría invitar a este lector.» Había imaginado muchas veces la escena: encontrarlos a los dos, agarrarlo por el cuello, darle un puñetazo, humillarlo delante de Esther, o llevarme una paliza, y hacerle ver que estaba luchando, sufriendo por ella. Imaginé escenas de agresión, o de indiferencia fingida, de escándalo público, pero jamás se me pasó por la cabeza la frase: «Me gustaría invitar a este lector.»

Nada de preguntas sobre lo que haré a continuación, todo lo que tengo que hacer es vigilar a Marie, que camina algunos pasos por delante de mí agarrada al brazo de Mikhail, como si fuese su novia. Ella no puede dejar que se marche y, al mismo tiempo, me pregunto por qué me ayuda de esta manera, sabiendo que el encuentro con este chico también puede significar descubrir el paradero de mi mujer.

Llegamos. Mikhail procura sentarse lejos de mí; tal vez desee evitar conversaciones paralelas. Alegría, champán, vodka y caviar. Veo el menú y descubro horrorizado que sólo en las entradas el librero se está gastando unos mil dólares. Conversaciones superficiales, le preguntan a Mikhail qué le ha parecido la tarde, él dice que le ha gustado; le preguntan por el libro, él dice que le ha gustado mucho. Después es olvidado, y las atenciones se dirigen a mí: si estoy contento, si la fila fue organizada como yo quería, si el equipo de seguridad funcionó bien. Mi corazón sigue disparado, pero logro mantener las apariencias, dar gracias por todo, por la perfección con la que fue concebido y realizado el evento.

Media hora de conversación, muchos vodkas después, y percibo que Mikhail está relajado. No es el centro de las atenciones, no tiene que decir nada, basta con que aguante un poco más y luego se puede ir. Sé que no mintió respecto al restaurante armenio, y ahora tengo una pista. Entonces, ¡mi mujer sigue en París! Tengo que ser amable, intentar ganarme su confianza, las tensiones iniciales han desaparecido.

Pasa una hora. Mikhail mira el reloj y veo que va a marcharse. Tengo que hacer algo inmediatamente. Cada vez que lo miro me siento más insignificante, y entiendo menos cómo Esther me cambió por alguien que parece tan fuera de la realidad (ella decía que él tenía poderes «mágicos»). Aunque sea muy difícil fingir que estoy cómodo, hablando con alguien que es mi enemigo, tengo que hacer algo.

—Sepamos algo más de nuestro lector —le digo a la mesa, que se queda inmediatamente en silencio—. Está aquí, tendrá que irse dentro de poco, casi no ha hablado de su vida. ¿Qué haces?

Mikhail, a pesar de los vodkas que se ha tomado, parece recuperar la sobriedad.

—Organizo reuniones en el restaurante armenio.

—¿Qué quiere decir eso?

—Que cuento historias en el escenario. Y dejo que la gente del público también cuente sus historias.

—Yo hago lo mismo en mis libros.

—Lo sé. Ha sido eso lo que ha hecho que me acercase...

¡Va a decir quién es!

—¿Has nacido aquí? —pregunta Marie, interrumpiendo inmediatamente la frase («... que me acercase a su mujer»).

—Nací en las estepas de Kazajstán.

Kazajstán. ¿Quién será el valiente que pregunte dónde está Kazajstán?

—¿Dónde está Kazajstán? —pregunta el representante de ventas.

Bienaventurados los que no tienen miedo de esconder aquello que no saben.

—Ya me esperaba esa pregunta —ahora los ojos de Mikhail muestran una cierta alegría—. Siempre que digo que nací allí, diez minutos después están diciendo que soy de Pakistán o de Afganistán. Mi país queda en Asia Central. Son sólo catorce millones de habitantes en una superficie muchas veces mayor que Francia, con sus sesenta millones.

—O sea, un lugar en el que nadie protesta por la falta de espacio —comenta mi editor, riendo.

—Un lugar en el que, durante el siglo XX, nadie tenía derecho a quejarse por nada, aunque quisiese. Primero, cuando el régimen comunista acabó con la propiedad privada, el ganado quedó abandonado en las estepas y el 48,8 % de los habitantes murieron de hambre. ¿Entienden? Casi la mitad de la población de mi país murió de hambre entre 1932 y 1933.

El silencio se hace en la mesa. Como las tragedias entorpecen la celebración, uno de los presentes decide cambiar de tema. Sin embargo, yo insisto en que el «lector» siga hablando de su país.

—¿Cómo es la estepa? —pregunto.

—Gigantescas planicies casi sin vegetación, ya debe de saberlo usted.

Ya lo sé, pero era mi turno de preguntar algo, mantener la conversación.

—He recordado algo sobre Kazajstán —dice mi editor—. Hace algún tiempo, recibí un manuscrito de algún escritor que vive allí, en el que describía las pruebas atómicas que se han realizado en la estepa.

—Nuestro país tiene sangre en su tierra y en su alma. Cambió lo que no debería haber cambiado, y pagaremos el precio durante muchas generaciones. Fuimos capaces de hacer que un mar entero desapareciese.

Es el turno de Marie:

—Nadie hace desaparecer un mar.

—Tengo veinticinco años, y sólo se tardó este tiempo, una simple generación, para que el agua que estaba allí hacía miles de años se convirtiera en polvo. Los gobernantes del régimen comunista decidieron cambiar el curso de dos ríos, Amú Dariá y Syr Dariá, de modo que pudiesen irrigar algunas plantaciones de algodón. No consiguieron su objetivo, pero era demasiado tarde: el mar dejó de existir y la tierra cultivada se transformó en desierto.

»La falta de agua afectó por completo al clima local. Hoy en día, gigantescas tempestades de arena esparcen ciento cincuenta mil toneladas de sal y de arena todos los años. Cincuenta millones de personas de cinco países se vieron afectadas por la decisión irresponsable —pero irreversible— de los burócratas soviéticos.

»La poca agua que quedó está contaminada y es foco de todo tipo de enfermedades.

Anoto mentalmente lo que dice. Podría ser útil para alguna de mis conferencias. Mikhail continúa en su tono que nada tiene de ecológico, sino de trágico.

—Cuenta mi abuelo que el mar de Aral antiguamente se llamaba mar Azul, por el color de su agua. Hoy ya no está allí, pero aun así la gente no quiere dejar sus casas y mudarse a otro sitio: todavía sueñan con las olas, los peces, todavía guardan sus cañas de pescar, y charlan sobre barcos y cebos.

—Pero las explosiones atómicas, ¿son de verdad? —insiste mi editor.

—Pienso que todos los que han nacido en mi país saben lo que sintió su tierra, porque todo kazaco lleva la tierra en la sangre. Durante cuarenta años, las planicies fueron sacudidas por bombas nucleares o termo-nucleares, con un total de 456 hasta 1989. De estas explosiones, 116 se hicieron en espacio abierto, sumando una potencia dos mil quinientas veces mayor que la que fue lanzada en la ciudad japonesa de Hiroshima durante la segunda guerra mundial. El resultado es que miles de personas se contagiaron de radiactividad, contrajeron cáncer de pulmón, mientras nacían otros miles de niños con deficiencias motoras, ausencia de miembros o problemas mentales.

Mikhail mira el reloj.

—Si me permiten, tengo que irme.

La mitad de la mesa se lamenta, la conversación se estaba poniendo interesante. La otra mitad se alegra: es absurdo hablar de cosas tan trágicas en una noche tan alegre.

Mikhail se despide de todos haciendo un gesto con la cabeza y me abraza. No porque sienta un afecto especial por mí, sino para poder susurrarme:

—Como le he dicho antes, ella está bien. No se preocupe.

—¡No se preocupe, me ha dicho! ¿Por qué iba a estar preocupado, por una mujer que me ha abandonado, que hizo que me interrogase la policía, que saliese en la primera página de los periódicos y las revistas sensacionalistas, que sufriese días y noches, que casi perdiese a mis amigos y...?

—Y escribir *Tiempo de romper, tiempo de coser*. Por favor, somos adultos, con experiencia, no nos engañemos: claro que te gustaría saber cómo está.

»Y voy más lejos todavía: quieres verla.

—Si lo sabes, ¿por qué has facilitado mi encuentro con él? Ahora tengo una pista: se presenta todos los jueves en ese restaurante armenio.

—Muy bien. Sigue adelante.

—¿No me amas?

—Más que ayer y menos que mañana, como dice una de esas postales que se compran en las papelerías. Sí, te amo. En verdad, estoy perdidamente enamorada de ti, empiezo a pensar en cambiar y venir a vivir aquí, a este enorme y solitario apartamento, y siempre que toco el tema, el que cambia eres tú... de asunto. Aun así, olvido mi amor propio e insinúo lo importante que sería que viviésemos juntos, escucho que todavía es pronto para eso, pienso que tal vez sientas que puedes perderme como perdiste a Esther o que todavía esperas su regreso, o que te verás privado de tu libertad, tienes miedo de quedarte solo, y tienes miedo de estar acompañado; en fin, una completa locura, esta relación nuestra. Pero ya que me lo has preguntado, ésta es la respuesta: te quiero mucho.

—Entonces, ¿por qué has hecho eso?

—Porque no puedo vivir eternamente con el fantasma de la mujer que se marchó sin explicaciones. He leído tu libro. Creo que, hasta que la encuentres, hasta que resuelvas este asunto, tu corazón no podrá ser realmente mío.

»Fue eso lo que pasó con mi vecino: lo tenía lo suficientemente cerca para ver que fue cobarde con nuestra relación, que jamás asumió lo que él tanto deseaba, pero que creía demasiado peligroso tener. Has dicho muchas veces que la libertad absoluta no existe; lo que existe es la libertad de escoger cualquier cosa, y a partir de ahí comprometerse con esa decisión. Cuanto más cerca estaba de mi vecino, más te admiraba a ti: un hombre que aceptó seguir amando a una mujer que lo abandonó, que ya no quiere saber nada de él. No sólo lo aceptaste, sino que decidiste hacerlo público. Éste es un párrafo de tu libro que me sé de memoria: «Cuando no tuve nada que perder, lo recibí todo. Cuando dejé de ser quien era, me encontré a mí mismo. Cuando conocí la humillación y aun así seguí caminando, entendí que era libre para escoger mi destino. No sé si estoy loco, si mi matrimonio fue un sueño que no conseguí entender mientras duró. Sé que puedo vivir sin ella, pero me gustaría volver a verla para decirle lo que nunca le dije mientras estábamos juntos: te amo más que a mí mismo. Si pudiera decirle eso, entonces podría seguir adelante, en paz, porque este amor me ha redimido.»

—Mikhail me ha dicho que Esther debe de haberlo leído. Es suficiente.

—Aun así, para poder tenerte, es preciso que la encuentres y se lo digas cara a cara. Tal vez sea imposible, puede que ella no quiera volver a verte, pero lo habrás intentado. Yo me libraré de la «mujer ideal», y tú ya no tendrás la presencia absoluta del Zahir, como tú lo llamas.

—Tienes valor.

—No, tengo miedo. Pero no tengo elección.

A la mañana siguiente, me juré a mí mismo que no iba a intentar saber el paradero de Esther. Inconscientemente, durante dos años preferí creer que se había visto forzada a marcharse, secuestrada o chantajeada por un grupo terrorista. Pero ahora que sabía que estaba viva, pasándolo muy bien —como me había dicho aquel chico—, ¿por qué insistir en volver a verla? Mi ex mujer tenía derecho a buscar la felicidad, y yo debía respetar su decisión.

Este pensamiento duró poco más de cuatro horas: al final de la tarde, fui hasta una iglesia, encendí una vela, y de nuevo hice una promesa, esta vez de manera sagrada, ritual: intentar encontrarla. Marie tenía razón, ya era lo suficientemente adulto como para seguir engañándome, fingiendo que no me importaba. Yo respetaba su decisión de marcharse, pero la misma persona que tanto me había ayudado a construir mi vida casi me había destruido. Siempre había sido valiente: ¿por qué esta vez había huido como un ladrón en medio de la noche, sin mirar a su marido a los ojos y explicarle la razón? Éramos lo suficientemente adultos para actuar de un determinado modo y aguantar las consecuencias de nuestros actos: el comportamiento de mi mujer —corrijo: ex mujer— no era propio de ella, yo necesitaba saber por qué.

Todavía faltaba una semana —una eternidad— para la obra de teatro. En los días que siguieron, acepté dar entrevistas que no había aceptado nunca, escribí varios artículos para el periódico, hice yoga, meditación, leí un libro sobre un pintor ruso, otro sobre un crimen en el Nepal, escribí dos prefacios e hice cuatro recomendaciones de libros a editores que siempre me lo pedían, y a lo que yo siempre me negaba.

Aun así, todavía quedaba mucho tiempo, y aproveché para pagar algunas cuentas del Banco de Favores, aceptando invitaciones para cenar, rápidas conferencias en colegios en los que estudiaban hijos de amigos, visita a un club de golf, autógrafos improvisados en la librería de un amigo en la avenida de Suffren (cuya divulgación se hizo con un cartel en el escaparate durante tres días, y que consiguió reunir como máximo a veinte personas). Mi secretaria dijo que debía de estar muy contento, ya que hacía tiempo que no me veía tan activo: le respondí que tener el libro en la lista de los más vendidos me estimulaba para trabajar aún más.

Sólo hay dos cosas que no hice durante aquella semana: la primera fue seguir sin leer manuscritos; según mis abogados, había que devolverlos inmediatamente por correo, pues si tardaba corría el riesgo de que alguien dijese que me había aprovechado de una historia suya. (Nunca he entendido por qué la gente me enviaba manuscritos, después de todo, yo no soy editor.)

La segunda cosa que no hice fue buscar en el atlas dónde quedaba Kazajstán, aunque supiera que, para ganarme la confianza de Mikhail, necesitaría saber un poco más sobre sus orígenes.

La gente espera pacientemente la apertura de la puerta que lleva al salón, al fondo del restaurante. Nada del encanto de los bares de Saint-Germain des Prés, nada de café con un pequeño vaso de agua, gente bien vestida y bien hablada. Nada de la elegancia de las salas de las obras de teatro, nada de la magia de los espectáculos que se sucedían en toda la ciudad, en pequeños bistrós, con artistas que siempre dan lo mejor de sí mismos, con la esperanza de que entre el público esté algún famoso empresario que se identifique al final del show, afirme que son geniales y los invite a presentarse en algún importante centro cultural.

En verdad, no entiendo por qué el local está tan lleno: jamás he visto ninguna referencia en las revistas especializadas en entretenimiento y eventos artísticos de París.

Mientras espero, hablo con el dueño y descubro que está planeando usar todo el espacio de su restaurante dentro de poco.

—El público aumenta cada semana —dice—. Al principio, acepté porque me lo pidió una periodista, que a cambio me prometió publicar algo sobre mi restaurante en su revista. Acepté porque el salón rara vez se usa los jueves. Ahora, mientras esperan, aprovechan para cenar, y tal vez sea la mejor receta financiera de la semana. Sólo tengo miedo de una cosa: que sea una secta. Como usted sabe, las leyes aquí son muy estrictas.

Sí, lo sabía, y hasta hubo quien insinuó que mis libros estaban ligados a una peligrosa corriente de pensamiento, a una confesión religiosa que no se ajustaba a los valores comúnmente aceptados. Francia, tan liberal con prácticamente todo, tenía una especie de paranoia respecto al tema. Recientemente se había publicado un extenso informe sobre el «lavado de cerebro» que ciertos grupos practicaban en la gente incauta. Como si la gente supiese escogerlo todo —colegio, universidad, pasta de dientes, coches, películas, maridos, mujeres, amantes—, pero, en materia de fe, se dejasen manipular fácilmente.

—¿Cómo se hace la divulgación? —pregunto.

—No tengo la menor idea. Si lo supiese, utilizaría a la misma persona para promocionar mi restaurante.

Y tan sólo para sacarlo de dudas, ya que no sabe quién soy:

—No se trata de ninguna secta, se lo puedo garantizar. Son artistas.

Se abre la puerta del salón, la multitud entra, después de dejar cinco euros en una pequeña cesta en la entrada. Allí dentro, impasibles en el escenario improvisado, dos chicos y dos chicas, todos con faldas blancas, muy anchas y rígidas, forman una gran circunferencia alrededor del cuerpo. Además de los cuatro, veo también a un hombre de más edad, con un atabaque (1) en las manos, y a una mujer, con un gigantesco plato de bronce lleno de adornos; cada vez que ella golpea sin querer su instrumento, oímos el sonido de una lluvia de metal.

Uno de los jóvenes es Mikhail, ahora completamente diferente del chico al que conocí en mi tarde de autógrafos: su mirada, fija en un punto vacío del espacio, tiene un brillo especial.

La gente se va acomodando en las sillas esparcidas por la sala. Chicos y chicas vestidos de una manera que, si me los encontrara por la calle, creería que pertenecen a un grupo enganchado a las drogas duras. Ejecutivos o funcionarios de mediana

(1) Tambor brasileño de origen africano. *(N. de la t.)*

edad, con sus esposas. Dos o tres niños de nueve o diez años, posiblemente con sus padres. Algunas personas mayores, que deben de haber hecho un gran esfuerzo por llegar hasta aquí, ya que la estación de metro más próxima se encuentra a casi cinco manzanas de distancia.

Beben, fuman, hablan en alto, como si la gente del escenario no existiese. Poco a poco, las conversaciones son cada vez más altas, se oyen muchas carcajadas, el ambiente es de alegría y de fiesta. ¿Secta? Sólo si es una asociación de fumadores. Miro ansiosamente de un lado a otro, creo ver a Esther en todas las mujeres que están allí, pero siempre que me acerco se trata de otra persona, a veces sin ninguna semejanza física con mi esposa (¿por qué no me acostumbro a decir «mi ex mujer»?).

Le pregunto a una mujer bien vestida qué es eso. Ella parece impaciente por responder; me mira como si fuese un principiante, como a una persona que necesita ser educada en los misterios de la vida.

–Historias de amor –dice ella–. Historias y energía.

Historias y energía. Mejor no insistir, aunque la mujer tenga un aspecto absolutamente normal. Pienso en preguntarle a otra persona, pero finalmente decido que es mejor permanecer callado; dentro de poco lo descubriré por mí mismo. Un señor a mi lado me mira y sonríe:

–He leído sus libros. Y claro, sé por qué razón está aquí.

Me asusto: ¿acaso él conoce la relación entre Mikhail y mi esposa –tengo que corregirme otra vez–, la relación entre Mikhail y mi ex esposa?

–Un autor como usted conoce a los tengri. Tienen una relación directa con lo que usted llama «guerrcros de la luz».

–Claro –respondo, aliviado.

Y pienso: nunca he oído hablar de eso.

Veinte minutos después, cuando el aire de la sala es casi irrespirable a causa del humo de los cigarrillos, se oye el ruido del plato de metal con adornos en sus bordes. Las conversaciones cesan como por arte de magia, el ambiente de completa anarquía parece ganar una aura religiosa: tanto el escenario como el público están en silencio, el único ruido que se oye procede del restaurante de al lado.

Mikhail, que parece estar en trance, y sigue con la vista fija en un punto invisible, empieza:

—Dice el mito mongol de la creación del mundo:

> *Apareció un perro salvaje que era azul y gris,*
> *cuyo destino era impuesto por el cielo.*
> *Su mujer era una corza.*

Su voz es otra, más femenina, más segura.

—Así empieza otra historia de amor. El perro salvaje con su valor, su fuerza, la corza con su dulzura, su intuición y su elegancia. El cazador y la presa se encuentran, y se aman. Conforme a las leyes de la naturaleza, uno debería destruir al otro, pero en el amor no hay bien ni mal, no hay construcción ni destrucción, hay movimientos. Y el amor cambia las leyes de la naturaleza.

Ella hace un gesto con la mano y los cuatro giran sobre sí mismos.

—En las estepas de donde vengo, el perro salvaje es un animal femenino. Sensible, capaz de cazar porque ha desarrollado su instinto, pero al mismo tiempo, tímido. No usa la fuerza bruta, usa la estrategia. Valiente y cauteloso, rápido. En un segundo cambia de un estado de relajación total a la tensión de saltar sobre su objetivo.

¿Y la corza?, pienso, ya que estoy acostumbrado a escribir historias. Mikhail también está acostumbrado a contarlas, y responde a la pregunta que estaba en el aire:

—La corza tiene los atributos masculinos: velocidad, conocimiento de la tierra. Ambos viajan en sus mundos simbólicos, dos imposibilidades que se encuentran, y superando sus naturalezas y sus barreras hacen que el mundo también sea posible. Así es el mito mongol: de las naturalezas diferentes, nace el amor. En la contradicción, el amor gana fuerza. En la confrontación y en la transformación, el amor se preserva.

»Tenemos nuestra vida. Ha costado mucho que el mundo llegase hasta donde está. Nos organizamos de la mejor manera posible; no es la ideal, pero podemos convivir. Sin embargo, falta algo, siempre falta algo, y es por eso por lo que estamos aquí reunidos esta noche: para que cada uno de nosotros ayude a los otros a pensar un poco en la razón de su existencia. Contando historias que no tienen sentido, buscando hechos que no encajan en la manera general de percibir la realidad, hasta que, tal vez en una o dos generaciones, podamos descubrir otro camino.

»Cuando el poeta italiano Dante escribió *La Divina Comedia*, dijo: «El día en que el hombre permita que el verdadero amor surja, las cosas que están bien estructuradas se transformarán en confusión y harán que se tambalee todo aquello que creemos que es cierto, que es verdad.» El mundo será verdadero cuando el hombre sepa amar; hasta entonces, viviremos creyendo que conocemos el amor, pero sin valor para afrontarlo tal y como es.

»El amor es una fuerza salvaje. Cuando intentamos controlarlo, nos destruye. Cuando intentamos aprisionarlo, nos esclaviza. Cuando intentamos entenderlo, nos deja perdidos y confusos.

»Esta fuerza está en la Tierra para darnos alegría, para acercarnos a Dios y a nuestro prójimo: y aun así, de la manera que amamos hoy, tenemos una hora de angustia por cada hora de paz.

Mikhail hace una pausa. El extraño plato de metal suena otra vez.

—Como hacemos todos los jueves, no vamos a contar historias de amor. Vamos a contar historias de desamor. Vamos a ver lo que está en la superficie, y entenderemos lo que está por debajo: la base de nuestras costumbres, nuestros valores. Cuando consigamos agujerear esa base, veremos que allí estamos nosotros. ¿Quién empieza?

Varias personas levantan la mano. Él señala a una chica de apariencia árabe. Ella se gira hacia un hombre solo, al otro lado de la sala.

—¿Se ha quedado usted impotente con alguna mujer?

Todo el mundo ríe. El hombre, sin embargo, evita la respuesta directa.

—¿Pregunta usted eso porque su novio es impotente?

Todo el mundo vuelve a reír. Mientras Mikhail hablaba, yo sospechaba que una nueva secta se estaba formando, pero imagino que en las reuniones de sectas nadie fuma, bebe, ni hace preguntas embarazosas sobre la actividad sexual del prójimo.

—No —responde la chica con voz firme—. Pero ya le ha pasado. Y sé que, si usted se hubiese tomado mi pregunta en serio, la respuesta sería «sí, ya me ha pasado». Todos los hombres, en todas las culturas y los países, independientemente del amor o de la atracción sexual, se han quedado impotentes, muchas veces con la persona que más desean. Es normal.

Sí, es normal, y el que me había dado esa respuesta era un psiquiatra, cuando creía que tenía un problema.

La chica continúa:

—Sin embargo, la historia que nos han contado es la siguiente: todos los hombres consiguen tener una erección siempre. Cuando no lo consiguen, creen que son incapaces, y las mujeres se convencen de que no son lo bastante atractivas como para atraerlos. Como el asunto es tabú, él no habla con sus amigos sobre eso. Le dice a su mujer la famosa frase: «Es la primera vez que me pasa.» Siente vergüenza de sí mismo, y la mayor parte de las veces se aleja de alguien con quien podría tener una excelente relación, si se hubiera dado una segunda, una tercera o una cuarta oportunidad. Si confiara más en el amor de sus amigos, si dijera la verdad, descubriría que no es el único. Si confiara más en el amor de su mujer, no se sentiría humillado.

Aplausos. Cigarrillos que se encienden otra vez, como si mucha de esta gente —mujeres y hombres— sintiese un gran alivio.

Mikhail señala a un señor con aire de ejecutivo de multina-
cional.

—Soy abogado, llevo casos de separación por vía conten-
ciosa.

—¿Qué significa «por vía conteciosa»? —pregunta alguien de
la audiencia.

—Cuando una de las dos personas no está de acuerdo —responde el abogado, irritado por haber sido interrumpido y con
aire de quien cree absurdo desconocer un término tan simple.

—Continúe —dice Mikhail con una autoridad que yo jamás
sería capaz de reconocer en el chico que había conocido en mi
tarde de autógrafos.

El abogado obedece:

—Hoy he recibido un informe de la firma Human and Legal
Resources, ubicada en Londres. Dice lo siguiente: A) Dos tercios
de los empleados de una firma tienen algún tipo de relación
afectiva. ¡Imagínense! En una oficina de tres personas, eso significa que dos acabarán teniendo algún tipo de contacto íntimo.
B) El 10 % acaban dejando el empleo por culpa de eso; el 40 %
tienen relaciones que duran más de tres meses, y en el caso de
ciertas profesiones que exigen mucho tiempo fuera de casa, por
lo menos ocho de cada diez personas acaban teniendo una relación. ¿No es increíble?

—¡Tratándose de estadísticas, habrá que respetarlo! —comenta uno de los jóvenes vestidos como si formase parte de un peligroso grupo de delincuentes—. ¡Todos nosotros creemos en las
estadísticas! ¡Eso significa que mi madre debe de estar traicionando a mi padre, y la culpa no es suya, es de las estadísticas!

Más risas, más cigarrillos encendidos, más alivio, como si
aquí, en esta audiencia, la gente estuviese oyendo cosas que
siempre ha temido oír, y eso la liberase de algún tipo de angustia. Pienso en Esther y en Mikhail: «Profesiones que exigen mucho tiempo fuera de casa, ocho de cada diez personas.»

Pienso en mí y en las muchas veces que eso también ha sucedido. Después de todo, son estadísticas, no estamos solos.

Se cuentan otras historias —celos, abandono, depresión—, pero ya no presto atención. Mi Zahir ha vuelto con toda la intensidad; estoy en la misma sala que el hombre que me ha robado a mi mujer, aunque durante algunos instantes haya creído que simplemente estaba haciendo terapia de grupo. Mi vecino, el que me había reconocido, me pregunta si me está gustando. Por un momento, me distrae de mi Zahir y me alegro de responder.

—No entiendo el objetivo. Parece un grupo de autoayuda, como alcohólicos anónimos o consejeros matrimoniales.

—Pero ¿lo que está oyendo no es real?

—Puede ser. Pero repito: ¿cuál es el objetivo?

—Ésa no es la parte más importante de la noche; es simplemente una manera de no sentirnos solos. Contando nuestras vidas delante de todos, acabamos descubriendo que la mayoría de la gente ha vivido lo mismo.

—¿Y el resultado práctico?

—Si no estamos solos, tenemos más fuerza para saber dónde nos hemos desviado y cambiar de rumbo. Pero como he dicho, no es más que un intervalo entre lo que dice el chico al principio y el momento de invocar la energía.

—¿Quién es el chico?

La conversación es interrumpida por el sonido del plato de metal. Esta vez es el viejo, que está delante del atabaque, el que está hablando.

—La parte del raciocinio está terminada. Pasemos al ritual, a la emoción que todo lo culmina y que todo lo transforma. Para aquellos que están hoy aquí por primera vez, esta danza desarrolla nuestra capacidad de aceptar el amor. El amor es lo único que activa la inteligencia y la creatividad, algo que nos purifica y nos libera.

Apagan los cigarrillos, el ruido de los vasos cesa. El extraño silencio desciende de nuevo sobre la sala, y una de las chicas hace una plegaria.

—Señora, danzaremos en tu honor. Que nuestra danza nos haga volar hasta lo alto.

Ha dicho «señora», ¿o he oído mal?

Ha dicho «señora» seguro. La otra chica enciende cuatro candelabros con velas, las luces se apagan. Las cuatro figuras vestidas de blanco, con sus faldas anchas, bajan del escenario y se mezclan con el público. Durante casi media hora, el segundo chico, con una voz que parece salir de su vientre, entona un canto monótono, repetitivo, pero que –curiosamente– me hace olvidar un poco el Zahir, relajarme, sentir una especie de somnolencia. Incluso uno de los niños, que corría de un lado a otro durante toda la parte de «recontar el amor», ahora está quieto, mirando fijamente hacia el escenario. Algunos de los presentes tienen los ojos cerrados, otros contemplan el suelo, o un punto fijo, invisible, como había visto hacer a Mikhail.

Cuando deja de cantar, empiezan los instrumentos de percusión –el plato de metal con adornos y el atabaque–, con un ritmo muy semejante al que estaba acostumbrado a ver en las ceremonias de religiones venidas de África.

Las figuras vestidas de blanco giran sobre sí mismas, y el público en aquel lugar lleno de gente abre espacio para que las faldas tracen movimientos en el aire. Los instrumentos aceleran el ritmo, los cuatro giran cada vez más de prisa, dejando escapar sonidos que no forman parte de ninguna lengua conocida, como si estuviesen hablando directamente con ángeles o con la «Señora», como se ha dicho.

Mi vecino se ha levantado, y también ha empezado a danzar y a murmurar frases incomprensibles. Otras diez u once personas del público hacen lo mismo, mientras el resto asisten con una mezcla de reverencia y admiración.

No sé cuánto tiempo duró aquella danza, pero el sonido de los instrumentos parecía seguir los latidos de mi corazón, y tuve un inmenso deseo de entregarme, de decir cosas extrañas, de mover mi cuerpo; fue precisa una mezcla de autocontrol y de sentido del ridículo para no ponerme a girar como un loco sobre mí mismo. Sin embargo, como nunca antes, la figura de Esther, mi Zahir, parecía estar ante mí, sonriendo, pidiéndome que alabase a la «Señora».

Yo luchaba por no entrar en aquel ritual que no conocía, para que todo acabase pronto. Procuraba concentrarme en mi objetivo de aquella noche –hablar con Mikhail, hacer que me llevase hasta mi Zahir–, pero sentí que era imposible seguir inmóvil. Me levanté de la silla, y cuando ensayaba, con cuidado y timidez, los primeros pasos, la música cesó abruptamente.

En el salón iluminado sólo por las velas, todo lo que podía oír era la respiración cansada de los que habían danzado. Poco a poco, el sonido de la respiración fue disminuyendo, las luces volvieron a encenderse, y todo parecía haber vuelto a la normalidad. Pude ver que los vasos se llenaban de nuevo de cerveza, vino, agua y refrescos. Los niños volvieron a correr y a hablar en alto, y en seguida estaban todos charlando, como si nada, absolutamente nada hubiese sucedido.

–Es hora de terminar la reunión –dijo la chica que había encendido las velas–. Alma tiene la historia final.

Alma era la mujer que tocaba el plato de metal. Habló con el acento de alguien que ha vivido en Oriente.

–El maestro tenía un búfalo. Los cuernos separados le hacían pensar que, si era capaz de sentarse entre ellos, sería lo mismo que estar en un trono. Cierto día, cuando el animal estaba distraído, él se acercó e hizo lo que soñaba. Al mismo tiempo, el búfalo se levantó y lo lanzó lejos.

»Su mujer, al verlo, empezó a llorar.

»–No llores –le dijo el maestro en cuanto consiguió recuperarse–. He sufrido, pero también he realizado mi deseo.

La gente empezó a salir. Le pregunté a mi vecino qué había sentido.

–Ya sabe. Lo escribe usted en sus libros.

Yo no lo sabía, pero tenía que fingir.

–Puede que lo sepa, pero quiero asegurarme.

Él me miró como si yo no lo supiese, y por primera vez empezó a dudar de si realmente yo era el escritor que creía conocer.

—He estado en contacto con la energía del Universo —respondió—. Dios ha pasado por mi alma.

Y salió, para no tener que explicar lo que estaba diciendo.

En la sala desierta quedaron sólo los cuatro actores, los dos músicos y yo. Las mujeres se fueron al baño del restaurante, posiblemente a cambiarse de ropa. Los hombres se quitaron las vestimentas blancas allí mismo en la sala y se pusieron sus ropas de calle. Después, empezaron a guardar los candelabros y los instrumentos en dos maletas grandes.

El señor mayor, que había tocado el atabaque durante la ceremonia, empezó a contar el dinero y lo dividió en seis partes iguales. Creo que hasta ese instante Mikhail no había notado mi presencia.

—Esperaba verte por aquí.

—E imagino que sabes la razón.

—Después de permitir que la energía pase por mi cuerpo, sé la razón de todo. Sé la razón del amor y de la guerra. Sé la razón por la que un hombre busca a la mujer que ama.

Sentí que otra vez caminaba por el filo de una navaja. Si él sabía que estaba allí por culpa de mi Zahir, sabía también que eso era una amenaza para su relación.

—¿Podemos hablar como dos hombres de honor que luchan por algo que merece la pena?

Mikhail pareció vacilar. Yo seguí:

—Sé que voy a salir herido, como el maestro que quiso sentarse entre los cuernos del toro, pero creo que me lo merezco. Lo merezco por el dolor que he causado, aunque inconscientemente. No creo que Esther me hubiera dejado si hubiese respetado su amor.

—No entiendes nada —dijo Mikhail.

Aquella frase me irritó. ¿Cómo un chico de veinticinco años podía decirle a un hombre que ha vivido y sufrido, que está curtido por la vida, que no entendía nada? Pero debía controlarme,

humillarme, hacer lo que fuera preciso: no podía seguir convi-
viendo con fantasmas, no podía dejar que mi universo entero si-
guiera dominado por el Zahir.

—Puede ser que realmente no lo entienda: justamente para
eso estoy aquí. Para entender. Para liberarme a través de la com-
prensión de lo que sucedió.

—Lo entendías todo muy bien, y de repente dejaste de entender; por lo menos fue eso lo que Esther me contó. Como todos
los maridos, llega un momento en el que se considera a la esposa como parte de los muebles y utensilios de la casa.

Mi tentación era decir: «Entonces, me gustaría que me lo
contase ella. Que me diese la oportunidad de corregir mis errores, y que no me dejase por un chico de veintipocos años que
pronto se comportará de la misma manera que yo.» Pero salió
una frase más cuidadosa de mi boca:

—No creo que sea así. Leíste mi libro, fuiste a mi tarde de autógrafos porque sabes lo que siento, y querías tranquilizarme. Mi
corazón todavía está hecho pedazos. ¿Has oído hablar del
Zahir?

—He sido educado en la religión islámica. Conozco la idea
del Zahir.

—Pues Esther ocupa todo el espacio de mi vida. Creí que, al
escribir lo que sentía, me libraría de su presencia. Hoy la amo de
manera más silenciosa, pero no puedo pensar en otra cosa. Y te
pido un favor: haré lo que desees, pero necesito que me expli-
ques por qué desapareció de esa manera. Como tú mismo has
dicho, no entiendo nada.

Era duro estar allí implorándole al amante de mi mujer que
me ayudase a comprender qué había pasado. Si Mikhail no hubiese aparecido la tarde de autógrafos, tal vez aquel momento
en la catedral de Vitoria, donde acepté mi amor y escribí *Tiempo
de romper, tiempo de coser*, habría sido suficiente. El destino, sin
embargo, tenía otros planes, y la simple posibilidad de poder ver
a mi mujer una vez más volvía a desequilibrarlo todo.

—Vamos a comer —dijo Mikhail, después de un rato—. No entiendes nada. Pero la energía divina, que hoy ha atravesado mi cuerpo, es generosa contigo.

Quedamos en vernos al día siguiente. En el camino de vuelta, recordé una conversación con Esther, ocurrida tres meses antes de su desaparición.

Una conversación sobre la energía que atravesaba el cuerpo.

—Realmente sus ojos son diferentes. Tienen miedo a la muerte, sí, pero por encima del miedo a la muerte, está la idea del sacrificio. Sus vidas tienen un sentido, porque están dispuestos a ofrecerlas por una causa.

—¿Hablas de los soldados?

—Hablo de los soldados y hablo de algo que me resulta terrible aceptar, pero ante lo que no puedo fingir. La guerra es un rito; un rito de sangre, pero también un rito de amor.

—Has perdido el juicio.

—Tal vez. He conocido a otros corresponsales de guerra. Van de un país a otro, como si la rutina de la muerte formase parte de sus vidas. No tienen miedo de nada, se enfrentan al peligro igual que un soldado. ¿Todo por una noticia? No creo. Ya no pueden vivir sin el peligro, la aventura, la adrenalina en la sangre. Uno de ellos, casado y con tres hijos, me ha dicho que el lugar en el que mejor se siente es en el campo de batalla. Aunque adora a su familia... habla todo el tiempo sobre su mujer y los niños.

—Es realmente imposible de entender. Esther, no quiero interferir en tu vida, pero creo que esta experiencia acabará haciéndote daño.

—Lo que me va a hacer daño es vivir una vida sin sentido. En la guerra, todo el mundo sabe que está experimentando algo importante.

—¿Un momento histórico?

—No, eso no es suficiente para que arriesguen su vida. Experimentando... la verdadera esencia del hombre.

—La guerra.

—No, el amor.

—Te estás volviendo como ellos.

—Creo que sí.

—Dile a tu agencia de noticias que ya basta.

—No puedo. Es como una droga. Si estoy en el campo de batalla, mi vida tiene un sentido. Paso días sin ducharme, me alimento de las raciones de los soldados, duermo tres horas todas las noches, me despierto con ruido de tiros, sé que en cualquier momento alguien puede lanzar una granada en el sitio en el que estamos, y eso me hace... vivir, ¿entiendes? Vivir, amar cada minuto, cada segundo. No hay lugar para la tristeza, para las dudas, para nada: sólo siento un gran amor por la vida. ¿Me estás prestando atención?

—Totalmente.

—Es como si... una luz divina... estuviese allí, en medio de los combates, en medio de lo peor que hay. Tienes miedo antes y después, pero no en el momento en el que se disparan los tiros. Porque, en ese momento, ves al hombre al límite: capaz de los gestos más heroicos y más inhumanos. Salen bajo una lluvia de balas para rescatar a un compañero, y al mismo tiempo disparan sobre todo lo que se mueve: niños, mujeres...; el que esté en la línea de fuego va a morir. Gente que siempre ha sido honesta en sus pequeñas ciudades del interior, donde nada sucede, invaden museos, destruyen piezas que han resistido siglos y roban cosas que no necesitan. Sacan fotos de atrocidades que ellos mismos cometen, y se enorgullecen de ello, en vez de intentar esconderlo. Es un mundo loco.

»Gente que siempre ha sido desleal, traidora, siente una especie de camaradería y complicidad, y allí son incapaces de un gesto equivocado. O sea, todo funciona exactamente al revés.

—¿Te ha ayudado a responder a la pregunta que Hans le

hizo a Fritz en un bar de Tokio, en aquella historia que me contaste?

—Sí. La respuesta está en una frase del jesuita Teilhard de Chardin, el mismo que dijo que nuestro mundo estaba envuelto por una capa de amor: «Ya dominamos la energía del viento, de los mares, del sol. Pero el día que el hombre sepa dominar la energía del amor será algo tan importante como el descubrimiento del fuego.»

—¿Y aprendiste eso sólo porque has ido al frente de batalla?

—No lo sé. Pero he visto que en la guerra, por más paradójico que sea, la gente es feliz. El mundo, para ellos, tiene un sentido. Como he dicho antes, el poder total, o el sacrificio por una causa, da un significado a sus vidas. Son capaces de amar sin límite porque ya no tienen nada que perder. Un soldado herido de muerte nunca le pide al equipo médico: «¡Por favor, sálvenme!» Generalmente sus últimas palabras son: «Decidles a mi hijo y a mi mujer que los quiero.» ¡En el momento de desesperación hablan de amor!

—O sea que, en tu opinión, el ser humano sólo encuentra sentido a la vida cuando está en una guerra.

—Pero siempre estamos en guerra. Estamos siempre en lucha con la muerte, y sabemos que al final va a ganar la muerte. En los conflictos armados eso es más visible, pero en la vida diaria sucede lo mismo. No podemos permitirnos el lujo de ser infelices todo el tiempo.

—¿Qué quieres que haga?

—Necesito ayuda. Y ayuda no es decir: «Ve y pide la dimisión», porque eso me haría estar más confusa que antes. Tenemos que descubrir una manera de canalizarlo, dejar que la energía de este amor puro, absoluto, pase por nuestro cuerpo y se expanda a nuestro alrededor. La única persona que me ha entendido hasta ahora fue un intérprete que dice que ha tenido revelaciones respecto a esta energía, pero me parece que está un poco fuera de la realidad.

—¿Acaso hablas del amor de Dios?

—Si una persona es capaz de amar a su compañero sin restricciones, sin condiciones, está manifestando el amor de Dios. Si manifiesta el amor de Dios, amará a su prójimo. Si ama a su prójimo, se amará a sí mismo. Si se ama a sí mismo, las cosas vuelven a su lugar. La historia cambia.

»La historia jamás cambiará por culpa de la política, o de las conquistas, o de las teorías, o de las guerras; todo eso es simplemente repetición, es algo que vemos desde el inicio de los tiempos. La historia cambiará cuando podamos usar la energía del amor, igual que usamos la energía del viento, de los mares, del átomo...

—¿Crees que nosotros dos podemos salvar el mundo?

—Creo que hay más gente que piensa de la misma manera. ¿Me ayudas?

—Claro, siempre que me digas qué debo hacer.

—¡Pero eso es justamente lo que no sé!

La simpática pizzería que frecuentaba desde mi primer viaje a París ahora formaba parte de mi historia: la última vez que había estado allí había sido para celebrar la medalla de oficial de las Artes y de las Letras que me había otorgado el Ministerio de Cultura (aunque mucha gente creyese que un restaurante más caro y más elegante sería el lugar ideal para conmemorar un acontecimiento tan importante). Pero Roberto, el dueño del local, era una especie de fetiche para mí; siempre que iba a su restaurante, algo bueno sucedía en mi vida.

—Podría empezar hablando de cosas amenas, como la repercusión de *Tiempo de romper, tiempo de coser*, o de mis emociones contradictorias durante tu obra de teatro.

—No es una obra de teatro, es una reunión —corrigió él—. Contamos historias, y danzamos para la energía del amor.

—Podría hablar de cualquier cosa para hacer que te sientas más cómodo. Pero ambos sabemos por qué estamos aquí sentados.

—Estamos aquí a causa de tu mujer —dijo un Mikhail que exhibía el aire desafiante de los jóvenes de su edad y que en nada se parecía al chico tímido de la tarde de autógrafos, ni al líder espiritual de aquella «reunión».

—Te has equivocado en la expresión: ella es mi ex mujer. Y me gustaría pedirte un favor: que me lleves hasta ella. Que ella me diga, mirándome a los ojos, la razón por la que se fue. Sólo entonces me libraré de mi Zahir. En caso contrario, pensaré día y noche, noche y día, recordando nuestra historia cientos, miles de veces. Intentando descubrir el momento en el que me equivoqué y nuestros caminos empezaron a distanciarse.

Él rió.

—Una idea genial, la de recordar la historia; es así como cambian las cosas.

—Perfecto, pero prefiero dejar las discusiones filosóficas de lado. Sé que, como todos los jóvenes, tienes en tus manos la fórmula exacta para corregir el mundo. Como todos los jóvenes, llegará un día en el que tendrás mi edad, y verás que no es tan fácil cambiar las cosas. Mientras, sería inútil seguir hablando de eso ahora. ¿Me puedes hacer el favor que te estoy pidiendo?

—Antes quiero preguntarte algo: ¿ella se despidió?

—No.

—¿Te dijo que se marchaba?

—No lo dijo. Ya lo sabes.

—¿Crees que, siendo Esther quien es, sería capaz de dejar a un hombre con el que ha vivido más de diez años sin antes enfrentarse a él y explicarle sus razones?

—Pues es justamente eso lo que más me incordia. Pero ¿qué quieres decir?

La conversación fue interrumpida por Roberto, que deseaba saber qué íbamos a comer. Mikhail quería una pizza napolitana, y yo le sugerí que escogiese por mí; no era el momento de dejarme corroer por la duda de lo que debía pedir para comer. Lo único realmente urgente era que trajese, lo más rápido posible, una botella de vino tinto. Roberto preguntó la marca, yo refunfuñé cualquier cosa, y él entendió que debía permanecer apartado, no volver a preguntarme nada más durante la comida y tomar las decisiones necesarias, permitiéndome concentrarme en la conversación con el joven que estaba conmigo.

El vino llegó al cabo de treinta segundos. Llené nuestros vasos.

—¿Qué está haciendo?

—¿Realmente quieres saberlo?

La pregunta respondida con otra pregunta me puso nervioso.

—Sí, quiero.

—Alfombras. Y dando clases de francés.

¡Alfombras! Mi mujer (ex mujer, ¡por favor, acostúmbrate!), que tenía todo el dinero que necesitaba en la vida, que había estudiado periodismo en la universidad, que hablaba cuatro idiomas, ¿ahora se veía obligada a sobrevivir haciendo alfombras y dando clases para extranjeros? Mejor que me controlase: no podía herirlo en su orgullo masculino, aunque creyese que era una vergüenza que no pudiera darle a Esther todo lo que ella merecía.

—Por favor, entiende lo que estoy pasando desde hace más de un año. No soy ninguna amenaza para vuestra relación, sólo necesito dos horas con ella. O una hora, me da igual.

Mikhail parecía saborear mis palabras.

—Has olvidado responder a mi pregunta —dijo, con una sonrisa—. ¿Crees que Esther, siendo ella quien es, dejaría al hombre de su vida sin al menos decirle adiós y sin explicarle la razón?

—Creo que no.

—Entonces, ¿por qué esa historia de «ella me dejó»? ¿Por qué me dices que «no soy una amenaza para vuestra relación»?

Me dejó confuso. Y sentí algo llamado «esperanza», aunque no supiese qué esperaba, ni de dónde venía.

—Me estás diciendo que...

—Exactamente. Te estoy diciendo que creo que ella no te ha dejado, y que tampoco me ha dejado a mí. Simplemente ha desaparecido; durante algún tiempo, o durante el resto de la vida, pero ambos tenemos que respetarlo.

Fue como si una luz brillase en aquella pizzería que siempre me traía buenos recuerdos, buenas historias. Yo quería creer desesperadamente lo que decía el chico, el Zahir ahora latía en todo a mi alrededor.

—¿Sabes dónde está?

—Sí. Pero debo respetar su silencio, aunque ella también me

haga mucha falta. Toda esta situación también es confusa para mí: o Esther está satisfecha por haber encontrado el amor que devora, o bien espera que uno de nosotros vaya a su encuentro, o ha encontrado a otro hombre, o ha desistido del mundo. Sea como fuere, si decides ir a su encuentro, yo no puedo impedirlo. Pero pienso que, en tu caso, tienes que aprender el camino que te lleve a encontrar no sólo su cuerpo, sino también su alma.

Yo quería reír, quería abrazarlo o quería matarlo; las emociones cambiaban con una rapidez impresionante.

—Tú y ella...

—¿Nos acostamos? No te interesa. Pero encontré en Esther la compañera que estaba buscando, la persona que me ayudó a empezar la misión que me fue confiada, el ángel que me abrió las puertas, los caminos, las veredas que nos permitirán —si la Señora quiere— traer de nuevo la energía del amor a la Tierra. Compartimos la misma misión.

»Y simplemente, para que te quedes más tranquilo: tengo una novia, la chica rubia que estaba en el escenario. Se llama Lucrecia, es italiana.

—¿Me estás diciendo la verdad?

—En nombre de la Energía Divina, te estoy diciendo la verdad.

Sacó un trozo de tela oscura del bolsillo.

—¿Ves esto? En verdad, el color de la tela es verde: parece negra porque tiene sangre coagulada.

»Un soldado, en algún país del mundo, le pidió algo antes de morir: ella tenía que quitarle la camisa, cortarla en varios trozos y distribuirlos entre quienes pudiesen entender el mensaje de aquella muerte. ¿Tú tienes un trozo?

—Esther jamás me habló de ese tema.

—Cuando ella encuentra a alguien que debe recibir el mensaje, también le da un poco de sangre del soldado.

—¿Cuál es ese mensaje?

—Si ella no te dio un trozo, no creo que pueda decirte nada al respecto, aunque no me haya pedido que le guarde el secreto.

—¿Conoces a alguien más que tenga un trozo de esta tela?

—Todas las personas que estaban en el escenario. Estamos juntos porque Esther nos unió.

Tenía que ir con cuidado, establecer una relación. Hacer un depósito en el Banco de Favores. No asustarlo, no mostrar ansiedad. Hacerle preguntas sobre él, sobre su trabajo, sobre su país, del cual había hablado con tanto orgullo. Saber si lo que me estaba diciendo era verdad o si tenía otras intenciones. Tener la absoluta certeza de que todavía mantenía contacto con Esther o si también había perdido su pista. Incluso viniendo de un lugar tan distante, donde los valores tal vez fuesen otros, yo sabía que el Banco de Favores funcionaba en cualquier parte, era una institución que no conocía fronteras.

Por un lado, quería creer en todo lo que decía. Por otro, mi corazón ya había sufrido y sangrado mucho, por las mil y una noches en que me quedaba despierto, esperando el ruido de la llave girando en la cerradura, esperando que Esther entrase y se acostase a mi lado, sin decir nada. Me había prometido a mí mismo que, si eso sucedía un día, jamás le haría pregunta alguna, simplemente la besaría, le diría «que duermas bien, amor mío» y despertaríamos juntos al día siguiente, cogidos de la mano, como si aquella pesadilla jamás hubiese sucedido.

Roberto llegó con las pizzas; parecía tener un sexto sentido, apareció en el momento en el que necesitaba ganar tiempo para pensar.

Volví a mirar a Mikhail. «Calma, controla tu corazón o te va a dar un infarto.» Bebí un vaso entero de vino y vi que él hacía lo mismo.

¿Por qué estaba nervioso?

—Creo lo que me dices. Tenemos tiempo para hablar.

—Me vas a pedir que te lleve donde está ella.

Me había estropeado el juego; tenía que volver a empezar.

—Sí, te lo voy a pedir. Voy a intentar convencerte. Voy a hacer todo lo posible para conseguirlo. Pero no tengo prisa, todavía tenemos una pizza entera por delante. Quiero oír más cosas sobre ti.

Reparé en que sus manos temblaban, aunque él se esforzaba por controlarlas.

—Soy una persona con una misión. Hasta el momento, todavía no he conseguido cumplirla. Pero creo que todavía tengo muchos días por delante.

—Y tal vez yo pueda ayudarte.

—Puedes ayudarme. Cualquiera puede ayudarme, basta con ayudar a que la energía del amor se expanda por el mundo.

—Puedo hacer más que eso.

No quería ir más lejos para no parecer que estaba intentando comprar su fidelidad. «Cuidado, todo cuidado es poco. Puede que esté diciendo la verdad, pero también puede que esté mintiendo, intentando aprovecharse de mi sufrimiento.»

—Sólo conozco una energía de amor —continué—. Aquella que tengo por la mujer que se fue... mejor dicho, que se apartó, y me está esperando. Si pudiera volver a verla, sería un hombre feliz. Y el mundo sería mejor, porque una alma estaría contenta.

Él miró hacia el techo, miró hacia la mesa, y yo dejé que el silencio se prolongase todo lo posible.

—Oigo una voz —dijo por fin, sin coraje para mirarme.

La gran ventaja de abordar temas que envuelven la espiritualidad en libros es saber que siempre entraré en contacto con personas que poseen algún tipo de don. Algunos de esos dones son reales, otros son invención, algunas de esas personas intentan aprovecharse, otras me están poniendo a prueba. Yo ya había visto tantas cosas sorprendentes que ese día no tenía la menor duda de que los milagros existen, que todo es posible, el hombre está volviendo a aprender aquello que ha olvidado, sus poderes interiores.

La diferencia es que ése no era el momento ideal para hablar del tema. Mi único interés era el Zahir. Necesitaba que el Zahir volviera a llamarse Esther.

—Mikhail...

—Mi verdadero nombre no es Mikhail. Me llamo Oleg.

—Oleg...

—Mikhail es mi nombre; lo escogí cuando decidí renacer para la vida. El arcángel guerrero, con su espada de fuego, abriendo camino para que —¿cómo lo llamas tú?— los «guerreros de la luz» puedan encontrarse. Ésa es mi misión.

—Ésa es también mi misión.

—¿No prefieres hablar de Esther?

¿Cómo? ¿Había desviado otra vez el tema hacia lo que me interesaba?

—No me encuentro muy bien —su mirada empezaba a perderse, vagaba por el restaurante, como si yo no estuviese allí—. No quiero tocar ese tema. La voz...

Algo extraño, muy extraño estaba sucediendo. ¿Hasta dónde sería capaz de llegar para impresionarme? ¿Acabaría pidiéndome, como mucha gente antes, que escribiese un libro sobre su vida y sus poderes?

Siempre que tengo un objetivo claro ante mí, estoy dispuesto a todo para alcanzarlo (después de todo, eso era lo que decía en mis libros, y no podía traicionar mis palabras). Ahora tenía un objetivo: mirar una vez más a los ojos del Zahir. Mikhail me había dado una serie de informaciones nuevas: no era su amante, ella no me había dejado, todo era una cuestión de tiempo hasta traerla de vuelta. También cabía la posibilidad de que la comida en la pizzería fuese una farsa; un chico que no tiene cómo ganarse la vida se aprovecha del dolor ajeno para conseguir lo que pretende.

Bebí un vaso de vino de una sola vez. Mikhail hizo lo mismo.

Prudencia, decía mi instinto.

—Sí, quiero hablar de Esther. Pero también quiero saber más cosas sobre ti.

—No es verdad. Quieres seducirme, convencerme de que haga cosas que yo, en principio, ya estaba dispuesto a hacer. Aun así, tu dolor no te deja ver claramente: crees que puedo estar mintiendo, que quiero aprovecharme de la situación.

Aunque Mikhail supiese exactamente lo que yo estaba pensando, hablaba más alto de lo que manda la buena educación. La gente empezaba a volverse para ver lo que sucedía.

—Quieres impresionarme, sin saber que tus libros han marcado mi vida, que aprendí mucho con lo que estaba escrito en ellos. Tu dolor te ha dejado ciego, mezquino, con una obsesión: el Zahir. No es tu amor por ella lo que me hizo aceptar esta invitación para comer; no me convence, creo que puede ser simplemente tu orgullo herido. Lo que me ha hecho estar aquí...

La voz aumentaba de tono; empezó a mirar en varias direcciones, como si estuviese perdiendo el control.

—Las luces...

—¿Qué pasa?

—Lo que me ha hecho estar aquí ¡es el amor de ella por ti!

—¿Estás bien?

Roberto se dio cuenta de que algo andaba mal. Vino hasta la mesa y agarró el hombro del chico, como quien no quiere la cosa:

—Bien, por lo visto, mi pizza está horrorosa. No tienen que pagar, pueden irse.

Era la solución. Podíamos levantarnos, salir y evitar el desolador espectáculo de alguien que finge estar poseído por un espíritu en una pizzería, simplemente para causarme algún tipo de impresión o embarazo (aunque yo pensara que la cosa era más seria que una simple representación teatral).

—¿Sientes el viento?

En ese momento, tuve la certeza de que el muchacho no estaba representando: al contrario, hacía un gran esfuerzo por controlarse, y le estaba entrando un pánico mayor que el mío.

—¡Las luces, las luces están apareciendo! ¡Por favor, sácame de aquí!

Su cuerpo empezó a sacudirse con los temblores. Ahora ya no se podía esconder nada, la gente de otras mesas se había levantado.

—En Kazajs...

No consiguió terminar la frase. Empujó la mesa: pizzas, vasos y tenedores volaron y alcanzaron a quienes comían a nuestro lado. Su expresión cambió por completo, su cuerpo temblaba y sus ojos salían de sus órbitas. La cabeza se echó violentamente hacia atrás y oí un ruido de huesos. Un señor se levantó de una de las mesas. Roberto lo agarró antes de que se cayese, mientras el hombre cogía una cuchara del suelo y la metía en su boca.

La escena debió de durar tan sólo unos segundos, pero a mí me pareció una eternidad. Imaginaba otra vez las revistas sensacionalistas describiendo cómo el famoso escritor, posible candidato a un importante premio literario a pesar de tener a toda la crítica en contra, había provocado una sesión de espiritismo en una pizzería, simplemente para llamar la atención sobre su nuevo libro. Mi paranoia continuó descontroladamente: iban a descubrir en seguida que aquel médium era el mismo hombre que había desaparecido con su mujer. Todo empezaría de nuevo, y esta vez ya no tendría valor ni energía para enfrentarme de nuevo a la misma prueba.

Claro, en aquellas mesas estaban algunos conocidos míos, pero ¿cuál de ellos era realmente mi amigo? ¿Quién iba a ser capaz de mantener en silencio lo que estaba viendo?

El cuerpo del chico dejó de temblar, se relajó; Roberto lo mantenía sentado en la silla. El hombre le tomó el pulso, abrió sus párpados y me miró:

—No debe de ser la primera vez. ¿Cuánto tiempo hace que lo conoce?

—Vienen a menudo por aquí —respondió Roberto, notando que yo estaba completamente desarmado—. Pero es la primera vez que sucede en público, aunque yo ya haya tenido casos como éste en mi restaurante.

—Ya me he dado cuenta —respondió el hombre—. No le ha entrado el pánico.

Era un comentario dirigido a mí, que debía de estar pálido. El hombre volvió a su mesa. Roberto intentó relajarme:

—Es el médico de una actriz muy famosa —dijo—. Y creo que tú necesitas más cuidados que tu invitado.

Mikhail –o Oleg, o fuese quien fuese aquella criatura que estaba frente a mí– despertaba. Miró a su alrededor, y en vez de sentir vergüenza, sonrió, un poco confuso.

–Disculpa –dijo–. He intentado controlarlo.

Yo procuraba mantener la compostura, Roberto volvió a socorrerme:

–No se preocupe. Aquí nuestro escritor tiene dinero suficiente para pagar los platos rotos.

Después, se volvió hacia mí:

–Epilepsia. Simplemente un ataque epiléptico, nada más.

Salimos del restaurante, Mikhail entró rápidamente en un taxi.

–¡Pero no hemos hablado! ¿Adónde vas?

–Ahora no estoy en condiciones. Y ya sabes dónde encontrarme.

Hay dos tipos de mundo: aquel con el que soñamos y aquel que es real.

En el mundo que yo soñaba, Mikhail había dicho la verdad, todo se reducía a un momento difícil de mi vida, un malentendido que sucede en cualquier relación amorosa. Esther me aguardaba pacientemente, esperando que yo descubriese lo que había fallado en nuestra relación, fuese hasta ella, le pidiese disculpas y recomenzásemos nuestra vida juntos.

En el mundo que soñaba, Mikhail y yo conversábamos tranquilamente, salíamos de la pizzería, cogíamos un taxi, tocábamos el timbre de la puerta donde mi ex mujer (¿o mujer?, ahora la duda se invertía) tejía sus alfombras por la mañana, daba clases de francés por la tarde y dormía sola por la noche, igual que yo, esperando a que sonase el timbre, que su marido entrara con un ramo de flores y la llevara a tomar chocolate caliente a un hotel cerca de los Campos Elíseos.

En el mundo real, cada encuentro con Mikhail sería siempre tenso, con miedo por lo que había sucedido en la pizzería. Todo lo que había dicho era fruto de su imaginación; en verdad, tampoco él sabía el paradero de Esther. En el mundo real, yo estaba a las 11.45 de la mañana en la Gare de l'Est, esperando el tren que venía de Estrasburgo, para recibir a un importante actor y director norteamericano, entusiasmadísimo con la idea de producir una película basada en uno de mis libros.

Hasta aquel momento, siempre que me hablaban de una

adaptación para el cine, mi respuesta era siempre un «no me interesa»; creo que cada persona, al leer el libro, crea su propia película en la cabeza, da rostro a los personajes, construye los decorados, oye la voz, siente los olores. Y justamente por eso, cuando asiste a algo basado en una novela que le ha gustado, siempre sale con la sensación de haber sido engañada, siempre dice: «El libro es mejor que la película.»

Esta vez mi agente literaria había insistido mucho. Afirmaba que ese actor y productor era «de los nuestros», pretendía hacer algo totalmente diferente de lo que siempre nos habían propuesto. La cita había sido concertada con dos meses de antelación, debíamos cenar esa noche, discutir los detalles, ver si realmente había una complicidad en nuestra manera de pensar.

Pero en dos semanas mi agenda había cambiado por completo: era jueves, yo tenía que ir hasta un restaurante armenio, intentar un nuevo contacto con un joven epiléptico que aseguraba oír voces, pero que era la única persona que sabía el paradero del Zahir. Interpreté aquello como una señal para no vender los derechos del título, intenté cancelar la cita con el actor; él insistió, dijo que no tenía importancia, podíamos cambiar la cena por una comida al día siguiente: «Nadie se pone triste por tener que pasar una noche en París solo» fue su comentario, que me dejó completamente sin argumentos.

En el mundo que yo imaginaba, Esther todavía era mi compañera, y su amor me daba fuerzas para seguir adelante, para explorar todas mis fronteras.

En el mundo que existía, ella era la obsesión completa. Absorbiendo toda mi energía, ocupando todo el espacio, obligándome a hacer un esfuerzo enorme para seguir con mi vida, mi trabajo, mis citas con productores, mis entrevistas.

¿Cómo es posible que, incluso dos años después, todavía no hubiera conseguido olvidarla? Ya no soportaba pensar en el tema, analizar todas las posibilidades, intentar huir, conformarme, escribir un libro, practicar yoga, hacer un trabajo benéfico, frecuentar a los amigos, seducir mujeres, salir a cenar, ir al cine (evitando adaptaciones literarias, claro, y siempre buscando películas que fuesen escritas especialmente para el cine), al teatro, al ballet, al fútbol. Aun así, el Zahir siempre ganaba la batalla, siempre estaba presente, siempre me hacía pensar «cómo me gustaría que ella estuviese conmigo».

Miré el reloj de la estación de tren: faltaban todavía quince minutos. En el mundo que yo imaginaba, Mikhail era un aliado. En el mundo que existía, yo no tenía ninguna prueba concreta, aparte de mi enorme deseo de creer en lo que decía, y podía ser un enemigo disfrazado.

Volví a las preguntas de siempre: ¿por qué no me había dicho nada? ¿Habría sido por la dichosa pregunta de Hans? ¿Habría decidido Esther que debía salvar el mundo, como me había sugerido durante nuestra conversación sobre el amor y la guerra, y me estaba «preparando» para acompañarla en esa misión?

Mis ojos estaban fijos en los raíles del tren. Esther y yo, caminando paralelos el uno junto al otro, sin volver a tocarnos. Dos destinos que...

Raíles de tren.

¿Qué distancia hay entre uno y otro?

Para olvidarme del Zahir, procuré informarme con uno de los empleados que estaba en el andén.

—Distan 143,5 centímetros o 4 pies y 8,5 pulgadas —respondió.

Era un hombre que parecía en paz con su vida, orgulloso de su profesión, y en nada encajaba con la idea fija de Esther de que todos tenemos una gran tristeza escondida en el alma.

Pero su respuesta no tenía el menor sentido: ¿143,5 centímetros o 4 pies y 8,5 pulgadas?

Absurdo. Lo lógico sería 150 centímetros o cinco pies. Un número redondo, claro, fácil de recordar para los constructores de vagones y para los empleados de ferrocarril.

—¿Y por qué? —le insistí al empleado.

—Porque las ruedas de los vagones tienen esa medida.

—Pero las ruedas de los vagones son así por la distancia entre los raíles, ¿no cree?

—¿Cree usted que yo tengo la obligación de saberlo todo sobre trenes sólo porque trabajo en una estación? Las cosas son así porque son así.

Ya no era la persona feliz y en paz con su trabajo de antes; sabía responder a una pregunta, pero no era capaz de ir más allá. Le pedí disculpas y permanecí el resto del tiempo mirando los raíles, sintiendo que intuitivamente querían decirme algo.

Por más extraño que pareciese, los raíles parecían contar algo sobre mi matrimonio y sobre todos los matrimonios.

El actor llegó, más simpático de lo que yo esperaba, a pesar de toda su fama. Lo dejé en mi hotel favorito y volví a casa. Para mi sorpresa, Marie me esperaba, diciendo que, por culpa de las condiciones climatológicas, sus rodajes se habían retrasado una semana.

Creo que hoy, como es jueves, vas a ir al restaurante.

—¿Tú también quieres ir?

—Sí. Voy contigo. ¿Prefieres ir solo?

—Lo prefiero.

—Aun así, he decidido que voy; todavía no ha nacido el hombre que controle mis pasos.

—¿Sabes por qué los raíles de tren están separados por 143,5 centímetros?

—Puedo intentar descubrirlo en internet. ¿Es importante?

—Mucho.

—Dejemos los raíles de tren por ahora. He estado hablando con amigos que son fans tuyos. Creen que una persona que escribe libros como *Tiempo de romper, tiempo de coser*, o la historia del pastor de ovejas, o la peregrinación por el camino de Santiago, debe ser un sabio, con respuestas para todo.

—Lo cual no es verdad en absoluto, como tú sabes.

—¿Qué es verdad, entonces? ¿Cómo les transmites cosas a tus lectores que están más allá de tu conocimiento?

—No están más allá de mi conocimiento. Todo lo que está escrito en ellos es parte de mi alma, lecciones que he aprendido a lo largo de mi vida y que intento aplicarme a mí mismo. Soy un lector de mis propios libros. Ellos me enseñan algo que ya sabía, pero de lo que no era consciente.

—¿Y el lector?

—Pienso que pasa lo mismo con él. El libro —y podemos estar hablando de cualquier cosa, como una película, una canción, un jardín, la visión de una montaña— revela algo. Revelar significa descubrir lo secreto, retirar un velo. Retirar un velo de algo que ya existe es diferente de intentar enseñar los secretos para vivir mejor.

»En este momento, como tú también sabes, estoy sufriendo por amor. Eso puede ser simplemente una bajada al infierno, pero puede ser una revelación. Fue mientras escribía *Tiempo de romper, tiempo de coser* cuando descubrí mi propia capacidad de amar. Aprendí mientras tecleaba las palabras y las frases.

—Pero ¿y el lado espiritual? ¿Y aquello que parece estar presente en cada página de todos tus títulos?

—Empieza a gustarme la idea de que vengas conmigo hoy por la noche al restaurante armenio, porque vas a descubrir, o mejor dicho, vas a ser consciente de tres cosas importantes. La primera: en el momento en el que las personas deciden afrontar un problema, se dan cuenta de que son mucho más capaces de lo que piensan. La segunda: toda la energía, toda la sabiduría, viene de la misma fuente desconocida, que normalmente llamamos Dios. Lo que intento en mi vida, desde que comencé a seguir aquello que considero mi camino, es honrar esa energía, conectarme con ella todos los días, dejarme guiar por las señales, aprender mientras hago y no mientras pienso en hacer algo.

»La tercera: nadie está solo en sus tribulaciones; siempre hay alguien más pensando, alegrándose o sufriendo de la misma manera, y eso nos da fuerza para afrontar mejor el desafío que tenemos ante nosotros.

—¿Eso incluye sufrir por amor?

—Eso lo incluye todo. Si el sufrimiento está ahí, entonces es mejor aceptarlo, porque no se va a ir sólo porque tú finjas que no existe. Si la alegría está ahí, también es mejor aceptarla, incluso con miedo de que se acabe un día. Hay gente que es capaz de relacionarse con la vida sólo a través del sacrificio y de la renuncia. Hay gente que sólo consigue sentirse parte de la humanidad cuando piensa que es «feliz». ¿Por qué me preguntas estas cosas?

—Porque estoy enamorada y tengo miedo de sufrir.

—No tengas miedo; la única manera de evitar ese sufrimiento sería negarse a amar.

—Sé que Esther está presente. Aparte del ataque epiléptico del chico, no me has contado nada más sobre la comida en la pizzería. Eso es una mala señal para mí, aunque pueda ser una buena señal para ti.

—Puede ser una mala señal para mí también.

—¿Sabes qué me gustaría preguntarte? Me gustaría saber si me amas como yo te amo a ti. Pero no tengo el coraje. ¿Por qué tengo tantas relaciones frustradas con tantos hombres?

»Porque pienso que siempre tengo que tener una relación con alguien, y así me veo forzada a ser fantástica, inteligente, sensible, excepcional. El esfuerzo de seducir me obliga a dar lo mejor de mí misma, y eso me ayuda. Por lo demás, es muy difícil convivir conmigo misma. Pero no sé si ésta es la mejor elección.

—¿Tú quieres saber si, incluso sabiendo que determinada mujer me dejó sin darme explicación alguna, yo todavía soy capaz de amarla?

—He leído tu libro. Sé que eres capaz.

—¿Quieres preguntarme si, a pesar de mi amor por Esther, también soy capaz de amarte a ti?

—No osaría hacer esa pregunta, porque la respuesta puede destrozarme la vida.

—¿Quieres saber si el corazón de un hombre, o de una mujer, puede albergar amor para más de una persona?

—Ya que no es una pregunta tan directa como la anterior, me gustaría que respondieses.

—Creo que sí. Excepto cuando una de ellas se convierte en...

—... un Zahir. Pero lucharé por ti, creo que vale la pena. Un hombre que es capaz de amar a una mujer como tú has amado (o amas) a Esther merece todo mi respeto y mi esfuerzo.

»Y ahora, para demostrar mi voluntad de tenerte a mi lado, para demostrar lo importante que eres en mi vida, voy a hacer lo que me has pedido, por absurdo que sea: averiguar por qué los raíles de tren están separados por 4 pies y 8,5 pulgadas.

El dueño del restaurante armenio había hecho exactamente lo que había comentado la semana anterior: ahora, en vez del salón del fondo, estaba todo el restaurante ocupado. Marie miraba a la gente con curiosidad, y alguna que otra vez comentaba la inmensa diferencia entre las personas.

—¿Cómo es que traen a los niños aquí? ¡Es absurdo!

—Tal vez no tengan con quien dejarlos.

A las nueve en punto, las seis figuras —dos músicos con ropas orientales, y los cuatro jóvenes con sus camisas blancas y sus faldas redondas— entraron en el escenario. El servicio de las mesas se suspendió inmediatamente, y la gente guardó silencio.

—En el mito mongol de la creación del mundo, corza y perro salvaje se encuentran —comenzó Mikhail, de nuevo con una voz que no era la suya—. Dos seres de naturaleza diferente: en la naturaleza, el perro salvaje mata a la corza para comer. En el mito mongol, ambos entienden que uno precisa de las cualidades del otro para sobrevivir en un ambiente hostil, y deben unirse.

»Para ello, antes tienen que aprender a amar. Y para amar, tienen que dejar de ser lo que son o jamás podrán convivir. Al pasar el tiempo, el perro salvaje empieza a aceptar que su instinto, siempre concentrado en la lucha por la supervivencia, ahora sirve a un propósito mayor: encontrar a alguien con quien reconstruir el mundo.

Hizo una pausa.

—Cuando danzamos, giramos en torno a la misma energía,

que sube hasta la Señora y vuelve con toda su fuerza hacia nosotros, de la misma manera que el agua se evapora de los ríos, se transforma en nube y vuelve bajo la forma de lluvia. Hoy, mi historia es sobre el círculo del amor: una mañana, un campesino llamó con fuerza a la puerta de un convento. Cuando el hermano portero abrió, él le tendió un magnífico racimo de uvas.

»—Querido hermano portero, éstas son las más bellas uvas producidas por mi viñedo. Y vengo aquí a ofrecerlas.

»—¡Gracias! Voy a llevárselas inmediatamente al Abad, que se pondrá contento con esta ofrenda.

»—¡No! Las he traído para ti.

»—¿Para mí? Yo no merezco tan bello regalo de la naturaleza.

»—Siempre que he llamado a la puerta, has abierto tú. Cuando necesité ayuda porque la cosecha había sido destruida por la sequía, tú me dabas un trozo de pan y un vaso de vino todos los días. Yo quiero que este racimo de uvas te traiga un poco del amor del sol, de la belleza de la lluvia y del milagro de Dios.

»El hermano portero puso el racimo enfrente de él y se pasó la mañana entera admirándolo: era realmente hermoso. Por ello, decidió entregarle el regalo al Abad, que siempre lo había estimulado con palabras de sabiduría.

»El Abad se puso muy contento con las uvas, pero recordó que había en el convento un hermano que estaba enfermo, y pensó: «Voy a darle el racimo. Quién sabe, puede traerle alguna alegría a su vida.»

»Pero las uvas no permanecieron mucho tiempo en el cuarto del hermano enfermo, porque éste reflexionó: «El hermano cocinero ha cuidado de mí, me ha alimentado con lo mejor que hay. Estoy seguro de que esto lo hará muy feliz.» Cuando el hermano cocinero apareció a la hora de comer para llevarle su comida, él le dio las uvas.

»—Son para ti. Como siempre estás en contacto con los productos que la naturaleza nos ofrece, sabrás qué hacer con esta obra de Dios.

»El hermano cocinero se quedó deslumbrado con la belleza del racimo e hizo que su ayudante se fijase en la perfección de las uvas. Eran tan perfectas que nadie las iba a apreciar mejor que el hermano sacristán, responsable de la custodia del Santísimo Sacramento y que muchos, en el monasterio, veían como un hombre santo.

»El hermano sacristán, a su vez, le regaló las uvas al novicio más joven, de modo que éste pudiese entender que la obra de Dios está en los menores detalles de la Creación. Cuando el novicio lo recibió, su corazón se llenó de la Gloria del Señor, porque nunca había visto un racimo tan bonito. Al mismo tiempo, se acordó de la primera vez que había llegado al monasterio y de la persona que le había abierto la puerta; había sido ese gesto el que le había permitido estar ese día en aquella comunidad de personas que sabían valorar los milagros.

»Así, poco antes de caer la noche, le llevó el racimo de uvas al hermano portero.

»—Come y que te aproveche. Pasas la mayor parte del tiempo aquí solo, y estas uvas te harán mucho bien.

»El hermano portero entendió que aquel regalo estaba realmente destinado a él, saboreó cada una de las uvas de aquel racimo y durmió feliz. De esta manera, el círculo se cerró; un círculo de felicidad y alegría, que siempre se extiende en torno al que está en contacto con la energía del amor.

La mujer llamada Alma hizo sonar el plato de metal con sus adornos.

—Como hacemos todos los jueves, escuchamos una historia de amor y contamos historias de desamor. Vamos a ver lo que está en la superficie, y entonces, poco a poco, entenderemos lo de abajo: nuestras costumbres, nuestros valores... Y cuando consigamos perforar esa capa, seremos capaces de encontrarnos a nosotros mismos. ¿Quién empieza?

Se levantaron varias manos, incluida la mía, para sorpresa de Marie. Volvió a haber ruido, la gente se agitaba en las sillas. Mikhail señaló a una mujer hermosa, alta, de ojos azules.

—La semana pasada fui a visitar a un amigo que vive solo en las montañas, cerca de la frontera de Francia; alguien que adora los placeres de la vida y que más de una vez ha afirmado que toda la sabiduría que dicen que posee le viene justamente del hecho de aprovechar cada momento.

»Desde el principio, a mi marido no le gustó la idea: sabía quién era él, que su pasatiempo favorito es cazar pájaros y seducir mujeres. Pero yo necesitaba hablar con ese amigo, estaba pasando por un momento de crisis en el que sólo él podía ayudarme. Mi marido sugirió un psicólogo, un viaje, discutimos, nos peleamos, pero a pesar de todas las presiones en casa, hice el viaje. Mi amigo fue a buscarme al aeropuerto, hablamos por la tarde, cenamos, bebimos, hablamos un poco más y me acosté. Me desperté al día siguiente, anduvimos por la región y volvió a dejarme en el aeropuerto.

»En cuanto llegué a casa, empezaron las preguntas. ¿Estaba solo? Sí. ¿Ninguna novia con él? No. ¿Bebisteis? Bebimos. ¿Por qué no quieres hablar del tema? ¡Pero si estoy hablando del tema! Estabais solos en una casa que da a las montañas, un escenario romántico, ¿no es cierto? Sí. Y aun así, ¿no ocurrió nada aparte de la conversación? No pasó nada. ¿Piensas que me lo creo? ¿Por qué no ibas a creerlo? Porque va en contra de la naturaleza humana: un hombre y una mujer, si están juntos, si beben juntos, si comparten cosas íntimas, ¡acaban en la cama!

»Estoy de acuerdo con mi marido. Va en contra de lo que nos han enseñado. Jamás creerá la historia que le he contado, pero es la pura verdad. Desde entonces, nuestra vida se ha convertido en un pequeño infierno. Pasará, pero es un sufrimiento inútil, un sufrimiento por culpa de lo que nos han contado: un hombre y una mujer que se admiran, cuando las circunstancias lo permiten, acaban en la cama.

Aplausos. Cigarrillos que se encienden. Ruido de botellas y de vasos.

—¿Qué es esto? —preguntó Marie en voz baja—. ¿Una terapia colectiva de parejas?

—Es parte de la «reunión». Nadie dice si está bien o no, simplemente cuentan historias.

—¿Y por qué lo hacen en público, de esta manera irrespetuosa, con gente bebiendo y fumando?

—Tal vez porque es menos serio. Y si es menos serio, es más fácil. Y si es más fácil, ¿por qué no hacerlo de esta manera?

—¿Más fácil? ¿En medio de desconocidos que mañana podrían contarle esa historia a su marido?

Otra persona había empezado a hablar, y no pude decirle a Marie que eso no tenía la menor importancia: todos estaban allí para hablar de desamor disfrazado de amor.

—Soy el marido de la mujer que acaba de contar la historia —dijo un señor que debía de ser por lo menos unos veinte años mayor que la joven rubia y guapa—. Todo lo que ella ha dicho es cierto. Pero hay algo que ella no sabe y que no he tenido el valor de comentarle. Voy a hacerlo ahora.

»Cuando ella se fue a las montañas, yo no conseguí dormir en toda la noche, y empecé a imaginar (con detalles) lo que estaba pasando. Ella llega, la chimenea está encendida, se quita el abrigo, se quita el suéter, no lleva sujetador debajo de la camiseta fina. Él puede ver claramente el contorno de sus senos.

»Ella finge que no se da cuenta de su mirada. Dice que va a la cocina a coger otra botella de champán. Lleva unos vaqueros muy ajustados, anda despacio, e incluso, sin girarse, sabe que él la mira de los pies a la cabeza. Vuelve, hablan de cosas verdaderamente íntimas, y eso les da una sensación de complicidad.

»Agotan el asunto que la llevó hasta allí. Suena el teléfono móvil: soy yo, quiero saber si todo va bien. Ella se acerca a él, pone el teléfono en su oído, ambos escuchan mi conversación, una conversación delicada, porque sé que es tarde para hacer cualquier tipo de presión, lo mejor es fingir que no estoy preocupado, sugerirle que aproveche el tiempo en las montañas, porque al día siguiente debe volver a París, cuidar de los niños, hacer la compra para casa.

»Cuelgo el teléfono, sabiendo que él ha escuchado la conversación. Ahora ambos (que estaban en sofás separados) están sentados muy juntos.

»En ese momento, dejé de pensar en lo que estaba sucediendo en las montañas. Me levanté, fui hasta el cuarto de mis hijos, después fui hasta la ventana, vi París y ¿saben de qué me di cuenta? De que aquel pensamiento me había excitado. Mucho, muchísimo. Saber que mi mujer podía estar, en aquel momento, besando a otro hombre, haciendo el amor con él.

»Me sentí terriblemente mal. ¿Cómo podía excitarme con eso? Al día siguiente hablé con dos amigos; evidentemente no me puse como ejemplo, pero les pregunté si, en algún momento de sus vidas, les había resultado erótico cuando, en una fiesta, sorprenden la mirada de otro hombre en el escote de su mujer. Ambos rehuyeron el tema, porque es tabú. Pero ambos dijeron que es genial saber que tu mujer es deseada por otro hombre: no fueron más allá de eso. ¿Será una fantasía secreta, escondida en el corazón de todos los hombres? No lo sé. Nuestra semana ha sido un infierno porque no entiendo lo que sentí. Y como no lo entiendo, la culpo a ella por provocar en mí algo que desequilibra mi mundo.

Esta vez se encendieron muchos cigarrillos, pero no hubo aplausos. Como si el tema continuase siendo un tabú, incluso en aquel lugar.

Mientras mantenía la mano levantada, me pregunté a mí mismo si estaba de acuerdo con lo que aquel hombre acababa de decir. Sí, estaba de acuerdo: había imaginado algo semejante con Esther y los soldados del campo de batalla, pero no me atrevía a decirlo ni para mí mismo. Mikhail miró hacia mí y me hizo una señal.

No sé cómo fui capaz de levantarme, mirar a aquella audiencia visiblemente extrañada con la historia del hombre que se excita al pensar en su mujer siendo poseída por otro. Nadie parecía prestar atención, y eso me ayudó a empezar.

—Pido disculpas por no ser tan directo como las dos personas que me han precedido, pero tengo algo que decir. Hoy he estado en una estación de tren, y he descubierto que la distancia que separa los raíles es de 143,5 centímetros o 4 pies y 8,5 pulgadas. ¿Por qué esta medida tan absurda? Le pedí a mi novia que descubriera la razón, y he aquí el resultado:

»Porque, al principio, cuando construyeron los primeros vagones de tren, usaron las mismas herramientas que se utilizaban para la construcción de carruajes.

»¿Por qué los carruajes tenían esa distancia entre las ruedas? Porque las antiguas carreteras se hicieron con esa medida, ya que sólo así podían circular los carruajes.

»¿Quién decidió que las carreteras debían hacerse con esa medida? Y he aquí que, de repente, llegamos a un pasado muy distante: los romanos, primeros grandes constructores de carreteras, lo decidieron. ¿Por qué razón? Los carros de guerra eran conducidos por caballos, y al ponerlos uno al lado del otro, los animales de la raza que usaban en aquella época ocupaban 143,5 centímetros.

»De esta manera, la distancia entre los raíles que he visto hoy, usados por nuestro modernísimo tren de alta velocidad, fue determinada por los romanos. Cuando los emigrantes fueron a Estados Unidos a construir ferrocarriles, no se preguntaron si sería mejor cambiar el ancho, y siguieron con el mismo patrón. Esto llegó a afectar incluso a la construcción de los transbordadores espaciales: los ingenieros norteamericanos creían que los tanques de combustible debían ser más grandes, pero eran fabricados en Utah, había que transportarlos en tren hasta el Centro Espacial de Florida y no cabían en los túneles. Conclusión: tuvieron que resignarse a lo que los romanos habían decidido como medida ideal.

»¿Y qué tiene eso que ver con el matrimonio?

Hice una pausa. Algunas personas no tenían ni el más mínimo interés en raíles de tren y empezaban a hablar entre sí. Otras me escuchaban con total atención, entre ellas, Marie y Mikhail.

—Tiene mucho que ver con el matrimonio y con las dos historias que acabamos de escuchar. En un momento dado de la historia, apareció alguien y dijo: cuando nos casamos, las dos personas deben permanecer congeladas el resto de su vida. Caminaréis el uno al lado del otro como dos raíles, obedeciendo ese exacto patrón. Aunque algunas veces uno de los dos necesite estar un poco más lejos o un poco más cerca, eso va contra las reglas. Las reglas dicen: sed sensatos, pensad en el futuro, en los hijos. Ya no podéis cambiar, debéis ser como los raíles: la distancia entre ellos es la misma en la estación de partida, en medio del camino o en la estación de destino. No dejéis que el amor cambie, ni que crezca al principio, ni que disminuya en el medio; es arriesgadísimo. Así pues, pasado el entusiasmo de los primeros años, mantened la misma distancia, la misma solidez, la misma funcionalidad. Servís para que el tren de la supervivencia de la especie siga hacia el futuro: vuestros hijos sólo serán felices si permanecéis como siempre habéis estado: a 143,5 centímetros de distancia el uno del otro. Si no estáis contentos con algo que nunca cambia, pensad en ellos, en los niños que habéis traído a este mundo.

»Pensad en los vecinos. Demostrad que sois felices, que hacéis churrasco los domingos, que veis la televisión, que ayudáis a la comunidad. Pensad en la sociedad: vestíos de modo que todos sepan que entre vosotros no hay conflictos. No miréis a los lados, alguien puede estar viéndoos, y eso es una tentación, puede significar divorcio, crisis, depresión...

»Sonreíd en las fotos. Poned fotografías en la sala para que todos las vean. Cortad la hierba, haced deporte, para poder permanecer congelados en el tiempo. Cuando el deporte ya no mejore vuestro aspecto, haceos la cirugía plástica. Pero no lo olvidéis nunca: estas reglas se establecieron en algún momento y tenéis que respetarlas. ¿Quién estableció las reglas? Eso no tiene importancia, no os hagáis jamás ese tipo de preguntas, porque serán válidas siempre, aunque no estéis de acuerdo con ellas.

Me senté. Hubo algunos aplausos entusiasmados, alguna indiferencia, y yo sin saber si había ido demasiado lejos. Marie me miraba con una mezcla de admiración y sorpresa.

La mujer del escenario tocó el plato.

Le dije a Marie que esperase allí, mientras yo salía fuera a fumar un cigarrillo.

—Ahora van a danzar en nombre del amor, de la «Señora».

—Puedes fumar aquí.

—Quiero estar solo.

Aunque era el principio de la primavera, todavía hacía mucho frío, pero yo necesitaba aire puro. ¿Por qué había contado toda aquella historia? Mi matrimonio con Esther nunca había sido de la manera que había descrito: dos raíles, siempre uno al lado del otro, siempre correctos, rectos, alineados. Habíamos tenido nuestros altibajos, muchas veces alguno de los dos había amenazado con marcharse para siempre, pero aun así seguimos juntos.

Hasta hacía dos años.

O hasta el momento en que ella empezó a querer saber por qué era infeliz.

Nadie debe preguntarse eso: ¿por qué soy infeliz? Esta pregunta trae consigo el virus de la destrucción de todo. Si nos preguntamos eso, querremos descubrir lo que nos hace felices. Si lo que nos hace felices es diferente de aquello que estamos viviendo, o cambiamos de una vez, o seremos más infelices todavía.

Y yo ahora me encontraba en esa misma situación: una novia con personalidad, el trabajo que empezaba a ir bien y una gran posibilidad de que las cosas acabasen equilibrándose con el tiempo. Era mejor conformarse. Aceptar lo que la vida me estaba ofreciendo, no seguir el ejemplo de Esther, no prestar atención a los ojos de las personas, recordar las palabras de Marie, crear una nueva vida a su lado.

No, no podía pensar así. Si me comportaba de la manera en que la gente esperaba que lo hiciera, me convertiría en su esclavo. Es preciso un enorme control para evitar que eso suceda, porque la tendencia es estar siempre dispuesto a agradar a alguien, principalmente a uno mismo. Pero si hacía eso, además de haber perdido a Esther, también perdería a Marie, mi trabajo, mi futuro, el respeto por mí mismo y por todo lo que había dicho y escrito.

Entré al ver que la gente empezaba a salir. Mikhail apareció ya cambiado de ropa.

—Lo que sucedió en el restaurante...

—No te preocupes —respondí—. Vamos a pasear a orillas del Sena.

Marie entendió el mensaje, dijo que tenía que acostarse temprano aquella noche. Le pedí que compartiésemos el taxi hasta el puente que queda frente a la torre Eiffel, así yo podría volver a pie a casa. Se me ocurrió preguntarle a Mikhail dónde vivía, pero pensé que la pregunta podía ser interpretada como una tentativa de verificar, con mis propios ojos, que Esther no estaba con él.

En el camino, ella le preguntaba insistentemente a Mikhail qué era aquella «reunión», y él respondía siempre lo mismo: una manera de recuperar el amor. Aprovechó para decir que le había gustado mi historia sobre los raíles de tren.

—Fue así como se perdió el amor —dijo—. Cuando empezamos a establecer exactamente las reglas para que él pudiese manifestarse.

—¿Y cuándo fue eso? —preguntó Marie.

—No lo sé. Pero sé que es posible hacer que esa energía retorne. Lo sé, porque cuando danzo, o cuando oigo la voz, el amor habla conmigo.

Marie no sabía qué era «oír la voz», pero ya habíamos llegado al puente. Bajamos y empezamos a andar por la fría noche de París.

—Sé que te asustaste con lo que viste. El mayor peligro es tragarse la lengua y asfixiarse; el dueño del restaurante sabía qué hacer, y eso quiere decir que ya debe de haber sucedido antes en su pizzería. No es tan raro. Sin embargo, su diagnóstico es equivocado: no soy epiléptico. Es el contacto con la energía.

Claro que era epiléptico, pero no habría servido de nada decir lo contrario. Yo procuraba comportarme normalmente. Tenía que mantener la situación bajo control; estaba sorprendido con la facilidad con la que Mikhail había aceptado que nos viéramos esta vez.

—Te necesito. Necesito que escribas algo sobre la importancia del amor —dijo.

—Todo el mundo sabe de la importancia del amor. Casi todos los libros escritos son sobre eso.

—Entonces, voy a reformular mi petición: necesito que escribas algo sobre el nuevo Renacimiento.

—¿Qué es el nuevo Renacimiento?

—Es un momento parecido al que surgió en Italia en los siglos XV y XVI, cuando genios como Erasmo, Da Vinci o Miguel Ángel dejaron de ver las limitaciones del presente, la opresión de las convenciones de la época, y se volvieron hacia el pasado. Igual que ocurrió en aquella época, estamos volviendo al lenguaje mágico, a la alquimia, a la idea de la Diosa Madre, a la libertad de hacer aquello que creemos, y no lo que la Iglesia o el gobierno exigen. Como en la Florencia de 1500, volvemos a descubrir que el pasado contiene las respuestas para el futuro.

»Fíjate, por ejemplo, en esa historia de tren que has contado: ¿en cuántas cosas seguimos obedeciendo patrones que no entendemos? Ya que la gente lee lo que escribes, ¿no podrías tocar el tema?

—Jamás he negociado un libro —respondí, recordando otra vez que tenía que mantener el respeto por mí mismo—. Si el tema fuera interesante, si estuviera en mi alma, si el barco llamado *Palabra* me llevara hasta esa isla, tal vez lo escribiría. Pero eso no tiene nada que ver con el hecho de buscar a Esther.

—Lo sé, no estoy imponiendo una condición; simplemente te estoy sugiriendo algo que creo que es importante.

—¿Te habló ella del Banco de Favores?

—Sí, pero no se trata del Banco de Favores. Se trata de una misión que no soy capaz de cumplir yo solo.

—¿Tu misión es lo que haces en el restaurante armenio?

—Eso es sólo una pequeña parte. Hacemos lo mismo los viernes con mendigos. Los miércoles trabajamos con los nuevos nómadas.

¿Nuevos nómadas? Mejor no interrumpir ahora; el Mikhail que charlaba conmigo no tenía la arrogancia de la pizzería, ni el carisma del restaurante, ni la inseguridad de la tarde de autógrafos. Era una persona normal, un compañero con el que siempre acabamos la noche hablando sobre los problemas del mundo.

—Sólo puedo escribir sobre aquello que realmente me toca el alma —insistí.

¿Te gustaría ir con nosotros a hablar con los mendigos?

Recordé el comentario de Esther y la falsa tristeza en los ojos de aquellos que debían de ser los más miserables del mundo.

—Déjame pensarlo un poco.

Nos acercábamos al museo del Louvre, pero él se paró, se apoyó en el muro del río, y nos quedamos mirando los barcos que pasaban, con faros que herían nuestros ojos.

—Mira lo que hacen —dije porque necesitaba sacar cualquier tema, por miedo a que se aburriese y decidiese irse a casa—. Sólo ven lo que alcanza la luz. Cuando vuelvan a casa, dirán que conocen París. Mañana verán la *Mona Lisa* y dirán que visitaron el Louvre. No conocen París ni han ido al Louvre; todo lo que han hecho es ir en barco y ver un cuadro, un único cuadro. ¿Cuál es la diferencia entre ver una película pornográfica y hacer el amor? La misma diferencia que hay entre ver una ciudad e intentar saber lo que sucede en ella, ir a los bares, internarse por calles que no están en las guías turísticas, perderse para encontrarse con uno mismo.

—Admiro tu control. Hablas de los barcos del Sena, y esperas el momento justo para hacer la pregunta que te ha traído hasta mí. Siéntete libre ahora para hablar abiertamente sobre lo que quieres saber.

No había ninguna agresividad en su voz, y yo decidí seguir adelante.

—¿Dónde está Esther?

—Físicamente, muy lejos, en Asia Central. Espiritualmente, muy cerca, acompañándome día y noche con su sonrisa y con el recuerdo de sus palabras de entusiasmo. Fue ella quien me trajo hasta aquí, un pobre joven de veintiún años, sin futuro, al que la gente de mi aldea consideraba una aberración, un enfermo o un hechicero que tenía un pacto con el demonio, y que la gente de la ciudad consideraba un simple campesino en busca de empleo.

»Otro día te cuento mejor mi historia, pero el hecho es que yo sabía hablar inglés y empecé a trabajar como intérprete para ella. Estábamos en la frontera de un país en el que ella necesitaba entrar: los norteamericanos estaban construyendo muchas bases militares allí, se preparaban para la guerra con Afganistán, era imposible conseguir un visado. Yo la ayudé a cruzar las montañas ilegalmente. Durante la semana que pasamos juntos, ella me hizo entender que yo no estaba solo, que me comprendía.

»Le pregunté qué hacía tan lejos de casa. Después de algunas respuestas evasivas, finalmente, me contó lo que debe de haberte contado a ti también: buscaba el lugar en el que se había escondido la felicidad. Yo le hablé de mi misión: conseguir que la energía del amor vuelva a expandirse por la Tierra. En el fondo, ambos buscábamos lo mismo.

»Esther fue a la embajada de Francia y me consiguió un visado como intérprete de la lengua kazaca, aunque todo el mundo en mi país sólo hable ruso. Vine a vivir aquí. Nos veíamos siempre que ella volvía de sus misiones en el extranjero; viajamos otras dos veces juntos a Kazajstán; le interesaba muchísimo la cultura *tengri* y, también un nómada que había conocido —y que creía tener la respuesta para todo.

Yo quería saber qué era «*tengri*», pero la pregunta podía esperar. Mikhail siguió hablando, y sus ojos denotaban la misma nostalgia que yo tenía de Esther.

—Empezamos a hacer un trabajo aquí en París; fue ella quien tuvo la idea de reunir a la gente una vez a la semana. Decía: «En toda relación humana, lo más importante es hablar; pero la gente ya no se sienta a charlar y a escuchar a los demás. Van al teatro, al cine, ven la televisión, escuchan la radio, leen libros, pero casi no hablan. Si queremos cambiar el mundo, tenemos que volver a la época en la que los guerreros se reunían alrededor de la hoguera y contaban historias.

Recordé que Esther decía que todas las cosas importantes en nuestras vidas habían surgido de largos diálogos en una mesa de bar, o caminando por calles y parques.

—La idea de que sea los jueves es mía porque así lo manda la tradición en la que fui criado. Pero la idea de salir de vez en cuando por las calles de París es suya: decía que los únicos que no fingían estar contentos eran los mendigos; al contrario, fingen estar tristes.

»Me dio tus libros para que los leyese. Entendí que también tú, tal vez de manera inconsciente, imaginabas el mismo mundo que nosotros dos. Entendí que no estaba solo, aunque fuese el único que oyese la voz. Poco a poco, a medida que la gente se animaba a frecuentar la reunión, empecé a creer que podía cumplir mi misión, ayudar a que la energía volviese, aunque para eso fuese preciso regresar al pasado, al momento en que se fue o se escondió.

—¿Por qué me dejó Esther?

¿Acaso yo no podía cambiar de tema? La pregunta irritó un poco a Mikhail.

—Por amor. Hoy usaste el ejemplo de los raíles, pues bien, ella no es un raíl a tu lado. Ella no sigue las reglas, e imagino que tú tampoco las sigues. Espero que sepas que yo también la echo de menos.

—Entonces...

—Entonces, si quieres encontrarla, puedo decirte dónde está.

Yo he sentido el mismo impulso, pero la voz me dice que no es el momento, que nadie debe perturbarla en su encuentro con la energía del amor. Yo respeto la voz, la voz nos protege: a mí, a ti, a Esther.

—¿Cuándo será el momento?

—Tal vez mañana, dentro de un año o nunca más, y en ese caso tendremos que respetar su decisión. La voz es la energía, por eso, sólo reúne a las personas cuando están realmente preparadas para ese momento. Aun así, todos nosotros intentamos forzar una situación, simplemente para oír la frase que no querríamos oír nunca: «Vete.» El que no respeta la voz, y llega antes o después de lo que debería, jamás conseguirá lo que pretende.

—Prefiero oírla decir «vete» que seguir con el Zahir en mis noches y mis días. Si lo dijera, dejaría de ser una idea fija para convertirse en una mujer que ahora vive y piensa diferente.

—Ya no será el Zahir, sino una gran pérdida. Si un hombre y una mujer consiguen manifestar la energía, realmente están ayudando a todos los hombres y las mujeres del mundo.

—Me estás asustando. Yo la amo. Sabes que la amo, y me dices que ella aún me ama. No sé qué es estar preparado, no puedo vivir en función de lo que los demás esperan de mí, ni tan siquiera Esther.

—Por lo que entendí en mis conversaciones con ella, en algún momento tú te perdiste. El mundo empezó a girar en torno a ti, exclusivamente en torno a ti.

—No es verdad. Ella tuvo libertad para crear su propio camino. Decidió ser corresponsal de guerra, incluso en contra de mi voluntad. Pensó que tenía que buscar la razón de la infelicidad humana, aunque yo le argumentase que es imposible saberlo. ¿Acaso ella desea que yo vuelva a ser un raíl al lado de otro raíl, guardando esa distancia estúpida, sólo porque lo decidieron los romanos?

—Al contrario.

Mikhail volvió a caminar, y yo lo seguí.

—¿Tú crees que oigo una voz?

—A decir verdad, no lo sé. Y ya que estamos aquí, déjame que te enseñe algo.

—Todo el mundo piensa que es un ataque epiléptico, y yo dejo que piensen así: es más fácil. Pero esa voz me habla desde que soy un niño, desde que vi a aquella mujer.

—¿Qué mujer?

—Después te lo cuento.

—Siempre que te pregunto algo respondes «después te lo cuento».

—La voz me está diciendo algo. Sé que estás ansioso o asustado. En la pizzería, cuando sentí el viento caliente y vi las luces, sabía que eran los síntomas de mi conexión con el Poder. Sabía que estaba allí para ayudarnos a los dos.

»Si crees que todo lo que estoy diciendo no pasa de la locura de un chico epiléptico que quiere aprovecharse de los sentimientos de un escritor famoso, entonces mañana te doy un mapa con el lugar en el que ella se encuentra y puedes ir a buscarla. Pero la voz nos está diciendo algo.

—¿Puedo saber qué es o me lo cuentas después?

—Te lo cuento dentro de un rato: todavía no he entendido bien el mensaje.

—Aun así, prométeme que me darás la dirección y el mapa.

—Te lo prometo. En nombre de la Energía Divina del amor, lo prometo. ¿Qué es lo que querías enseñarme?

Señalé una estatua dorada, una joven montada a caballo.

—Eso. Ella oía voces. Mientras la gente respetó lo que decía, todo fue bien. Cuando empezaron a dudar, el viento de la victoria cambió de lado.

Juana de Arco, la virgen de Orleans, la heroína de la guerra de los Cien Años, que a los diecisiete había sido nombrada comandante de las tropas porque... oía voces, y esas voces le comunicaban la mejor estrategia para derrotar a los ingleses. Dos años después, era condenada a muerte en la hoguera, acusada de hechicería. Yo utilicé en uno de mis libros una parte del interrogatorio, fechado el 24 de febrero de 1431:

Ella fue entonces interrogada por el Dr. Jean Beaupére. Pre-guntada si había oído una voz, respondió

—La oí tres veces, ayer y hoy. Por la mañana, a la hora de las Vísperas y cuando tocaron al Ave María...

Preguntada si la voz estaba en el cuarto, ella respondió que no lo sabía, pero que la había despertado. No estaba en el cuar-to, pero estaba en el castillo.

Ella le preguntó a la voz qué debía hacer, y la voz le pidió que se levantase de la cama y que juntase las palmas de las manos.

Entonces [Juana de Arco] le dijo al obispo que la interro-gaba:

—Usted afirma que es mi juez. Así que, preste mucha aten-ción a lo que va a hacer porque yo soy la enviada de Dios y está usted en peligro. La voz me ha hecho revelaciones que debo decir al rey, pero no a usted. Esta voz que oigo (desde hace mucho tiempo) viene de Dios, y me da más miedo contrariar a las voces que contrariarlo a usted.

—No estarás insinuando que...

—¿Que eres la reencarnación de Juana de Arco? No creo. Ella murió con tan sólo diecinueve años, y tú ya tienes veinticin-co. Ella dirigió el ejército francés, y por lo que me has dicho, tú ni siquiera eres capaz de dirigir tu propia vida.

Volvimos a sentarnos en el muro que rodea el Sena.

—Creo en señales —insistí—. Creo en el destino. Creo que la gente tiene, todos los días, una posibilidad de saber cuál es la mejor decisión en todo lo que hace. Creo que fallé, que en algún momento perdí mi conexión con la mujer que amaba. Y ahora, todo lo que necesito es terminar este ciclo; así que quiero el mapa, quiero ir hasta ella.

Él me miró, y parecía la persona en trance que se presentaba

en el escenario del restaurante. Presentí un nuevo ataque epiléptico, en medio de la noche, en un lugar prácticamente desierto.

—La visión me ha dado poder. Este poder es casi visible, pal-
pable. Puedo manejarlo, pero no puedo dominarlo.

—Es tarde para este tipo de conversaciones. Estoy cansado y
tú también. Me gustaría que me dieses el mapa y el lugar.

—La voz... te daré el mapa mañana por la tarde. ¿Dónde
puedo entregarlo?

Le di mi dirección, y me sorprendió que no supiese dónde
había vivido con Esther.

—¿Crees que me he acostado con tu mujer?

—Jamás te preguntaría eso. No es de mi incumbencia.

—Pero me lo preguntaste cuando estábamos en la pizzería.

Lo había olvidado. Claro que era de mi incumbencia, pero
ahora su respuesta ya no me interesaba.

Los ojos de Mikhail cambiaron. Busqué algo en el bolsillo
para ponérselo en la boca en caso de un ataque, pero él parecía
calmado, manteniendo la situación bajo control.

—En este momento estoy oyendo la voz. Mañana cogeré el
mapa, las notas, los vuelos e iré a tu casa. Creo que ella te está
esperando. Creo que el mundo será más feliz si dos personas,
tan sólo dos personas, son más felices. Pero sucede que la voz
me está diciendo que no podremos vernos mañana.

—Yo sólo tengo una comida con un actor que ha venido de
Estados Unidos y no puedo cancelarla. Te estaré esperando el
resto del día.

—Pero la voz lo dice.

—¿Te está prohibiendo que me ayudes a encontrar a Esther?

—No creo. Fue la voz la que me estimuló a ir a tu tarde de
autógrafos. A partir de ahí, yo sabía más o menos que las cosas
se encaminarían de la manera en que se han encaminado, porque había leído *Tiempo de romper, tiempo de coser*.

—Entonces —y me moría de miedo por si cambiaba de idea—,
vamos a hacer lo que hemos acordado. Estoy libre a partir de las
dos de la tarde.

—Pero la voz dice que todavía no es el momento.

—Me lo has prometido.

—Está bien.

Me tendió la mano y dijo que al día siguiente pasaría por mi casa a última hora de la tarde. Sus últimas palabras aquella noche fueron:

—La voz dice que sólo permitirá que eso suceda en el momento preciso.

Yo, mientras volvía a mi apartamento, la única voz que oía era la de Esther, hablando de amor. Y mientras recordaba la conversación, entendía que se refería a nuestro matrimonio.

—Cuando tenía quince años, estaba loca por descubrir el sexo. Pero era pecado, estaba prohibido. Yo no podía entender por qué era pecado. ¿Y tú? ¿Me puedes decir por qué todas las religiones, en todos los lugares del mundo, consideran el sexo como algo prohibido, incluso las religiones y las culturas más primitivas?

—Se te ha dado por pensar ahora en cosas muy exquisitas. ¿Por qué está prohibido el sexo?

—Por culpa de la alimentación.

—¿De la alimentación?

—Hace miles de años, las tribus viajaban, hacían el amor libremente, tenían hijos y, cuanto más poblada era una tribu, más posibilidades tenía de desaparecer. Luchaban entre sí por comida, matando a los niños y después matando a las mujeres, que eran más débiles. Sólo quedaban los fuertes, pero eran todos hombres. Y los hombres, sin mujeres, no pueden perpetuar la especie.

»Entonces alguien, al ver que eso había sucedido en la tribu vecina, decidió evitar que también sucediese en la suya. Inventó una historia: los dioses prohibían que los hombres hiciesen el amor con todas las mujeres. Sólo podían hacerlo con una o con dos como máximo. Algunos eran impotentes, algunas eran estériles, parte de la tribu no tenía hijos por razones naturales, pero nadie podía cambiar de pareja.

»Todos lo creyeron, porque el que lo dijo hablaba en nombre

de los dioses, debía de tener algún tipo de comportamiento diferente: una deformidad, una enfermedad que provoca convulsiones, un don especial, cualquier cosa que lo distinguiese de los demás, porque fue así como surgieron los primeros líderes. En pocos años, la tribu se hizo más fuerte; un número de hombres capaces de alimentar a todos, mujeres capaces de reproducir, niños capaces de aumentar lentamente el número de cazadores y de reproductoras. ¿Sabes qué es lo que le da más placer a una mujer en el matrimonio?

—El sexo.

—Error: alimentar. Ver a su marido comer. Ése es el momento de gloria de la mujer, que se pasa el día entero pensando en la cena. Y tal vez sea por eso, por culpa de una historia escondida en el pasado: el hambre, la amenaza de extinción de la especie y el camino hacia la supervivencia.

—¿Echas de menos tener hijos?

—No ha sucedido, ¿verdad? ¿Cómo puedo echar de menos algo que no ha sucedido?

—¿Y crees que eso habría cambiado nuestro matrimonio?

—¿Cómo voy a saberlo? Puedo ver a mis amigas y a mis amigos: ¿son ellos más felices por tener hijos? Algunos sí, otros no tanto. Pueden ser felices con sus hijos, pero eso no ha mejorado ni empeorado la relación entre ellos. Se siguen creyendo con el derecho a intentar controlar al otro. Siguen creyendo que la promesa «ser felices para siempre» tiene que mantenerse, incluso a costa de la infelicidad cotidiana.

—La guerra te está haciendo daño, Esther. Te está poniendo en contacto con una realidad muy diferente de la que vivimos aquí. Sí, sé que voy a morir; por eso, vivo cada día como si fuese un milagro. Pero eso no me obliga a pensar en el amor, la felicidad, el sexo, la alimentación, el matrimonio.

—La guerra no me deja pensar. Simplemente existo, y punto. Cuando entiendo que en cualquier momento me puede atravesar una bala perdida, pienso: «Qué bien, no tengo que preocuparme de qué pasará con mi hijo.» Pero también pienso: «Qué pena, voy a morir, y no quedará nada de mí, sólo he sido capaz de perder la vida, no he sido capaz de traerla al mundo.»

—¿Pasa algo con nosotros? Lo pregunto porque a veces creo que quieres decirme cosas, pero no sigues la conversación.

—Sí, pasa algo. Tenemos la obligación de ser felices juntos. Tú crees que me debes todo lo que eres, yo creo que debo sentirme privilegiada por tener a un hombre como tú a mi lado.

—Yo tengo a la mujer que amo, no siempre lo reconozco, y acabo preguntándome: «¿Qué pasa conmigo?»

—Genial que lo entiendas. No pasa nada contigo, y no pasa nada conmigo, que también me hago la misma pregunta. Lo que pasa es la manera en la que ahora manifestamos nuestro amor. Si aceptamos que eso crea problemas, podríamos convivir con esos problemas y ser felices. Sería una lucha constante, y eso nos mantendría activos, vivos, animados, con muchos universos para conquistar. Pero caminamos hacia un punto en el que las cosas se acomodan. En el que el amor deja de crear problemas, enfrentamientos, y pasa a ser una simple solución.

—¿Y qué hay de malo en eso?

—Todo. Siento que la energía del amor, llamada pasión, ha dejado de pasar a través de mis carnes y de mi alma.

—Pero algo siempre queda.

—¿Sí? ¿Es que todos los matrimonios tienen que acabar así, con la pasión convertida en algo llamado «relación madura»? Te necesito. Te echo de menos. A veces siento celos. Me gusta pensar en qué vas a cenar, aunque a veces no preste atención a lo que comes. Pero falta alegría.

—No falta. Cuando estás lejos, me gustaría que estuvieses cerca. Me imagino las conversaciones que tendremos cuando tú o yo volvamos de un viaje. Llamo para saber si todo va bien, necesito oír tu voz todos los días. Puedo garantizarte que sigo enamorado.

—Lo mismo me pasa a mí, pero ¿qué sucede cuando estamos juntos? Discutimos, nos peleamos por tonterías, uno quiere cambiar al otro, quiere imponer su forma de ver la realidad. Me reprochas cosas que no tienen el menor sentido, y yo me comporto de la misma manera. De vez en cuando, en el silencio de nuestros corazones, nos decimos a nosotros mismos: «Qué bueno sería ser libre, no tener ningún compromiso.»

—Tienes razón. Y en estos momentos me siento perdido porque sé que estoy con la mujer que deseo.

—Yo también estoy con el hombre que siempre he querido tener a mi lado.

—¿Tú crees que eso se puede cambiar?

—A medida que envejezco, me miran menos hombres, y pienso más a menudo: «Mejor dejarlo todo como está.» Tengo la seguridad de que me puedo engañar el resto de mi vida. Sin embargo, cada vez que voy a la guerra, veo que existe un amor mayor, mucho mayor que el odio que hace que los hombres se maten unos a otros. Y en esos momentos, y sólo en esos momentos, creo que puedo cambiarlo.

—No puedes vivir todo el tiempo en la guerra.

—Y tampoco puedo vivir todo el tiempo en esta especie de paz que encuentro a tu lado. Está destruyendo lo único importante que tengo: mi relación contigo. Aunque la intensidad del amor sea la misma.

—Millones de personas en el mundo entero están pensando en eso ahora mismo, resisten valientemente, y dejan que estos momentos de depresión pasen. Aguantan una, dos, tres crisis y finalmente encuentran la calma.

—Sabes que no es así exactamente. O no habrías escrito los libros que has escrito.

Había decidido que mi comida con el actor norteamericano sería en la pizzería de Roberto; era preciso volver allí inmediatamente para deshacer cualquier mala impresión que pudiese haber causado. Antes de salir, avisé a mi asistenta y al portero del edificio en el que vivía: si por casualidad no volvía a la hora señalada y venía un joven con rasgos mongoles a entregarme un encargo, era importantísimo que lo invitasen a subir, que esperase en la sala, que le sirviesen todo lo que deseara. Si el joven no podía esperar, entonces les dije que le pidieran que les dejara a uno de los dos aquello que había venido a entregarme.

Sobre todo, ¡no deben permitir que se marche sin dejar el encargo!

Cogí un taxi y le pedí que parase en la esquina del bulevar Saint-Germain con la rue Saint-Pères. Caía una lluvia fina, pero sólo había unos treinta metros de caminata hasta el restaurante, con su letrero discreto y la sonrisa generosa de Roberto, que de vez en cuando salía a fumar un cigarrillo. Una mujer con un carrito de bebé caminaba en mi dirección por la acera estrecha, y como no había espacio para los dos, me bajé para permitirle el paso.

Fue entonces cuando, a cámara lenta, mi mundo dio una vuelta inmensa: el suelo se volvió cielo, el cielo se volvió suelo, pude fijarme en algunos detalles de la parte superior del edificio de la esquina (había pasado muchas veces por allí, pero jamás había mirado hacia arriba). Recuerdo la sensación de sorpresa, el viento soplando fuerte en mi oído y el ladrido de un perro en la distancia; luego todo se volvió oscuro.

Me vi empujado a gran velocidad hacia un agujero negro, donde podía distinguir una luz al final. Antes de llegar allí, unas manos invisibles tiraron de mí hacia atrás con gran violencia, y desperté con voces y gritos a mi alrededor; no debió de durar más que unos segundos. Sentí el sabor de la sangre en mi boca, el olor del asfalto mojado, y entonces me di cuenta de que había sufrido un accidente. Estaba consciente e inconsciente al mismo tiempo, lo intenté pero no fui capaz de moverme, pude observar a otra persona tendida en el suelo, a mi lado; podía sentir su olor, su perfume, imaginé que debía de tratarse de la mujer que iba con el bebé por la acera. ¡Dios mío!

Alguien se acercó para intentar levantarme, yo grité para que no me tocasen, era un peligro mover mi cuerpo ahora. Lo había aprendido en una conversación sin importancia, una noche sin importancia; si tenía una fractura en el cuello, cualquier movimiento en falso podía paralizarme para siempre.

Luché para mantener la conciencia, esperé un dolor que no llegaba nunca, intenté moverme pero creí mejor no hacerlo; tenía una sensación de calambre, de letargo. Volví a pedir que no me tocasen, oí a lo lejos la sirena, y entendí que podía dormir, ya no tenía que luchar para salvar mi vida, estaba perdida o ganada, ya no era una decisión mía, sino de los médicos, de los enfermeros, de la suerte, de «eso», de Dios.

Oí la voz de una niña —que me decía su nombre, que yo no era capaz de grabar— pidiéndome que estuviese tranquilo, garantizándome que no me iba a morir. Quería creer en sus palabras, le imploré que se quedase más tiempo a mi lado, pero en seguida desapareció. Vi que colocaban algo plástico en mi cuello, una máscara en mi rostro, y entonces me dormí de nuevo, esta vez sin ningún tipo de sueño.

Cuando recobré la conciencia, no había nada aparte de un zumbido horrible en mis oídos: el resto era silencio y oscuridad completa. De repente, sentí que todo se movía, y tuve la certeza de que estaban llevando mi ataúd, ¡iban a enterrarme vivo!

Intenté golpear las paredes a mi alrededor, pero no pude mover ni un solo músculo del cuerpo. Durante un tiempo que me pareció infinito, sentía que me empujaban hacia adelante, ya no podía controlar nada más, y en ese momento, reuniendo toda la fuerza que todavía me quedaba, di un grito que resonó en aquel ambiente cerrado, volvió a mis oídos y casi me dejó sordo. Pero sabía que con ese grito estaba a salvo, pues en seguida apareció una luz a mis pies: ¡descubrieron que no me había muerto!

La luz —la bendita luz que me salvaba del peor de los suplicios, la asfixia— fue poco a poco iluminando mi cuerpo, por fin retiraban la tapa del ataúd, yo sudaba frío, sentía un inmenso dolor, pero estaba contento, aliviado, se habían dado cuenta del error, y ¡qué alegría poder volver a este mundo!

La luz finalmente llegó a mis ojos: una mano suave tocó la mía, un rostro angelical secó el sudor de mi frente:

—No se preocupe —dijo el rostro angelical, de cabellos rubios y ropa blanca—. No soy un ángel, no se ha muerto, esto no es un ataúd, sino un aparato de resonancia magnética, para ver posibles lesiones que pueda haber. Por lo visto, no hay nada grave, pero tendrá que quedarse aquí en observación.

—¿Ni un hueso roto?

—Excoriaciones generalizadas. Si le traigo un espejo, se quedará horrorizado con su aspecto, pero se le pasará en unos días.

Intenté levantarme, ella me lo impidió con dulzura. Entonces sentí un fuerte dolor en la cabeza, y gemí.

—Ha sufrido un accidente, eso es natural, ¿no cree?

—Creo que me están engañando —dije con esfuerzo—. Soy adulto, he vivido intensamente mi vida, puedo aceptar ciertas noticias sin que me invada el pánico. Algún vaso en mi cabeza está punto de estallar.

Aparecieron dos enfermeros y me pusieron en una camilla. Me di cuenta de que llevaba un aparato ortopédico alrededor del cuello.

—Alguien comentó que usted había pedido que no lo moviesen —dijo el ángel—. Gran decisión. Tendrá que llevar este collarín durante algún tiempo, pero si no hay ninguna sorpresa desagradable, ya que nunca se saben las consecuencias, pronto todo esto no habrá sido más que un gran susto, una gran suerte.

—¿Cuánto tiempo? No puedo quedarme aquí.

Nadie respondió. Marie me esperaba sonriendo fuera de la sala de radiología; por lo visto, los médicos habían comentado que en principio no había nada grave. Me pasó la mano por el pelo, disfrazando el horror que debía de estar sintiendo al ver mi aspecto.

El pequeño cortejo siguió por el pasillo del hospital: ella, dos enfermeros que empujaban la camilla y el ángel de blanco. La cabeza me dolía cada vez más.

—Enfermera, la cabeza...

—No soy enfermera, soy su médica, estamos esperando a que llegue su médico personal. En cuanto a la cabeza, no se preocupe: por un mecanismo de defensa, el organismo cierra todos los vasos sanguíneos en el momento de un accidente para evitar hemorragias. Cuando percibe que ya no hay peligro, vuelven a abrirse, la sangre vuelve a correr, y eso duele. Nada más. En cualquier caso, si quiere puedo darle algo para dormir.

Lo rechacé. Y, como surgiendo de algún rincón oscuro de mi alma, recordé una frase que había oído el día anterior: «La voz me dice que sólo permitirá que eso suceda en el momento preciso.»

Él no podía saberlo. No era posible que todo lo que había ocurrido en la esquina de Saint-Germain con Saint-Pères fuese resultado de una conspiración universal, de algo predeterminado por los dioses, que deberían estar ocupadísimos cuidando de este planeta en condiciones tan precarias, en vías de destrucción, pero habían parado todo el trabajo sólo para impedir que yo fuese al encuentro del Zahir. El chico no tenía la menor posibilidad de prever el futuro a no ser que... realmente oyese una voz, que hubiera un plan y que las cosas fuesen mucho más importantes de lo que yo imaginaba.

Aquello empezaba a ser demasiado para mí: la sonrisa de Marie, la posibilidad de que alguien oyera una voz, el dolor cada vez más insoportable.

—Doctora, he cambiado de idea: quiero dormir, no puedo aguantar el dolor.

Ella le dijo algo a uno de los enfermeros que empujaba la camilla, y éste se fue y volvió incluso antes de que llegásemos a la habitación. Sentí un pinchazo en el brazo y, en seguida, me quedé dormido.

Cuando desperté, quise saber exactamente qué había ocurrido, si la mujer que había visto a mi lado también se había salvado, qué había sucedido con su bebé. Marie me dijo que tenía que descansar, pero el doctor Louit, mi médico y amigo, ya había llegado, y pensó que no había ningún problema en contármelo. Había sido atropellado por una moto: el cuerpo que había visto en el suelo era el del chico que la conducía, que había sido trasladado al mismo hospital, y que había tenido la misma suerte que yo —sólo excoriaciones generalizadas–. Según la investigación policial hecha justo después del accidente, yo estaba en medio de la calle cuando sucedió el accidente, poniendo en peligro la vida del motorista.

O sea, que aparentemente yo era el culpable de todo, pero el chico había decidido no poner ninguna denuncia. Marie había ido a visitarlo, hablaron un poco, supo que él era inmigrante y que trabajaba ilegalmente, tenía miedo de decirle cualquier cosa a la policía. Salió del hospital veinticuatro horas después, ya que en el momento del accidente llevaba casco, y eso disminuía mucho el riesgo de sufrir algún daño en el cerebro.

–¿Dice que salió veinticuatro horas después? ¿Quiere decir que estoy aquí desde hace más de un día?

–Tres días. Después de la resonancia magnética, la doctora me llamó y me pidió permiso para mantenerlo sedado. Como creo que ha estado muy nervioso, tenso, irritado y deprimido, la autoricé a hacerlo.

–¿Y qué puede pasar ahora?

–En principio, dos días más en el hospital y tres semanas con este aparato en el cuello: las cuarenta y ocho horas críticas han pasado. Aun así, una parte de su cuerpo puede rebelarse contra la idea de seguir comportándose bien, en cuyo caso, tendremos un problema que resolver. Pero es mejor pensar en ello sólo ante una emergencia; no vale la pena sufrir anticipadamente.

–O sea, ¿todavía me puedo morir?

–Como bien debe de saber, todos nosotros no sólo podemos, sino que vamos a morir.

–Quiero decir: ¿todavía puedo morirme a causa del accidente?

El doctor Louit hizo una pausa.

–Sí. Existe la posibilidad de que se haya formado un coágulo de sangre que los aparatos no pudieron localizar, y que puede liberarse en cualquier momento y provocar una embolia. También cabe la posibilidad de que una célula haya enloquecido y empiece a formar un cáncer.

–No debería usted hacer ese tipo de comentarios –lo interrumpió Marie.

—Somos amigos desde hace cinco años. Me ha preguntado y le estoy respondiendo. Y ahora les pido disculpas, pero debo volver a mi consulta. La medicina no es como ustedes piensan. En el mundo en el que viven, si un niño sale a comprar cinco manzanas pero sólo llega a casa con dos, concluyen que se ha comido las tres que faltan.

»En mi mundo, existen otras posibilidades: puede habérselas comido, pero también pueden habérselas robado, puede que el dinero no le llegase para comprar las cinco que pensaba, que las haya perdido en el camino, que alguien tuviese hambre y haya decidido compartirlas con esa persona, etc. En mi mundo, todo es posible y todo es relativo.

—¿Qué sabe usted de la epilepsia?

Marie entendió inmediatamente que me refería a Mikhail, y su temperamento dejó entrever cierto desagrado. Al mismo tiempo dijo que tenía que irse, pues la esperaban en un rodaje.

Pero el doctor Louit, aunque ya había cogido sus cosas para marcharse, se detuvo un instante para responder a mi pregunta.

—Se trata de un exceso de impulsos eléctricos en determinada región del cerebro, lo cual provoca convulsiones de mayor o menor gravedad. No hay ningún estudio definitivo al respecto; se cree que los ataques suceden cuando la persona está bajo una gran tensión. Sin embargo, no se preocupe: aunque la dolencia puede dar su primer síntoma a cualquier edad, difícilmente sería causado por un accidente de moto.

—¿Y qué la provoca?

—No soy un especialista en el tema, pero si quiere puedo informarme al respecto.

—Sí, quiero. Y tengo otra pregunta, pero por favor no piense que mi cerebro se ha visto afectado a causa del accidente. ¿Es posible que los epilépticos oigan voces y tengan premoniciones del futuro?

—¿Alguien le ha dicho que iba a tener este accidente?

—No dijo exactamente eso. Pero fue lo que entendí.

—Disculpe, pero no puedo quedarme más tiempo, voy a llevar a Marie. En cuanto a la epilepsia, procuraré informarme.

Durante los dos días que Marie estuvo lejos, y a pesar del susto del accidente, el Zahir volvió a ocupar su espacio. Yo sabía que, si el chico había cumplido su palabra, habría un sobre esperándome en casa con la dirección de Esther, pero ahora yo estaba asustado.

¿Y si Mikhail estaba diciendo la verdad respecto a la voz?

Traté de recordar los detalles: bajé de la acera, miré a los lados mecánicamente, vi que pasaba un coche, pero también vi que estaba a una distancia segura. Aun así, fui alcanzado, quizá por una moto que intentaba adelantar a aquel coche y que estaba fuera de mi campo de visión.

Creo en las señales. Después del camino de Santiago, todo había cambiado por completo: lo que tenemos que aprender está siempre delante de nuestros ojos, basta con mirar alrededor con respeto y atención para descubrir adónde desea llevarnos Dios, y el paso más acertado que debemos dar después. También aprendí a respetar el misterio: como decía Einstein, Dios no juega a los dados con el universo, todo está interrelacionado y tiene un sentido. Aunque este sentido permanezca oculto casi todo el tiempo, sabemos que estamos cerca de nuestra verdadera misión en la Tierra cuando lo que estamos haciendo está contagiado por la energía del entusiasmo.

Si lo está, todo va bien. Si no lo está, es mejor cambiar pronto de rumbo.

Cuando nos encontramos en el camino correcto, seguimos las señales, y cuando damos un paso en falso, la Divinidad viene en nuestro socorro para evitar que cometamos un error. ¿Acaso el accidente era una señal? ¿Acaso Mikhail, aquel día, había intuido una señal que era para mí?

Decidí que la respuesta a esa pregunta era «sí».

Y tal vez por eso, por aceptar mi destino, por dejarme guiar por una fuerza mayor, noté que, a lo largo de aquel día, el Zahir empezaba a perder intensidad. Sabía que todo lo que tenía que hacer era abrir un sobre, leer su dirección y tocar el timbre de su casa.

Pero las señales indicaban que no era el momento. Si realmente Esther era tan importante en mi vida como yo imaginaba, si seguía amándome (como había dicho el chico), ¿por qué forzar una situación que me iba a llevar a los mismos errores que había cometido en el pasado?

¿Cómo evitar repetirlos?

Conociendo mejor quién era yo, qué había cambiado, qué había provocado este corte súbito en un camino que siempre había estado marcado por la alegría. ¿Bastaba con eso?

No, también tenía que saber quién era Esther, por qué transformaciones había pasado durante todo el tiempo que vivimos juntos.

¿Y era suficiente con responder a estas dos preguntas?

Faltaba una tercera: ¿por qué nos había unido el destino?

Como tenía mucho tiempo libre en aquel cuarto de hospital, hice una recapitulación general de mi vida. Busqué siempre aventura y seguridad al mismo tiempo, aun sabiendo que las dos cosas no eran compatibles entre sí. Incluso estando seguro de mi amor por Esther, me enamoraba con rapidez de otras mujeres, simplemente porque el juego de la seducción es lo más interesante del mundo.

¿Había sabido demostrar mi amor por mi mujer? Tal vez durante un período, pero no siempre. ¿Por qué? Porque creía que no era necesario, ella debía de saberlo, no podía poner en duda mis sentimientos.

Recuerdo que, muchos años atrás, alguien me preguntó qué tenían en común todas las novias que habían pasado por mi vida. La respuesta fue fácil: yo. Y al darme cuenta de eso, vi el tiempo que había perdido en busca de la persona adecuada; las mujeres cambiaban, yo seguía igual, y no aprovechaba nada de lo que habíamos vivido juntos. Tuve muchas novias, pero siem-

pre me quedé esperando a la persona adecuada.
controlado, y la relación no pasó de ahí. Hasta que
y transformó el panorama por completo.

Estaba pensando en mi ex mujer con ternura: ya
obsesión encontrarla, saber por qué había desaparecido sin explicaciones. Aunque *Tiempo de romper, tiempo de coser* fuese
un verdadero tratado sobre mi matrimonio, el libro era, sobre
todo, un certificado para mí mismo: soy capaz de amar, de echar
de menos a alguien. Esther merecía mucho más que palabras;
incluso las palabras, las simples palabras, jamás habían sido di-
chas mientras estábamos juntos.

Siempre hay que saber cuándo una etapa llega a su fin. Cerrando ciclos, cerrando puertas, terminando capítulos; no importa el nombre que le demos, lo que importa es dejar en el pasado los momentos de la vida que ya se han acabado. Poco a
poco, empecé a entender que no podía volver atrás y hacer que
las cosas volvieran a ser como eran: aquellos dos años, que antes me parecían un infierno sin fin, ahora empezaban a mostrar-
me su verdadero significado.

Y ese significado iba mucho más allá de mi matrimonio: todos los hombres, todas las mujeres están conectados con la
energía que muchos llaman amor, pero que en verdad es la materia prima con la que se construyó el universo. Esta energía
no puede ser manipulada; es ella la que nos conduce suavemen-
te, es en ella en la que reside todo nuestro aprendizaje en esta
vida. Si intentamos orientarla hacia lo que queremos, acabamos
desesperados, frustrados, defraudados, porque ella es libre y
salvaje.

Pasaremos el resto de la vida diciendo que amamos a tal
persona o tal cosa, cuando en verdad estamos sufriendo simplemente porque, en vez de aceptar su fuerza, intentamos dismi-
nuirla para que quepa en el mundo que imaginamos vivir.

Cuanto más pensaba en eso, más el Zahir perdía su fuerza y
más me acercaba a mí mismo. Me preparé para un largo trabajo,
que me iba a exigir mucho silencio, meditación y perseverancia.

El accidente me había ayudado a comprender que no podía forzar algo para lo que todavía no había llegado el «tiempo de coser».

Recordé lo que el doctor Louit me había dicho: después de un trauma como ése, la muerte podía llegar en cualquier minuto. ¿Y si así fuese? ¿Si dentro de diez minutos mi corazón dejara de latir?

Un enfermero entró en la habitación a traerme la cena, y le pregunté:

—¿Ha pensado usted ya en su funeral?

—No se preocupe —respondió él—. Sobrevivirá. Ya tiene mucho mejor aspecto.

—No estoy preocupado. Y sé que voy a sobrevivir porque una voz me ha dicho que así sería.

Hablé de la «voz» a propósito, simplemente para provocarlo. Él me miró desconfiado, pensando que tal vez fuese el momento de pedir un nuevo examen y verificar si realmente mi cerebro no se había visto afectado.

—Sé que sobreviviré —continué—. Tal vez un día más, un año más, treinta o cuarenta años más. Pero un día, a pesar de todos los avances de la ciencia, dejaré este mundo y tendré un funeral. Estaba pensando en eso ahora, y me gustaría saber si usted ya ha reflexionado alguna vez sobre el tema.

—Nunca. Y no quiero pensar en ello; además, lo que más me asusta es justamente saber que todo va a acabar.

—Quiera o no, esté de acuerdo o no lo esté, ésa es una realidad de la que nadie escapa. ¿Qué tal si charlásemos un poco sobre el tema?

—Tengo que ver a otros pacientes —dijo, dejando la comida sobre la mesa y saliendo lo más rápidamente posible, como si intentase huir. No de mí, sino de mis palabras.

Si el enfermero no quería tocar el tema, ¿qué tal si hiciese yo solo la reflexión? Recordé partes de un poema que había aprendido en la infancia:

Cuando la indeseada de las gentes llegue,
tal vez yo tenga miedo. Tal vez sonría y diga:
el día ha sido bueno, la noche puede llegar.
Encontrará labrado el campo, la mesa puesta, la casa
limpia, cada cosa en su lugar.

Me gustaría que eso fuese verdadero: cada cosa en su lugar. ¿Y cuál iba a ser mi epitafio? Tanto yo como Esther ya habíamos hecho un testamento, en el que, entre otras cosas, habíamos escogido la cremación (mis cenizas serían esparcidas al viento en un lugar llamado Cebreiro, en el camino de Santiago, y las cenizas de ella tiradas al mar). Así que no iba a tener esa famosa piedra con una inscripción.

Pero ¿y si pudiese escoger una frase? Entonces pediría que grabasen: «Murió mientras estaba vivo.»

Podía parecer un contrasentido, pero conocía a muchas personas que habían dejado de vivir, aunque siguiesen trabajando, comiendo y realizando sus actividades sociales de siempre. Lo hacían todo de manera automática, sin comprender el momento mágico que trae cada día, sin pararse a pensar en el milagro de la vida, sin entender que el minuto siguiente puede ser el último sobre la faz de este planeta.

Era inútil intentar explicarle eso al enfermero, principalmente porque quien vino a recoger el plato de comida fue otra persona, que empezó a hablar compulsivamente conmigo, tal vez por orden de algún médico. Quería saber si me acordaba de mi nombre, si sabía en qué año estábamos, el nombre del presidente de Estados Unidos, y otras preguntas que sólo tienen sentido cuando nos están examinando para certificar nuestra salud mental.

Y todo eso por haber hecho una pregunta que todo ser humano necesita hacerse: ¿ya has pensado en tu funeral? ¿Sabes que vas a morir tarde o temprano?

Aquella noche me dormí sonriendo. El Zahir estaba desapareciendo, Esther volvía, y si tenía que morirme ese día, a pesar de todo lo que había ocurrido en mi vida, a pesar de mis derrotas, de la desaparición de la mujer amada, de las injusticias que había sufrido o que había hecho sufrir a otros, había permanecido vivo hasta el último minuto, y con toda seguridad podía afirmar: «El día ha sido bueno, la noche puede llegar.»

Dos días después estaba en casa. Marie fue a preparar la comida, yo le eché un vistazo a la correspondencia que se había acumulado. Sonó el interfono, era el portero para decirme que el sobre que esperaba la semana anterior había sido entregado y que debía de estar encima de mi mesa.

Se lo agradecí y, al contrario de todo lo que había imaginado antes, no salí corriendo para abrirlo. Comimos, le pregunté a Marie por sus rodajes, ella quiso saber mis planes, ya que, con el collarín ortopédico, yo no podía salir en todo momento. Dijo que, si quería, se quedaría conmigo todo el tiempo necesario.

—Tengo que hacer una pequeña presentación para un canal de televisión coreano, pero puedo aplazarlo o simplemente cancelarlo. Si necesitas de mi compañía, claro.

—Necesito tu compañía, y me alegra saber que puedes estar cerca.

Con una sonrisa en la cara, cogió inmediatamente el teléfono, llamó a su agente y le dijo que cambiase sus compromisos. La oí comentar: «No digas que me he enfermado, tengo una superstición, y siempre que utilizo esa disculpa, acabo en la cama; di que tengo que cuidar de la persona que amo.»

Había una serie de providencias urgentes: entrevistas que habían sido aplazadas, invitaciones a las que había que responder, tarjetas de agradecimiento a las llamadas y ramos de flores que había recibido, textos, prefacios, recomendaciones. Marie se pasaba el día entero en contacto con mi agente, reorganizando mi agenda de modo que no quedase nadie sin respuesta. Todas las noches cenábamos en casa, charlando sobre temas unas veces interesantes, otras banales, como cualquier pareja. En una de esas cenas, después de algunos vasos de vino, ella comentó que yo estaba cambiado.

—Parece que estar cerca de la muerte te ha devuelto un poco de vida —dijo.

—Eso le pasa a todo el mundo.

—Pero, si me lo permites, y no quiero empezar a discutir, ni estoy teniendo una crisis de celos, desde que llegaste a casa, no hablas de Esther. Ya había pasado cuando acabaste *Tiempo de romper, tiempo de coser*: el libro funcionó como una especie de terapia, que infelizmente duró poco.

—¿Quieres decir que el accidente puede haber provocado algún tipo de consecuencia en mi cerebro?

Aunque mi tono no fuese agresivo, ella decidió cambiar de tema, y empezó a contarme el miedo que había sentido en un viaje en helicóptero desde Mónaco a Cannes. Al final de la noche acabamos en la cama haciendo el amor con mucha dificultad a causa de mi collarín ortopédico, pero, aun así, haciendo el amor y sintiéndonos muy cerca el uno del otro.

Cuatro días después, la gigantesca pila de papel de encima de mi mesa había desaparecido. Sólo quedaba un sobre grande, blanco, con mi nombre y el número de mi apartamento. Marie se dispuso a abrirlo, pero le dije que no, que aquello podía esperar.

Ella no me preguntó nada; tal vez se tratara de información sobre mis cuentas bancarias o de correspondencia confidencial, posiblemente de una mujer enamorada. Y tampoco le expliqué nada, lo quité de la mesa y lo puse entre algunos libros. Si lo dejaba allí, a la vista, el Zahir acabaría volviendo.

En ningún momento, el amor que sentía por Esther había disminuido, pero cada día pasado en el hospital me había hecho recordar algo interesante: no nuestras conversaciones, sino los momentos en que estuvimos juntos en silencio. Yo recordaba sus ojos de chica entusiasmada con la aventura, de mujer orgullosa con el éxito de su marido, de periodista interesada por to-

dos los temas sobre los que escribía y, a partir de un determinado momento, de esposa que parecía ya no tener un lugar en mi
vida. Esa mirada de tristeza había empezado antes de ser corresponsal de guerra; se transformaba en alegría cada vez que volvía
del campo de batalla, pero pocos días después volvía a ser como
antes.

Una tarde, sonó el teléfono.

—Es ese chico —dijo Marie, pasándome el teléfono.

Desde el otro lado de la línea oí la voz de Mikhail, primero
diciendo cuánto sentía lo ocurrido, y luego preguntándome si
había recibido el sobre.

—Sí, está aquí conmigo.

—¿Y pretendes ir a buscarla?

Marie estaba escuchando la conversación, pensé que era mejor cambiar de tema.

—Hablaremos personalmente de eso.

—No te estoy pidiendo nada, pero prometiste ayudarme.

—También cumplo mis promesas. En cuanto esté restableci-
do, nos vemos.

Me dejó el número de teléfono de su móvil, colgamos, y vi
que Marie ya no parecía la misma mujer.

—Entonces, todo sigue igual —fue su comentario.

—No. Todo ha cambiado.

Debería haber sido más claro, decirle que todavía tenía ganas de verla, que sabía dónde estaba. En el momento justo, iba a
coger un tren, un taxi, un avión, cualquier medio de transporte,
simplemente para estar a su lado. Pero eso significaba perder a
la mujer que estaba a mi lado en aquel instante, aceptándolo
todo, haciendo lo posible por demostrarme lo importante que yo
era para ella.

Una actitud cobarde, claro. Sentí vergüenza de mí mismo,
pero la vida era así y, de alguna manera que no podía explicar
muy bien, yo también amaba a Marie.

También me quedé callado porque siempre había creído en
las señales, y al acordarme de los momentos de silencio pasados

junto a mi mujer, yo sabía que, con voces o sin ellas, con o sin explicaciones, la hora del reencuentro aún no había llegado. Más que en todas nuestras conversaciones juntas, era en nuestro silencio en lo que debía concentrarme ahora, porque él me iba a dar la completa libertad para entender el mundo en el que las cosas habían ido bien y el momento en el que habían empezado a ir mal.

Marie estaba allí, mirándome. ¿Podía seguir siendo desleal con una persona que lo hacía todo por mí? Empecé a sentirme incómodo, pero era imposible contarlo todo a no ser que encontrase una manera indirecta de decirle lo que sentía.

—Marie, supongamos que dos bomberos entran en un bosque a apagar un pequeño incendio. Al final, cuando salen y van a la orilla de un riachuelo, uno de ellos tiene la cara llena de ceniza y el otro está inmaculadamente limpio. Pregunta: ¿cuál de los dos se lavará la cara?

—Es una pregunta tonta: es evidente que será el que está cubierto de ceniza.

—Error: el que tiene la cara sucia verá al otro y pensará que está igual que él. Y viceversa: el que tiene la cara limpia verá que su compañero tiene hollín por todas partes, y se dirá a sí mismo: «Yo también debo de estar sucio, tengo que lavarme.»

—¿Qué quieres decir?

—Quiero decir que, durante el tiempo que pasé en el hospital, entendí que siempre me buscaba a mí mismo en las mujeres que he amado. Yo miraba sus caras limpias, lindas, y me veía reflejado en ellas. Por otro lado, ellas me miraban, veían las cenizas que cubrían mi cara, y por más inteligentes y más seguras que fuesen, también acababan viéndose reflejadas en mí y se creían peores de lo que eran. No dejes que eso suceda contigo, por favor.

Me gustaría haber añadido: eso fue lo que pasó con Esther. Y no lo comprendí hasta que recordé los cambios en su mirada. Yo siempre absorbía su luz, su energía, que me hacía sentir feliz, seguro, capaz de seguir adelante. Ella me miraba, se sentía fea, disminuida, porque a medida que los años pasaban, mi carrera —aquella carrera a la que ella había ayudado tanto a hacerse realidad— iba dejando nuestra relación en un segundo plano.

Por tanto, para volver a verla, necesitaba que mi cara estuviese tan limpia como la suya. Antes de encontrarme con ella, debía encontrarme a mí mismo.

El hilo de Ariadna

—Nazco en una pequeña aldea, a unos kilómetros de distancia de una aldea un poco mayor, pero donde hay un colegio y un museo dedicado a un poeta que vivió allí hace muchos años. Mi padre tiene casi setenta años, mi madre veinticinco. Acababan de conocerse cuando él, venido de Rusia a vender alfombras, decidió abandonarlo todo por ella. Podría haber sido su hija, pero en verdad se comporta como su madre, lo ayuda a dormir —cosa que no consigue hacer bien desde los diecisiete años, cuando fue enviado a luchar contra los alemanes en Stalingrado, una de las más largas y sangrientas batallas de la segunda guerra mundial. De su batallón de tres mil hombres, sólo sobreviven tres.

Es curioso que no use el tiempo pasado: «Nací en una pequeña aldea.» Todo parece estar sucediendo aquí y ahora.

—Mi padre en Stalingrado: de regreso de una patrulla de reconocimiento, él y su mejor amigo, joven como él, son sorprendidos por un tiroteo. Se meten en un agujero abierto por la explosión de una bomba, y allí pasan dos días sin comer, sin tener cómo calentarse, acostados en el barro y la nieve. Pueden oír a unos rusos hablando en un edificio cercano, saben que tienen que llegar hasta allí, pero los tiros no cesan, el olor a sangre llena el aire, los heridos gritan «socorro» noche y día. De repente, todo queda en silencio. El amigo de mi padre, creyendo que los alemanes se habían retirado, se levanta. Mi padre intenta agarrarlo por las piernas, grita «¡agáchate!», pero es demasiado tarde: una bala le ha perforado el cráneo.

»Pasan otros dos días, mi padre está solo con el cadáver de su amigo a su lado. No puede dejar de decir «¡agáchate!». Finalmente es rescatado por alguien y llevado al edificio. No hay comida, sólo munición y cigarrillos. Comen las hojas del tabaco. Una semana después, empiezan a comer carne de compañeros muertos y congelados. Llega un tercer batallón, abriéndose camino a balazos. Los supervivientes son rescatados, los heridos tratados, y después vuelven al frente de batalla; Stalingrado no puede caer, es el futuro de Rusia el que está en juego. Después de cuatro meses de furiosos combates, canibalismo y miembros amputados a causa del frío, los alemanes finalmente se rinden: es el comienzo del fin de Hitler y su Tercer Reich. Mi padre vuelve a pie a su aldea, a casi mil kilómetros de distancia de Stalingrado. Descubre que no puede dormir, sueña todas las noches con el compañero al que podría haber salvado.

»Dos años después, la guerra acaba. Recibe una medalla, pero no consigue empleo. Participa en conmemoraciones, pero casi no tiene qué comer. Es considerado uno de los héroes de Stalingrado, pero vive de pequeños trabajos por los cuales gana algunas monedas. Finalmente, alguien le ofrece un empleo de vendedor de alfombras. Como tiene problemas para dormir, viaja siempre de noche, conoce a contrabandistas, logra ganarse su confianza y comienza a ganar dinero.

»Es descubierto por el gobierno comunista, que lo acusa de negociar con criminales, y aun siendo héroe de guerra, pasa diez años en Siberia como «traidor del pueblo». Ya viejo, finalmente lo sueltan, y lo único que conoce bien son las alfombras. Consigue restablecer sus antiguos contactos, alguien le da algunas piezas para vender, pero a nadie le interesa comprar: los tiempos son difíciles. Decide irse lejos otra vez, pide limosna en el camino y acaba en Kazajstán.

»Es viejo, está solo, pero tiene que trabajar para comer. Pasa los días haciendo pequeños trabajos, y las noches durmiendo muy poco y despertándose con los gritos de «¡agáchate!». Curiosamente, a pesar de todo lo que ha pasado, del insomnio, de la alimentación deficiente, de las frustraciones, del desgaste físico, de los cigarrillos que fuma siempre que puede, su salud es de hierro.

»En una pequeña aldea, conoce a una joven. Ella vive con sus padres, lo lleva para su casa; la tradición de la hospitalidad es lo más importante en aquella región. Lo ponen a dormir en la sala, pero todos se despiertan con los gritos de «¡agáchate!». La chica se acerca a él, dice una oración, pasa la mano por su cabeza, y por primera vez en muchas décadas, puede dormir en paz.

»Al día siguiente, ella le dice que tuvo un sueño cuando era niña: un hombre muy viejo iba a darle un hijo. Esperó durante años, tuvo algunos pretendientes, pero siempre se decepcionaba. Sus padres estaban muy preocupados, no querían ver a su única hija soltera y rechazada por la comunidad.

»Le pregunta si desea casarse con ella. Él se sorprende, tiene edad como para ser su nieta, no responde nada. Cuando el sol se pone, en la pequeña sala de visitas de la familia, ella le pide permiso para pasarle la mano por la cabeza antes de dormir. Él consigue nuevamente pasar otra noche en paz.

»La conversación sobre el matrimonio surge de nuevo a la mañana siguiente, esta vez delante de sus padres, que parecen estar de acuerdo con todo (siempre que su hija consiga un marido y de esta manera no se convierta en un motivo de vergüenza para la familia). Difunden la historia de un viejo que vino de lejos, pero que en verdad es un riquísimo comerciante de alfombras, cansado de vivir en el lujo y la comodidad, que lo dejó todo para ir en busca de aventura. La gente se queda impresionada, piensan en grandes dotes, inmensas cuentas bancarias, y en la suerte que ha tenido mi madre al encontrar a alguien que finalmente podrá llevársela lejos de aquel fin del mundo. Mi padre escucha aquellas historias con una mezcla de fascinación y sorpresa, entiende que durante tantos años vivió solo, viajó, sufrió, jamás volvió a encontrar a su familia y por primera vez en la vida puede tener un hogar. Acepta la proposición, participa de la mentira sobre su pasado, se casan según las costumbres de

la tradición musulmana. Dos meses después, ella está embarazada de mí.

»Convivo con mi padre hasta los siete años: dormía bien,
trabajaba en el campo, cazaba, hablaba con los otros habitantes
de la aldea sobre sus posesiones y sus haciendas, veía a mi madre como si fuese lo único bueno que le había sucedido. Yo
pienso que soy hijo de un hombre rico, pero una noche, delante
de la chimenea, él me cuenta su pasado, la razón de su matrimonio, y me pide que le guarde el secreto. Dice que va a morir
pronto, lo que sucede cuatro meses después. Da su último suspi-
ro en brazos de mi madre, sonriendo, como si todas las tragedias
de su vida jamás hubiesen ocurrido. Muere feliz.

Mikhail está contando su historia en una noche de primavera muy fría, pero con toda seguridad no tan helada como Stalingrado, donde la temperatura podía llegar a −35 °C. Estamos sentados con mendigos que se calientan alrededor de una hoguera
improvisada. Fui a parar allí después de una segunda llamada
suya, cobrando mi parte de la promesa. Durante nuestra conversación, no me preguntó nada acerca del sobre que dejó en mi
casa, como si supiese −tal vez por la «voz»− que finalmente yo
había decidido seguir las señales, dejar que las cosas sucediesen
a su debido tiempo para liberarme del poder del Zahir.

Cuando me pidió que nos encontrásemos en uno de los su-
burbios más violentos de París, me asusté. Normalmente habría
dicho que tenía muchas cosas que hacer o habría intentado con-
vencerlo de que era mucho mejor ir a un bar, donde tendríamos
la comodidad necesaria para discutir cosas importantes. Claro,
siempre estaba mi miedo a que sufriera otro ataque epiléptico
delante de los demás, pero ahora ya sabía cómo reaccionar, y
prefería eso al riesgo de ser asaltado, llevando un collarín ortopédico, sin posibilidad alguna de defenderme.

Mikhail insistió: era importante que me encontrase con los
mendigos, ellos formaban parte de su vida y de la vida de Es-

ther. En el hospital, yo había llegado a la conclusión de que había algo equivocado en mi vida y que tenía que cambiarlo con urgencia.

¿Qué debía hacer para cambiar?

Cosas diferentes. Como ir a sitios peligrosos, conocer a gente marginada, por ejemplo.

Cuenta una historia que un héroe griego, Teseo, entra en un laberinto para matar a un monstruo. Su amada, Ariadna, le da el extremo de un hilo para que lo vaya desenrollando poco a poco, y no se pierda en el camino de vuelta. Sentado entre aquella gente, escuchando una historia, me di cuenta de que hacía mucho que no experimentaba nada semejante a eso: el gusto de lo desconocido, de la aventura. Quién sabe, puede que el hilo de Ariadna me estuviera esperando justamente en lugares que jamás visitaría, a no ser que no estuviera absolutamente convencido de que tenía que hacer un gran, un enorme esfuerzo por cambiar mi historia y mi vida.

Mikhail prosigue, y veo que todo el grupo está prestando atención a lo que dice: no siempre las mejores reuniones tienen lugar en torno a mesas elegantes en restaurantes con calefacción.

—Todos los días tengo que caminar casi una hora para ir a clase. Veo a las mujeres que van a buscar agua, la estepa sin fin, los soldados rusos que pasan en largos convoyes, las montañas nevadas que, según me cuenta alguien, esconden un país gigantesco, China. La aldea tiene un museo dedicado a su poeta, una mezquita, el colegio, y tres o cuatro calles. Aprendemos que existe un sueño, un ideal: debemos luchar por la victoria del comunismo y por la igualdad entre todos los seres humanos. No creo en este sueño, porque incluso en aquel lugar miserable hay grandes diferencias; los representantes del partido comunista están por encima de los demás, de vez en cuando van hasta la gran ciudad, Almaty, y vuelven cargados de paquetes con comidas exóticas, regalos para sus hijos, ropas caras.

»Una tarde, al volver a casa, siento un viento fuerte, veo luces a mi alrededor, y pierdo la conciencia durantes algunos momentos. Cuando me despierto, estoy sentado en el suelo, y una niña blanca, vestida de blanco, con una cinta azul, flota en el aire. Sonríe, no dice nada, y luego desaparece.

»Salgo corriendo, interrumpo lo que mi madre estaba haciendo en aquel instante y le cuento la historia. Ella se asusta muchísimo, me pide que no repita jamás lo que acabo de decirle. Me explica —de la mejor manera que se puede explicar algo complicado a un niño de ocho años— que no es más que una alucinación. Insisto en que he visto a la niña, soy capaz de describirla con detalles. Añado que no he sentido miedo y que volví de prisa porque quería que ella supiese en seguida lo que había sucedido.

»Al día siguiente, al volver del colegio, busco a la niña, pero no está allí. No sucede nada durante una semana, y empiezo a creer que mi madre tiene razón: debí de quedarme dormido sin querer, y lo soñé.

»Sin embargo, esta vez, yendo hacia el colegio muy temprano, veo de nuevo a la niña flotando en el aire, con la luz blanca a su alrededor; no caigo al suelo ni veo luces. Permanecemos algún tiempo mirándonos el uno al otro, ella sonríe, yo le devuelvo la sonrisa, le pregunto su nombre, no obtengo respuesta. Cuando llego al colegio, les pregunto a mis compañeros si han visto alguna vez a una niña flotando en el aire. Todos se ríen.

»Durante la clase me llaman al despacho del director. Éste me dice que debo de tener un problema mental: las visiones no existen; todo en el mundo es simplemente la realidad que vemos, y la religión fue inventada para engañar al pueblo. Le pregunto sobre la mezquita que hay en la ciudad; dice que los que la frecuentan no son más que unos viejos supersticiosos, gente ignorante, desocupada, sin energía para ayudar a reconstruir el mundo socialista. Y me amenaza: si vuelvo a repetir aquello, me expulsarán. Estoy aterrorizado, le pido que no le diga nada a mi madre; él promete no hacerlo si les digo a mis compañeros que me inventé la historia.

»Él cumple su promesa, yo cumplo la mía. Mis amigos no le dan mucha importancia al hecho, ni siquiera me piden que los lleve a donde está la niña. Pero a partir de ese día, durante un mes entero, ella sigue apareciéndose. A veces me desmayo antes, a veces no sucede nada. No hablamos, simplemente estamos juntos durante el tiempo que ella decide permanecer allí. Mi madre empieza a inquietarse, ya no llego siempre a la misma hora a casa. Una noche, me fuerza a decirle qué hago desde que salgo del colegio hasta que llego a casa: yo repito la historia de la niña.

»Para mi sorpresa, en vez de reñirme una vez más, dice que va a ir hasta ese sitio conmigo. Al día siguiente, nos despertamos temprano, llegamos allí, la niña aparece, pero ella no puede verla. Mi madre me pide que le pregunte sobre mi padre. No entiendo la pregunta, pero hago lo que ella sugiere, y entonces, por primera vez, oigo la «voz». La niña no mueve los labios, pero sé que está hablando conmigo: dice que mi padre está muy bien, que nos protege, y que el sufrimiento que pasó durante el tiempo que estuvo en la Tierra ahora está siendo recompensado. Sugiere que le comente a mi madre la historia de la estufa. Repito lo que he oído, ella empieza a llorar, dice que lo que más le gustaba a mi padre en la vida era tener un estufa a su lado, por el tiempo que había pasado en la guerra. La niña me pide que, la próxima vez que pase por allí, ate a un pequeño arbusto una tira de tela con un deseo.

»Las visiones se suceden durante un año entero. Mi madre lo comenta con algunas amigas de confianza, que lo comentan con otras amigas, y ahora el pequeño arbusto está lleno de tiras de tela atadas. Todo se hace con el mayor secreto: las mujeres preguntan por sus seres queridos desaparecidos, yo escucho las respuestas de la «voz» y transmito los mensajes. La mayoría de las veces, todos están bien; solamente en dos casos la niña le «pide» al grupo que vaya hasta una colina cercana, y en el momento en el que nazca el sol, rece una oración sin palabras por el alma de esas personas. La gente me cuenta que a veces entro en trance, me caigo al suelo, digo cosas sin sentido; yo nunca consigo acordarme. Sólo sé cuando el trance se acerca: noto un viento caliente y veo bolas de luz a mi alrededor.

»Un día, mientras conduzco a un grupo al encuentro de la niña, somos interceptados por una barrera de policías. Las mujeres protestan, gritan, pero no conseguimos pasar. Me escoltan hasta el colegio, donde el director me dice que acabo de ser expulsado por provocar rebelión y promover la superstición.

»Al volver, veo el arbusto destruido, las tiras de tela por el suelo. Me siento allí, solo, y lloro, porque aquéllos habían sido los días más felices de mi vida. En ese momento, la niña vuelve a aparecer. Me dice que no me preocupe, que todo estaba programado, incluso la destrucción del arbusto. Y que a partir de ese momento, ella me acompañará durante el resto de mis días y me dirá siempre qué debo hacer.

—¿Nunca te ha dicho su nombre? —pregunta uno de los mendigos.

—Jamás. No tiene importancia: sé cuándo habla conmigo.

—¿Podríamos saber ahora algo sobre nuestros muertos?

—No. Eso sólo sucedió en aquella época, ahora mi misión es otra. ¿Puedo seguir con la historia?

—Debes seguir —digo yo—. Pero antes quiero que sepas una cosa: en el suroeste de Francia, hay un lugar llamado Lourdes; hace mucho tiempo, una pastora vio a una niña que parece corresponderse con tu visión.

—Estás equivocado —comenta un viejo mendigo con una pierna de metal—. Esa pastora, que se llamaba Bernadette, vio a la Virgen María.

—Como he escrito un libro sobre las apariciones, tuve que estudiar cuidadosamente el tema —respondo—. He leído todo lo que se publicó a finales del siglo XIX, he tenido acceso a las muchas declaraciones de Bernadette a la policía, a la Iglesia, a los estudiosos. En ningún momento afirma que viese a una mujer:

insiste en que era una niña. Repitió la misma historia el resto de su vida, se irritó profundamente con la estatua que se colocó en la gruta; dice que no tiene semejanza alguna con la visión: ella había visto a una niña, no a una mujer. Aun así, la Iglesia se apropió de la historia, de las visiones, del lugar, convirtió la aparición en la Madre de Jesús, y la verdad fue olvidada; una mentira repetida muchas veces acaba convenciendo a todo el mundo. La única diferencia es que la tal «niña» −como insistía Bernadette− dijo su nombre.

−¿Y cuál era? −pregunta Mikhail.

−«Yo soy la Inmaculada Concepción.» Que no es un nombre como Beatriz, María o Isabel. Ella se describe como un hecho, como un evento, como un acontecimiento, que podríamos traducir por «yo soy el parto sin sexo». Por favor, sigue con tu historia.

−Antes de que siga con la historia, ¿puedo preguntarte algo? −dice un mendigo que debe de tener aproximadamente mi edad−. Acabas de decir que has escrito un libro: ¿cuál es el título?

−He escrito muchos.

Y digo el título del libro en el que menciono la historia de Bernadette y su visión.

−¿Entonces eres el marido de la periodista?

−¿Eres el marido de Esther? −dice una mendiga, de ropas estrafalarias, sombrero verde, abrigo púrpura y ojos de sorpresa.

No sé qué responder.

−¿Por qué no ha vuelto por aquí? −comenta otro−. ¡Espero que no haya muerto! ¡Siempre vivía en lugares peligrosos, le dije más de una vez que no debía hacerlo! ¡Mira lo que me dio!

Y me enseña el mismo trozo de tela manchado de sangre: parte de la camisa del soldado muerto.

−No ha muerto −respondo−. Pero me sorprende que haya venido por aquí.

−¿Por qué? ¿Porque somos diferentes?

−No me has entendido: no os estoy juzgando. Me sorprende, me alegra saberlo.

Pero el vodka para espantar el frío está haciendo efecto en todos nosotros.

—Estás siendo irónico —dice un hombre fuerte, de pelo largo y barba de muchos días—. Vete de aquí, ya que debes de pensar que estás en pésima compañía.

Sucede que yo también he bebido, y eso me da valor.

—¿Quiénes sois? ¿Qué tipo de vida es ésta que habéis escogido? Tenéis salud, podéis trabajar, pero ¡preferís no hacer nada!

—Somos gente que ha elegido quedarse fuera, ¿entiendes? Fuera de ese mundo que se está cayendo a pedazos, de esa gente que vive temerosa de perder algo, de esa gente que pasa por la calle como si todo estuviese bien, ¡cuando todo está mal, muy mal! ¿Tú no mendigas? ¿No le pides limosna a tu jefe, al propietario de tu casa?

—¿No te avergüenza estar desperdiciando tu vida? —pregunta la mujer vestida de púrpura.

—¿Quién ha dicho que estoy desperdiciando mi vida? ¡Hago lo que quiero!

El hombre fuerte interviene:

—¿Y qué es lo que quieres? ¿Vivir en la cima del mundo? ¿Quién te garantiza que la montaña es mejor que la planicie? Crees que no sabemos vivir, ¿verdad? ¡Pues tu mujer entendía per-fec-ta-men-te qué queremos de la vida! ¿Sabes qué queremos? ¡Paz! ¡Y tiempo libre! ¡Y no vernos obligados a ir a la moda, aquí hacemos nuestros propios diseños! ¡Bebemos cuando queremos, dormimos donde creemos mejor! ¡Aquí nadie ha escogido la esclavitud y estamos muy orgullosos de eso, aunque os creáis que somos dignos de compasión!

Las voces empiezan a ser agresivas. Mikhail interrumpe:

—¿Queréis oír el resto de mi historia o deseáis que nos vayamos ahora?

—¡Nos está criticando! —comenta el de la pierna de metal—. Ha venido aquí para juzgarnos, ¡como si fuese Dios!

Se oyen algunos refunfuños, alguien me da en el hombro, le ofrezco un cigarrillo, la botella de vodka pasa otra vez por mi mano. Los ánimos se van serenando poco a poco, yo sigo sorprendido y extrañado por el hecho de que esa gente conozca a Esther (por lo visto, la conocen mejor que yo mismo, se han ganado un trozo de ropa manchada de sangre).

Mikhail sigue con la historia:

—Como no tengo dónde estudiar, y todavía soy un niño para cuidar caballos, el orgullo de nuestra región y de nuestro país, me pongo a trabajar como pastor. En la primera semana, una de las ovejas muere, y corre el rumor de que soy un niño maldito, hijo de un hombre venido de lejos, que le había prometido riquezas a mi madre, pero que finalmente nos había dejado sin nada. A pesar de que los comunistas aseguraban que la religión era simplemente una manera de dar falsas esperanzas a los desesperados, aunque allí todos se hubieran educado con la seguridad de que sólo existe la realidad y que todo lo que nuestros ojos no pueden ver no es más que el fruto de la imaginación humana, las antiguas tradiciones de la estepa siguen intactas, pasan de boca en boca a través de las generaciones.

»Desde la destrucción del arbusto, ya no puedo ver a la niña; sin embargo, sigo oyendo su voz. Le pido que me ayude a cuidar de los rebaños, me dice que tenga paciencia. Iban a llegar tiempos difíciles, pero antes de cumplir veintidós años vendrá una mujer de lejos y me llevará a conocer el mundo. Me dice también que tengo una misión que cumplir, y esa misión es ayudar a extender la verdadera energía del amor por la faz de la Tierra.

»El dueño de las ovejas se impresiona con los rumores que circulan cada vez con más intensidad, y quienes se los cuentan, quienes intentan destruir mi vida son justamente las personas a las que la niña había ayudado durante un año. Un día decide ir hasta la sede del partido comunista de la aldea de al lado y descubre que tanto yo como mi madre somos considerados enemigos del pueblo. Me despide inmediatamente. Pero eso no afecta mucho a nuestra vida, ya que mi madre trabaja como bordadora para una empresa en la mayor ciudad de la región, allí nadie sabe que somos enemigos del pueblo y de la clase obrera; todo lo que los directores de la fábrica desean es que siga produciendo sus bordados desde el alba hasta el anochecer.

»Como tengo todo el tiempo libre del mundo, ando por la estepa, acompaño a los cazadores, que también conocen mi historia, pero que me atribuyen poderes mágicos, pues siempre encuentran zorros cuando estoy cerca. Paso días enteros en el museo del poeta, viendo sus cosas, leyendo sus libros, escuchando a personas que van allí a repetir sus versos. De vez en cuando siento el viento, veo las luces, me caigo al suelo, y en esos momentos la voz siempre me dice cosas bastante concretas, como los períodos de sequía, las pestes de los animales, la llegada de los comerciantes. Yo no se lo cuento a nadie, excepto a mi madre, que cada vez está más afligida y preocupada por mí.

»En una de estas ocasiones, un médico pasa por la región y ella me lleva a una consulta; después de oír atentamente mi historia, de tomar notas, de ver dentro de mis ojos con un aparato, de auscultar mi corazón, de martillarme la rodilla, diagnostica un tipo de epilepsia. Dice que no es contagioso, los ataques disminuirán con la edad.

»Yo sé que no se trata de una enfermedad, pero finjo creerlo para que mi madre esté tranquila. El director del museo, que nota mi esfuerzo desesperado por aprender algo, siente pena y empieza a sustituir a los profesores del colegio. Aprendo geografía, literatura; aprendo lo que va a ser lo más importante para mí en el futuro: a hablar inglés. Una tarde, la voz me pide que le diga al director que dentro de poco tiempo ocupará un cargo importante. Cuando se lo comento, todo lo que oigo es una risa tímida y una respuesta directa: no hay la menor posibilidad porque jamás se ha alistado en el partido comunista; es musulmán convicto.

»Tengo quince años. Dos meses después de nuestra conversación, siento que algo diferente está sucediendo en la región:

los antiguos funcionarios públicos, siempre tan arrogantes, son más amables que nunca y me preguntan si quiero volver a estudiar. Grandes trenes de militares rusos parten rumbo hacia la frontera. Una tarde, mientras estudio en el escritorio que había pertenecido al poeta, el director entra corriendo, me mira con espanto y una cierta incomodidad: dice que lo último que podía suceder en el mundo (el colapso del régimen comunista) está ocurriendo con una rapidez increíble. Las antiguas repúblicas soviéticas ahora se están convirtiendo en Estados independientes, las noticias que llegan de Almaty hablan de la formación de un nuevo gobierno, y ¡él ha sido señalado para gobernar en la provincia!

»En vez de abrazarme y alegrarse, me pregunta cómo sabía que eso iba a suceder: ¿había oído a alguien comentar algo? ¿Había sido contratado por el servicio secreto para espiarlo, ya que él no pertenecía al partido? O, lo que era lo peor de todo, ¿en algún momento de mi vida había hecho un pacto con el diablo?

»Respondo que conoce mi historia: las apariciones de la niña. La voz, los ataques que me permiten oír cosas que otras personas no saben. Él dice que todo eso no es más que una enfermedad; sólo hay un profeta, Mahoma, y todo lo que tenía que ser dicho ya ha sido revelado. Pero, a pesar de eso, continúa, el demonio permanece en este mundo, usando todo tipo de artimañas (incluso la supuesta capacidad de ver el futuro) para engañar a los débiles y apartar a la gente de la verdadera fe. Me había dado un empleo porque el islam exige que los hombres practiquen la caridad, pero ahora estaba profundamente arrepentido: o yo era un instrumento del servicio secreto, o era un enviado del demonio.

»Me despide en ese mismo momento.

»Los tiempos, que ya antes no eran fáciles, pasan a ser más difíciles aún. La fábrica de tejidos para la que trabaja mi madre, y que antes pertenecía al gobierno, pasa a manos de particulares; los nuevos dueños tienen otras ideas, reestructuran el proyecto y acaban despidiéndola. Dos meses después ya no tenemos con qué sustentarnos, lo único que nos queda es dejar la aldea donde he pasado toda mi vida e ir en busca de un trabajo.

»Mis abuelos se niegan a marcharse; prefieren morir de hambre antes que dejar la tierra donde han nacido y pasado sus vidas. Mi madre y yo nos vamos a Almaty, y conozco la primera ciudad grande: me impresionan los coches, los gigantescos edificios, los anuncios luminosos, las escaleras automáticas y, sobre todo, los ascensores. Mamá consigue trabajo en una tienda, y yo me pongo a trabajar como ayudante de mecánico en una gasolinera. Gran parte de nuestro dinero se lo enviamos a mis abuelos, pero sobra lo suficiente para comer y ver cosas que jamás he visto: cine, parque de atracciones, partidos de fútbol.

»Con el cambio de ciudad, los ataques cesan, pero la voz y la presencia de la niña también desaparecen. Creo que es mejor así, no echo de menos a la amiga invisible que me acompañaba desde los ocho años de edad; me fascina Almaty, y estoy ocupado en ganarme la vida. Aprendo que, con un poco de inteligencia, finalmente podré llegar a ser alguien importante. Hasta que una noche de domingo estoy sentado junto a la única ventana de nuestro pequeño apartamento, mirando al pequeño callejón sin asfalto donde vivo, muy nervioso porque el día anterior había abollado un coche al maniobrar dentro del garaje; tengo miedo de ser despedido, tanto miedo que no he sido capaz de comer durante todo el día.

»De repente siento de nuevo el viento, veo las luces. Por lo que me contó mi madre después, caí al suelo, hablé en una lengua extraña, y el trance pareció durar más de lo normal; recuerdo que fue en ese momento cuando la voz me recordó que tenía una misión. Cuando me despierto, vuelvo a sentir la presencia, y aunque no vea nada, puedo hablar con ella.

»Sin embargo, eso ya no me interesa: al cambiar de aldea, también cambié de mundo. Aun así, indago sobre cuál es mi misión: la voz me responde que es la misión de todos los seres humanos, impregnar el mundo de la energía del amor total. Le pregunto lo único que realmente me interesa en ese momento: el coche abollado y la reacción del dueño. Ella dice que no me preocupe, que diga la verdad, y que él sabrá comprenderlo.

»Trabajo durante cinco años en la gasolinera. Acabo haciendo amigos, tengo mis primeras novias, descubro el sexo, participo en peleas en la calle; en fin, vivo mi juventud de la manera más normal posible. Tengo algunos ataques: al principio mis amigos se sorprenden, pero después de inventarme que aquello es el resultado de «poderes superiores», empiezan a respetarme. Me piden ayuda, me confiesan sus problemas amorosos, las difíciles relaciones con la familia, pero yo no le pregunto nada a la voz (la experiencia en el arbusto me había traumatizado mucho, me había hecho creer que, cuando ayudamos a alguien, todo lo que obtenemos a cambio es ingratitud).

»Si los amigos insisten, me invento que pertenezco a una «sociedad secreta» (a esas alturas, después de décadas de represión religiosa, el misticismo y el esoterismo se están poniendo muy de moda en Almaty. Se publican varios libros sobre esos «poderes superiores», aparecen gurús y maestros de la India y de China, hay una gran variedad de cursos de perfeccionamiento personal. Frecuento uno y otro, me doy cuenta de que no aprendo nada; en lo único en lo que realmente confío es en la voz, pero estoy demasiado ocupado como para prestar atención a lo que dice.

»Un día, una mujer con una camioneta con tracción a las cuatro ruedas para en el garaje en el que trabajo y me pide que le llene el depósito. Habla conmigo en ruso con mucho acento y mucha dificultad, y yo le respondo en inglés. Ella parece aliviada, y me pregunta si conozco a algún intérprete, ya que necesita viajar al interior.

»En el momento en el que dice eso, la presencia de la niña ocupa todo el lugar, y me doy cuenta de que es la persona que he esperado durante toda mi vida. Allí está mi salida, no puedo perder la oportunidad: le digo que puedo hacerlo, si ella me lo permite. La mujer responde que tengo un trabajo, y que ella necesita a alguien mayor, con más experiencia y libre para viajar. Le digo que conozco todos los caminos de la estepa, de las montañas, le miento diciendo que el empleo es temporal. Le imploro que me dé una oportunidad; reacia, ella concierta una entrevista en el hotel más lujoso de la ciudad.

»Nos encontramos en el salón; ella comprueba mis conocimientos de lengua, me hace una serie de preguntas sobre la geografía de Asia Central, quiere saber quién soy y de dónde vengo. Desconfía, no dice exactamente qué hace, ni adónde quiere ir. Yo procuro desempeñar mi papel de la mejor manera posible, pero veo que ella no está convencida.

»Y me sorprendo al notar que, sin ninguna explicación, estoy enamorado de ella, de alguien a quien conozco desde hace sólo algunas horas. Controlo mi ansiedad y vuelvo a confiar en la voz. Imploro la ayuda de la niña invisible, le pido que me ilumine, prometo que cumpliré la misión que me fue confiada si consigo el trabajo: un día me dijo que una mujer vendría y me llevaría lejos de allí, la presencia estuvo a mi lado cuando ella se detuvo a llenar el depósito, necesito una respuesta positiva.

»Después del intenso cuestionario, pienso que empiezo a ganarme su confianza: ella me advierte que lo que pretende es completamente ilegal. Me explica que es periodista, que desea hacer un reportaje sobre las bases norteamericanas que se están construyendo en el país vecino para servir de apoyo a una guerra que está punto de empezar. Como le han negado el visado, tendremos que cruzar la frontera a pie, por lugares no vigilados; sus contactos le habían dado un mapa y le habían dicho por dónde debíamos pasar, pero dice que no va a revelar nada de eso hasta que no estemos lejos de Almaty. Si aún estoy dispuesto a acompañarla, debo estar en el hotel dos días después, a las once de la mañana. No me promete nada aparte de una semana de salario, sin saber que yo tengo un empleo fijo, que gano lo suficiente para ayudar a mi madre y a mis abuelos, que mi jefe confía en mí a pesar de haber presenciado tres o cuatro convulsiones, o «ataques epilépticos», como dice él para referirse a los

momentos en los que estoy en contacto con un mundo desconocido.

»Antes de despedirse, la mujer me dice su nombre (Esther) y
me previene de que, si decido ir a la policía a denunciarla, la detendrán y la deportarán. También dice que hay momentos en la
vida en los que tenemos que confiar ciegamente en la intuición,
y que ahora lo está haciendo. Le pido que no se preocupe, me
siento tentado a hablarle de la voz y de la presencia, pero prefiero permanecer callado. Vuelvo a casa, hablo con mi madre, afir-
mo que he encontrado otro empleo como intérprete y que ga-
naré más dinero, aunque tenga que ausentarme durante algún
tiempo. Ella parece no preocuparse; todo a mi alrededor sucede
como si estuviese planeado desde hace mucho tiempo, y todos
nosotros simplemente esperásemos el momento justo.

»Duermo mal, al día siguiente voy más temprano que de
costumbre a la gasolinera. Pido disculpas, repito que he encontrado un nuevo empleo. Mi jefe dice que tarde o temprano descubrirán que soy una persona enferma; es muy arriesgado dejar
lo seguro por lo dudoso. Pero de la misma manera que ocurrió
con mi madre, acaba estando de acuerdo sin mayores problemas, como si la voz estuviese interfiriendo en la voluntad de las
personas con las que tengo que hablar ese día, facilitando mi
vida, ayudándome a dar el primer paso.

»Cuando nos encontramos en el hotel, le explico: «Si nos
cogen, todo lo que puede sucederle a usted es que la deporten a
su país, pero yo acabaré preso tal vez durante muchos años. Así
que —me estoy arriesgando más— debe tener confianza en mí.»
Ella parece entender lo que digo, andamos durante dos días, un
grupo de hombres la está esperando al otro lado de la frontera.
Ella desaparece y vuelve poco después, frustrada, irritada. La
guerra está a punto de estallar, todos los caminos están vigilados, es imposible seguir adelante sin que la detengan por espía.

»Empezamos el camino de vuelta. Esther, antes con tanta
confianza en sí misma, ahora parece triste y confusa. Para dis-
traerla, comienzo a recitar los versos del poeta que vivía cerca

de mi aldea, al mismo tiempo que pienso que dentro de cuarenta y ocho horas todo habrá acabado. Pero tengo que confiar en
la voz, debo hacer cualquier cosa para que ella no se vaya tan
súbitamente como vino; tal vez deba demostrarle que siempre la
he esperado, que ella es importante para mí.

»Aquella noche, después de extender nuestros sacos cerca
de unas rocas, intento coger su mano. Ella la aparta cariñosa-
mente, me dice que está casada. Sé que he dado un paso equivocado, he reaccionado sin pensar. Como ya no tengo nada que
perder, le hablo de las visiones de mi infancia, de la misión de
expandir el amor, del diagnóstico del médico que decía que era
epilepsia.

»Para mi sorpresa, ella entiende perfectamente lo que digo.
Me cuenta un poco su vida, dice que ama a su marido, que él
también la ama, pero que, al pasar el tiempo, algo importante se
ha perdido; prefiere estar lejos antes que ver su matrimonio des-
haciéndose poco a poco. Lo tenía todo en la vida, pero era infeliz; aunque pudiese fingir el resto de sus días que esa infelicidad
no existía, se muere de miedo de caer en una depresión y de no
ser capaz de salir de ella jamás.

»Así que decidió dejarlo todo e ir en busca de aventura, de
cosas que no la dejasen pensar en el amor que se desmoronaba;
cuanto más se buscaba, más se perdía y más sola se sentía. Piensa que ha perdido para siempre su rumbo, y la experiencia que
acabamos de vivir le demuestra que debe de estar equivocada,
que es mejor volver a su rutina diaria.

»Le digo que podemos intentar otro camino menos vigilado,
conozco a contrabandistas en Almaty que pueden ayudarnos,
pero ella parece no tener energía ni ganas de seguir adelante.

»En ese momento la voz me pide que la consagre a la Tierra.
Sin saber exactamente qué hago, me levanto, abro la mochila,
mojo los dedos en el pequeño recipiente de aceite que habíamos
llevado para cocinar, pongo la mano en su frente, rezo en silencio y finalmente le pido que siga su búsqueda, porque es importante para todos nosotros. La voz me lo dice, y yo se lo repito a

ella, que el cambio de una sola persona significa el cambio de toda la raza humana. Ella me abraza, siento que la Tierra la bendice, permanecemos así, juntos, durante horas.

»Al final, le pregunto si cree en lo que le he contado sobre la voz que oigo. Ella dice que sí y que no. Cree que todos nosotros tenemos un poder que jamás utilizamos, y al mismo tiempo piensa que yo he entrado en contacto con ese poder a causa de mis ataques epilépticos. Pero que podemos verificarlo juntos; pensaba entrevistar a un nómada que vive al norte de Almaty y del que todos decían que tenía poderes mágicos; si quiero acompañarla, seré bienvenido. Cuando me dice su nombre, me doy cuenta de que conozco a su nieto, y pienso que eso lo va a facilitar todo.

»Cruzamos Almaty, sólo paramos para llenar el depósito de gasolina y para comprar algunas provisiones; seguimos en dirección a una pequeña aldea cerca de un lago artificial construido por el régimen soviético. Voy hasta donde vive el nómada, y a pesar de decirle a uno de sus asistentes que conozco a su nieto, tenemos que esperar muchas horas, hay una multitud aguardando su turno para oír los consejos de aquel al que consideran santo.

»Finalmente, nos atiende: al traducir la entrevista, y al leer muchas veces el reportaje que se publicó, aprendo varias cosas que deseaba saber.

»Esther le pregunta por qué la gente está tan triste.

»—Es simple —responde el viejo—. Está atada a su historia personal. Todo el mundo cree que el objetivo de esta vida es seguir un plan. Nadie se pregunta si ese plan es suyo o si se creó para otra persona. Acumulan experiencias, recuerdos, cosas, ideas de los demás, que es más de lo que pueden cargar. Y así, olvidan sus sueños.

»Esther comenta que mucha gente le dice: «Tienes suerte, sabes qué quieres de la vida, pues yo no sé qué quiero hacer.»

»—Claro que lo saben —responde el nómada—. Cuánta gente conoce usted que vive diciendo: «No he hecho nada de lo que deseaba, pero ésa es la realidad.» Si dicen que no han hecho lo que deseaban, entonces sabían qué era lo que querían. En cuanto a la realidad, es simplemente la historia que los demás contaron respecto al mundo y de cómo debíamos comportarnos en él.

»—Y cuántas dicen algo peor: «Estoy contenta porque sacrifico mi vida por las personas que amo.»

»—¿Cree usted que las personas que nos aman desean vernos sufrir por ellas? ¿Cree usted que el amor es fuente de sufrimiento?

»—Para ser sincera, creo que sí.

»—Pues no debería serlo.

»—Si olvido la historia que me han contado, también olvidaré cosas muy importantes que la vida me ha enseñado. ¿Por qué me esforcé en aprender tanto? ¿Por qué me esforcé para tener experiencia y así poder bregar con mi carrera, con mi marido, con mis crisis?

»—El conocimiento acumulado sirve para cocinar, para no gastar más de lo que gana, para abrigarse en invierno, para respetar algunos límites, para saber hacia dónde van algunas líneas de autobús y de tren. Sin embargo, ¿cree que sus amores pasados le han enseñado a amar mejor?

»—Me enseñaron a saber qué es lo que quiero.

»—No le he preguntado eso. ¿Sus amores pasados le han enseñado a amar mejor a su marido?

»—Al contrario. Para poder entregarme completamente a él, tuve que olvidar las cicatrices que otros hombres me habían dejado. ¿Es de eso de lo que está usted hablando?

»—Para que la verdadera energía del amor pueda atravesar su alma, tiene que encontrarla como si acabase de nacer. ¿Por qué la gente es infeliz? Porque quiere aprisionar esa energía, lo cual es imposible. Olvidar la historia personal es mantener ese canal limpio, dejar que todos los días esa energía se manifieste como desea, permitirse ser guiada por ella.

»—Muy romántico, pero muy difícil. Porque esa energía está

siempre sujeta a muchas cosas: compromisos, hijos, situación social...

»—... y después de algún tiempo, desesperación, miedo, soledad, intento de controlar lo incontrolable. Según la tradición de las estepas, llamada «*tengri*», para vivir en plenitud era preciso estar en constante movimiento, y sólo así cada día era diferente del anterior. Cuando pasaban por las ciudades, los nómadas pensaban: «Pobres, las personas que viven aquí; para ellas todo es igual.» Posiblemente las personas de la ciudad veían a los nómadas y pensaban: «Pobres, no tienen un lugar para vivir.» Los nómadas no tenían pasado, sólo presente, y por eso siempre eran felices, hasta que los gobernantes comunistas los obligaron a dejar de viajar y los metieron en haciendas colectivas. A partir de ahí, poco a poco, empezaron a creer en la historia que la sociedad les decía que era cierta. Hoy han perdido su fuerza.

»—Nadie, hoy en día, puede pasarse la vida viajando.

»—No pueden viajar físicamente, pero pueden hacerlo en el plano espiritual. Ir cada vez más lejos, distanciarse de la historia personal, de aquello que nos han forzado a ser.

»—¿Qué hacer para olvidar esa historia que nos han contado?

»—Repetirla en voz alta con todos sus detalles. Y a medida que la contamos, nos despedimos de lo que ya fuimos y (verá usted, si decide intentarlo) abrimos espacio para un mundo nuevo, desconocido. Repetiremos esa historia antigua muchas veces, hasta que ya no sea importante para nosotros.

»—¿Sólo eso?

»—Falta un detalle: a medida que los espacios se van vaciando, para evitar que nos causen un sentimiento de vacío, es preciso rellenarlos rápidamente, aunque sea de manera provisional.

»—¿Cómo?

»—Con historias diferentes, experiencias que no solemos tener. Así cambiamos. Así crece el amor. Y cuando el amor crece, crecemos con él.

»—Eso también significa que podemos perder cosas que son importantes.

»—Jamás. Las cosas importantes siempre quedan; lo que se va son las cosas que juzgábamos importantes, pero que son inútiles, como el falso poder de controlar la energía del amor.

»El viejo dice que ya ha acabado su tiempo y que tiene que atender a otras personas. Por más que yo insista, se muestra inflexible, pero sugiere que Esther vuelva algún día y le enseñará más.

»Esther se queda en Almaty una semana más y promete volver. Durante ese tiempo, le cuento mi historia muchas veces y ella me cuenta muchas veces su vida, y nos percatamos de que el anciano tenía razón: algo está saliendo de nosotros, somos más ligeros, aunque no podamos decir que somos más felices.

»Pero el anciano dio un consejo: rellenar rápidamente el espacio vacío. Antes de partir, me pregunta si no quiero viajar a Francia para que podamos continuar el proceso de olvido. No tiene con quién compartirlo, no puede hablar con su marido, no confía en las personas con las que trabaja; necesita a alguien de fuera, de lejos, que nunca haya participado de su historia personal hasta aquella fecha.

»Le digo que sí, y sólo entonces menciono la profecía de la voz. También le digo que no sé hablar la lengua, y que mi experiencia se reduce a cuidar ovejas y gasolineras.

»En el aeropuerto, me pide que haga un curso intensivo de francés. Le pregunto por qué me ha invitado. Ella repite lo que ya me había dicho, confiesa que tiene miedo del espacio que se está abriendo a medida que olvida su historia personal, teme que todo vuelva con más intensidad que antes, y entonces ya no será capaz de liberarse de su pasado jamás. Me pide que no me preocupe de pasajes ni de visados; ella se encargará de todo. Antes de pasar por el control de pasaporte, me mira sonriendo y dice que también me estaba esperando, aunque no lo supiese: aquellos días habían sido los más alegres de los últimos tres años.

»Empiezo a trabajar de noche, como guardaespaldas en un club de striptease, y durante el día me dedico a aprender francés. Curiosamente, los ataques disminuyen, pero la presencia también se aparta. Comento con mi madre que me han invitado a viajar. Ella dice que soy muy ingenuo, esa mujer jamás volverá a dar señales de vida.

»Un año después, Esther aparece en Almaty: la guerra esperada ya ha sucedido, alguien ya había publicado un artículo sobre las bases secretas norteamericanas, pero la entrevista con el anciano había tenido mucho éxito, y ahora querían un gran reportaje sobre la desaparición de los nómadas. «Aparte de eso —dice ella—, hace tiempo que no le cuento historias a nadie, estoy cayendo de nuevo en la depresión.»

»Yo la ayudo a entrar en contacto con las pocas tribus que todavía viajan, con la tradición *tengri* y con los hechiceros locales. Hablo francés con fluidez: durante una cena, ella me da los papeles del consulado para cubrir, consigue el visado, compra el pasaje y me vengo a París. Tanto ella como yo notamos que a medida que vaciamos nuestras cabezas de historias ya viejas y vividas, se abre un espacio nuevo, entra una misteriosa alegría, la intuición se desarrolla, somos más valientes, nos arriesgamos más, hacemos cosas que creemos equivocadas o ciertas, pero las hacemos. Los días son más intensos, tardan más en pasar.

»Al llegar aquí, le pregunto dónde voy a trabajar, pero ella ya tiene sus planes: ha convencido al dueño de un bar para que me deje presentarme una vez por semana allí; le ha dicho que en mi país hay una especie de espectáculo exótico en el que la gente habla de su vida y vacía su cabeza.

»Al principio, es muy difícil hacer que los pocos feligreses participen del juego, pero los más borrachos se entusiasman, la historia corre por el barrio. «Venga a contar su vieja historia y a descubrir una nueva», dice el pequeño cartel escrito a mano en el escaparate, y la gente, sedienta de novedades, empieza a venir.

»Una noche experimento algo extraño: no soy yo el que está en el pequeño escenario improvisado en la esquina del bar, es la presencia. Y en vez de contar las leyendas de mi país para después sugerir que cuenten sus historias, yo transmito lo que me pide la voz. Al final, uno de los espectadores está llorando y comenta detalles íntimos de su matrimonio con los extraños allí presentes.

»Se repite lo mismo a la semana siguiente. La voz habla por mí, pide que la gente sólo cuente historias de desamor, y la energía en el aire es tan diferente que los franceses, aun siendo discretos, empiezan a discutir en público sus asuntos personales. También es en ese momento de mi vida cuando consigo controlar mejor los ataques: cuando veo luces y siento el viento, pero estoy en el escenario, entro en trance, pierdo la conciencia sin que nadie se dé cuenta. Sólo tengo las «crisis de epilepsia» en momentos de gran tensión nerviosa.

»Otra gente se une al grupo: tres jóvenes de mi edad, que nada tenían que hacer, aparte de viajar por el mundo (eran los nómadas del mundo occidental). Una pareja de músicos de Kazajstán, que ha oído el «éxito» que estaba teniendo un chico de su tierra, pide participar en el espectáculo, ya que no consiguen ningún empleo. Incluimos instrumentos de percusión en la reunión. El bar se queda pequeño, conseguimos un espacio en el restaurante donde nos reunimos ahora, pero que también se está quedando pequeño, porque cuando la gente cuenta sus historias, sienten más coraje. Son tocadas por la energía mientras danzan, empiezan a cambiar radicalmente, la tristeza va desapareciendo de sus vidas, las aventuras recomienzan, el amor (que teóricamente se vería amenazado por tantos cambios) se hace más sólido, recomiendan nuestra reunión a sus amigos.

»Esther sigue viajando para hacer sus artículos, pero asiste al espectáculo siempre que está en París. Una noche, me dice que el trabajo del restaurante no basta; sólo llega a personas que tienen dinero para frecuentarlo. Tenemos que trabajar con jóvenes. «¿Dónde están los jóvenes?», pregunto. «Caminando, viajando, lo han dejado todo, se visten como mendigos o como personajes de película de ciencia ficción.»

»También dice que los mendigos no tienen historia personal,

¿por qué no nos reunimos con ellos a ver qué aprendemos? Y así fue como os encontré.

»Ésas son las cosas que he vivido. Nunca me habéis preguntado quién soy ni qué hago porque no os interesa. Pero hoy, a causa del escritor famoso que nos acompaña, he decidido contarla.

—Pero hablas de tu pasado —dice la mujer con abrigo y sombrero que no combinan—. Aunque el viejo nómada...

—¿Qué es nómada? —interrumpe alguien.

—Gente como nosotros —responde ella, orgullosa de saber el significado de la palabra—. Gente libre, que es capaz de vivir sólo con lo que es capaz de cargar.

—No es así exactamente —corrijo—: no son pobres.

—¿Qué sabes tú de la pobreza? —Otra vez el hombre alto, agresivo, y esta vez con más vodka en la sangre, me mira directamente a los ojos—. ¿Crees que la pobreza es no tener dinero? ¿Crees que somos miserables sólo porque pedimos limosna a gente como escritores ricos, parejas que se sienten culpables, turistas que creen que París es una ciudad sucia o jóvenes idealistas que piensan que pueden salvar el mundo? Tú eres pobre: no controlas tu tiempo, no tienes derecho a hacer lo que quieres, estás obligado a seguir reglas que no has inventado y que no comprendes...

De nuevo Mikhail interrumpe la conversación:

—¿Qué querías saber exactamente?

—Quería saber por qué has contado tu historia, si el viejo nómada te dijo que la olvidaras.

—Ya no es mi historia: cada vez que hablo de las cosas que he pasado, me siento como si estuviese relatando algo completamente ajeno a mí. Todo lo que permanece en el presente es la voz, la presencia, la importancia de cumplir la misión. No sufro por las dificultades vividas; creo que han sido ellas las que me han ayudado a ser quien soy ahora. Me siento como debe de sentirse un guerrero después de haber pasado por años de entrenamiento: no recuerda los detalles de todo lo que ha aprendido, pero sabe dar el golpe en el momento justo.

—¿Y por qué tú y la periodista veníais siempre a visitarnos?

—Para alimentarnos. Como dijo el viejo nómada de la estepa, es simplemente una historia que nos han contado, pero ésa no es la verdadera historia. La otra historia incluye los dones, los poderes, la capacidad de ir mucho más allá de aquello que conocemos. Aunque yo conviva con una presencia desde niño, y en algún momento de mi vida incluso haya sido capaz de verla, Esther me enseñó que no estaba solo. Me presentó a gente con dones especiales, como el de doblar tenedores con la fuerza del pensamiento o hacer cirugía con bisturís oxidados, sin anestesia, de la que el paciente es capaz de salir andando inmediatamente después de la operación.

»Yo todavía estoy aprendiendo a desarrollar mi potencial desconocido, pero necesito aliados, gente que tampoco tenga una historia, como vosotros.

Es mi turno de sentir ganas de contarles mi historia a estos desconocidos, de empezar a liberarme de mi pasado, pero ya es tarde, tengo que levantarme temprano porque el médico va a retirarme el collarín ortopédico mañana.

Le pregunto a Mikhail si quiere que lo lleve, me dice que no, que necesita caminar un poco, porque esta noche siente mucha nostalgia de Esther. Dejamos al grupo y nos dirigimos hasta una avenida en la que puede que encuentre un taxi.

—Creo que esa mujer tiene razón —comento—. Si cuentas una historia, ¿no te liberas de ella?

—Yo soy libre. Pero al hacerlo, tú también entiendes —ahí está el secreto— que algunas historias fueron interrumpidas en el medio. Esas historias se hacen más presentes, y mientras no cerramos un capítulo, no podemos pasar al siguiente.

Recuerdo que leí un texto al respecto en internet, que se me atribuía a mí (aunque yo jamás lo había escrito):

Por eso es tan importante dejar que ciertas cosas se vayan. Soltar. Desprenderse. La gente tiene que entender que nadie está jugando con cartas marcadas, a veces ganamos y a veces perdemos. No esperes que te devuelvan algo, no esperes que reconozcan tu esfuerzo, que descubran tu genio, que entiendan tu amor. Cerrando ciclos. No por orgullo, por incapacidad o por soberbia, sino porque simplemente aquello ya no encaja en tu vida. Cierra la puerta, cambia el disco, limpia la casa, sacude el polvo. Deja de ser quien eras y transfórmate en quien eres.

Pero es mejor confirmar lo que está diciendo Mikhail:

—¿Qué son «historias interrumpidas»?

—Esther no está aquí. En un determinado momento, no fue capaz de seguir adelante su proceso de vaciamiento de la infelicidad y permitir el regreso de la alegría. ¿Por qué? Porque su historia, como la de millones de personas, está sujeta a la energía del amor. No puede evolucionar sola: o deja de amar, o espera que su amado la alcance.

»En los matrimonios fracasados, cuando uno de los dos deja de caminar, el otro se ve forzado a hacer lo mismo. Y mientras espera, aparecen amantes, asociaciones benéficas, exceso de cuidado con los hijos, trabajo excesivo, etc. Sería mucho más fácil hablar abiertamente sobre el tema, insistir, gritar «sigamos adelante, nos estamos muriendo de tedio, de preocupación, de miedo».

—Acabas de decirme que Esther no es capaz de llevar adelante su proceso de liberación de la tristeza por mi culpa.

—No he dicho eso: no creo que una persona pueda culpar a la otra, bajo ninguna circunstancia. He dicho que tiene la elección de dejar de amarte o de hacer que vayas a su encuentro.

—Eso es lo que está haciendo.

—Ya lo sé. Pero, si depende de mí, sólo iremos a su encuentro cuando la voz lo permita.

—Ya está, el collarín ortopédico está saliendo de su vida, y espero que no vuelva nunca más. Por favor, intente evitar excesos de movimiento, porque los músculos tienen que acostumbrarse otra vez a responder. Por cierto, ¿y la chica de las premoniciones?

—¿Qué chica? ¿Qué premoniciones?

—¿No me comentó en el hospital que alguien le había dicho que había oído una voz que decía que le iba a suceder algo?

—No es una chica. ¿Y no comentó usted también en el hospital que iba a informarse con respecto a la epilepsia?

—Me he puesto en contacto con un especialista. Le pregunté si conocía casos semejantes. Su repuesta me sorprendió un poco, pero déjeme recordarle otra vez que la medicina tiene sus misterios. ¿Recuerda la historia del niño que sale de casa con cinco manzanas y vuelve con dos?

—Sí: puede que las haya perdido, que las haya regalado, que le hayan costado más caras, etc. No se preocupe, sé que para nada existe una verdad absoluta. Antes de empezar, ¿Juana de Arco tenía epilepsia?

—Mi amigo la mencionó en nuestra conversación. Juana de Arco empezó a oír voces a la edad de trece años. Sus declaraciones dicen que veía luces, lo cual es un síntoma de ataque. Según una neuróloga, la Dra. Lydia Bayne, esas experiencias extáticas de la santa guerrera eran provocadas por lo que llamamos epilepsia musicogénica, causada por un sonido determinado: en el caso de Juana, era el de las campanas. ¿El chico ha tenido algún ataque estando con usted?

—Sí.

—¿Había música sonando?

—No lo recuerdo. Y aunque la hubiera habido, el ruido de los tenedores y de la conversación no nos habría dejado oír nada.

—¿Parecía tenso?

—Muy tenso.

—Ésa es otra de las razones de las crisis. El tema es más antiguo de lo que parece: ya en Mesopotamia hay textos tremendamente precisos sobre lo que llamaban «la enfermedad de la caída», seguida de convulsiones. Nuestros ancestros pensaban que estaba provocada por la presencia de demonios que invadían el cuerpo de alguien; no fue hasta mucho más tarde que el griego Hipócrates relacionó las convulsiones con una disfunción cerebral. Aun así, hasta hoy, las personas epilépticas todavía son víctimas de prejuicios.

—Sin duda, cuando sucedió, me quedé horrorizado.

—Cuando me habló de la profecía, le pedí a mi amigo que centrara la búsqueda en esta área. Según él, la mayoría de los científicos están de acuerdo en que, aunque hay mucha gente conocida que ha sufrido este mal, no confiere mayores o menores poderes a nadie. Aun así, los famosos epilépticos acabaron haciendo que la gente viese una «aura mística» en torno a los ataques.

—Famosos epilépticos como por ejemplo...

—Napoleón, o Alejandro Magno, o Dante. He tenido que limitar la relación de nombres, ya que lo que le intrigaba era la profecía del chico. ¿Cómo se llama, por cierto?

—No lo conoce, y como siempre que viene a verme, en seguida tiene otra consulta, ¿qué tal si sigue con la explicación?

—Científicos que estudian la Biblia garantizan que el apóstol Pablo era epiléptico. Se basan en que, en el camino de Damasco, vio una luz brillante a su lado que lo tiró al suelo, lo cegó, y lo dejó incapaz de comer y de beber durante algunos días. En literatura médica, eso se considera «epilepsia del lóbulo temporal».

—No creo que la Iglesia esté de acuerdo.

—Creo que ni yo mismo estoy de acuerdo, pero es lo que dice la literatura médica. También hay epilépticos que desarrollan su lado autodestructivo, como fue el caso de Van Gogh: él describía sus convulsiones como «tempestades interiores». En Saint-Remy, donde fue internado, uno de los enfermeros presenció un ataque.

—Por lo menos, consiguió transformar, a través de sus cuadros, su autodestrucción en una reconstrucción del mundo.

—Hay sospechas de que Lewis Carroll escribió *Alicia en el País de las Maravillas* para describir sus propias experiencias con la enfermedad. El relato al principio del libro, cuando Alicia entra en un agujero negro, les resulta familiar a la mayoría de los epilépticos. En su recorrido a través del País de las Maravillas, Alicia ve a menudo cosas volando y siente su cuerpo muy ligero; otra descripción muy precisa de los efectos del ataque.

—Entonces, parece que los epilépticos tienen propensión al arte.

—De ninguna manera; lo que sucede es que, como los artistas generalmente se hacen famosos, estos temas acaban asociándose el uno al otro. La literatura está llena de ejemplos de escritores sospechosos o con diagnóstico confirmado de epilepsia: Molière, Edgar Allan Poe, Flaubert. Dostoievski tuvo su primer ataque con nueve años, y decía que eso lo llevaba a momentos de gran paz con la vida y a momentos de gran depresión. Por favor, no se impresione y no empiece a pensar que usted también puede ser víctima de eso después del accidente. No recuerdo ningún caso de epilepsia provocado por una motocicleta.

—Ya le he dicho que se trata de alguien que conozco.

—¿Realmente existe ese chico de las premoniciones o se ha inventado todo esto simplemente porque cree que se desmayó cuando se bajó de la acera?

—Al contrario: detesto saber los síntomas de las enfermedades. Cada vez que leo un libro de medicina, empiezo a sentir todo lo que está allí descrito.

—Le diré una cosa, pero, por favor, no me malinterprete: creo que este accidente le ha supuesto un enorme beneficio. Parece más calmado, menos obsesivo. Claro, estar cerca de la muerte siempre nos ayuda a vivir mejor: fue eso lo que su mujer me dijo, cuando me dio un trozo de tela manchada de sangre que siempre llevo conmigo, aunque, como médico, esté cerca de la muerte todos los días.

—¿Le dijo ella por qué le dio esa tela?

—Utilizó palabras generosas para describir mi profesión. Me dijo que yo era capaz de combinar la técnica con la intuición, la disciplina con el amor. Me contó que un soldado, antes de morir, le pidió que cogiese su camisa, la cortase en pedazos y los repartiese con las personas que intentan sinceramente mostrar el mundo tal como es. Imagino que usted, con sus libros, también tiene un trozo de esta tela.

—No.

—¿Y sabe por qué?

—Sí. O mejor dicho, lo estoy descubriendo ahora.

—Y ya que, además de su médico, también soy su amigo, ¿me permite que le dé un consejo? Si ese chico epiléptico dice que puede adivinar el futuro, es que no entiende nada de medicina.

Zagreb, Croacia. 6.30 horas.

Marie y yo estamos delante de una fuente congelada. La primavera de este año ha decidido no aparecer; por lo visto vamos a pasar directamente del invierno al verano. En medio de la fuente, una columna con una estatua encima.

Me he pasado la tarde concediendo entrevistas y ya no soporto hablar del nuevo libro. Las preguntas de los periodistas son las de siempre: si mi mujer ha leído el libro (respondo que no lo sé); si creo que la crítica es injusta conmigo (¿cómo?); si el hecho de escribir *Tiempo de romper, tiempo de coser* ha causado algún tipo de impacto en mi público, ya que revelo bastante de mi vida íntima (un escritor sólo puede escribir sobre su vida); si el libro será transformado en película (repito por milésima vez que la película transcurre en la cabeza del lector, he prohibido la venta de los derechos de todos los títulos); qué pienso del amor; por qué he escrito sobre el amor; qué hacer para ser feliz en el amor, amor, amor...

Terminadas las entrevistas, la cena con los editores; forma parte del ritual. La mesa siempre con personas importantes del lugar, que me interrumpen cada vez que me meto el tenedor en la boca, generalmente para preguntarme lo mismo: «¿De dónde procede su inspiración?» Intento comer, pero tengo que ser simpático, charlar, desempeñar mi papel de celebridad, contar algunas historias interesantes, dar una buena impresión. Sé que el editor es un héroe, nunca sabe si un libro va a triunfar. Podría estar vendiendo plátanos o jabones; es más seguro, no tienen vanidad, ni egos desarrollados, no se quejan si la promoción está mal hecha o si no tienen el libro en determinada librería.

Después de cenar, la ruta de siempre. Quieren enseñármelo todo: monumentos, lugares históricos, los bares de moda..., siempre con un guía que lo conoce absolutamente todo y llena mi cabeza de información. Tengo que poner cara de estar prestando mucha atención, preguntar algo de vez en cuando, para demostrar mi interés. Conozco casi todos los monumentos, museos y lugares de interés de las muchas ciudades que he visitado para promocionar mi trabajo, pero no me acuerdo absolutamente de nada. Lo único que queda son las cosas inesperadas, los encuentros con los lectores, los bares, las calles que recorrí por casualidad, doblé la esquina y de repente vi algo maravilloso.

Un día pretendo escribir una guía de viajes sólo con mapas, direcciones de hotel y el resto de las páginas en blanco: así la gente tendrá que hacer su ruta única, descubrir por sí misma los restaurantes, los monumentos y las cosas magníficas que cada ciudad tiene, pero que jamás se comentan porque «la historia que nos han contado» no las incluyó en el apartado de «visitas obligadas».

Ya he estado antes en Zagreb. Y esta fuente –aunque no aparezca en ninguna guía turística local– tiene mucha más importancia que cualquiera de las cosas que he visto aquí: porque es bonita, la descubrí por casualidad, y está ligada a una historia de mi vida. Hace muchos años, cuando era un joven que recorría el mundo en busca de aventura, me senté en el lugar en el que estoy ahora, con un pintor croata que había viajado conmigo gran parte del camino. Yo iba a continuar hacia Turquía; él volvía a casa. Nos despedimos en este lugar, bebiendo dos botellas de vino, hablando de todo lo que había sucedido mientras estábamos juntos: religión, mujeres, música, precio de los hoteles, drogas... Hablamos de todo menos de amor, porque amábamos sin necesidad de hablar sobre el tema.

Después de que el pintor volvió a su casa, yo conocí a una

chica, estuvimos juntos durante tres días, nos amamos con toda la intensidad posible, ya que tanto ella como yo sabíamos que todo iba a durar muy poco. Ella me hizo entender el alma de este pueblo, y yo jamás lo he olvidado, como jamás he olvidado la fuente y la despedida de mi compañero de viaje.

Por eso, después de las entrevistas, de los autógrafos, de la cena, de la visita a monumentos y lugares históricos, enloquecí a mis editores, pidiéndoles que me llevasen a esa fuente. Me preguntaron dónde era: no lo sabía, como tampoco sabía que Zagreb tenía tantas fuentes. Después de casi una hora de búsqueda, finalmente conseguimos encontrarla. Pedí una botella de vino, nos despedimos de todos, me senté con Marie, y permanecimos callados, abrazados, bebiendo y esperando la salida del sol.

—Cada día estás más contento —comenta ella, con la cabeza en mi hombro.

—Porque estoy tratando de olvidar quién soy. Mejor dicho, no tengo que cargar con el peso de toda mi historia a cuestas.

Le cuento la conversación de Mikhail con el nómada.

—Con los actores pasa algo parecido —comenta—. En cada nuevo papel, tenemos que dejar de ser quienes somos para vivir el personaje. Pero, al final, acabamos confusos y neuróticos. ¿Realmente crees que es una buena idea dejar de lado tu historia personal?

—¿No dices que estoy mejor?

—Creo que eres menos egoísta. Me ha gustado haber vuelto loco a todo el mundo para que encontrasen esta fuente. Pero eso es contrario a lo que acabas de contarme, forma parte de tu pasado.

—Es un símbolo para mí. Pero yo no cargo con esta fuente, no pienso en ella, no le he sacado fotos para enseñárselas a mis amigos, no siento nostalgia del pintor que se fue ni de la chica de la que me enamoré. Qué bien haber vuelto aquí una segunda vez, pero si no hubiese sucedido, en nada cambiaría lo que viví.

—Entiendo lo que dices.

—Me alegro.

—Me entristece, porque eso me hace pensar que te vas a ir. Lo sabía desde el momento en que nos vimos por primera vez; aun así, es difícil, ya que me he acostumbrado.

—Ése es el problema: acostumbrarse.

—Pero es humano.

—Fue por culpa de eso por lo que la mujer con la que me casé se convirtió en el Zahir. Hasta el día del accidente, me había convencido de que sólo podría ser feliz con ella, y no porque la amase más que a todo y a todos en el mundo, sino porque pensaba que sólo ella me entendía, conocía mis gustos, mis manías, mi manera de ver la vida. Le estaba agradecido por lo que había hecho por mí, pensaba que ella debía de estarme agradecida por lo que yo había hecho por ella. Estaba acostumbrado a ver el mundo usando sus ojos. ¿Recuerdas la historia de los dos hombres que salen del incendio y uno tiene la cara cubierta de ceniza?

Ella retiró la cabeza de mi hombro; noté que tenía los ojos llenos de lágrimas.

—Pues el mundo era eso para mí —continué—. Un reflejo de la belleza de Esther. ¿Es eso amor? ¿O es una dependencia?

—No lo sé. Creo que el amor y la dependencia van juntos.

—Puede ser. Pero supongamos que, en vez de escribir *Tiempo de romper, tiempo de coser,* que en verdad es simplemente una carta a la mujer que está lejos, yo hubiese escogido otro argumento, como, por ejemplo: «Marido y mujer están juntos desde hace diez años. Hacían el amor todos los días, ahora hacen el amor sólo una vez por semana, pero eso, después de todo, no es tan importante: hay complicidad, apoyo mutuo, compañerismo. Él se pone triste cuando tiene que comer solo porque ella ha debido quedarse más tiempo en el trabajo. Ella se lamenta cuando él viaja, pero entiende que eso forma parte de su profesión. Sienten que algo empieza a faltar, pero son adultos, han alcanzado la madurez, saben lo importante que es mantener una relación estable, aunque sea por los hijos. Se dedican cada vez más al trabajo y a los niños, piensan cada vez menos en el matrimonio, que aparentemente va muy bien, no hay ni otro hombre ni otra mujer.

»Notan que algo va mal. No son capaces de localizar el problema. A medida que pasa el tiempo, se van haciendo más dependientes el uno del otro, se están haciendo mayores, las oportunidades de una nueva vida se están yendo. Intentan ocuparse cada vez más, lectura, bordados, televisión, amigos, pero siempre está la conversación durante la cena o la conversación después de cenar. Él se enfada con facilidad, ella está más silenciosa que de costumbre. Uno sabe que el otro está cada vez más distante y no entiende el porqué. Llegan a la conclusión de que el matrimonio es así, pero se niegan a hablar con los amigos, dan la imagen de una pareja feliz que se apoya mutuamente, que tiene los mismos intereses. Surge un amante aquí, una amante allí, nada serio, claro. Lo importante, lo necesario, lo definitivo es comportarse como si no pasase nada, es demasiado tarde para cambiar.»

—Conozco esa historia, aunque nunca la haya vivido. Y pienso que nos pasamos la vida siendo entrenados para soportar situaciones como ésa.

Me quito el abrigo y me subo al muro de la fuente. Ella me pregunta qué voy a hacer.

—Andar hasta la columna.

—Es una locura. Ya estamos en primavera, la capa de hielo debe de ser muy fina.

—Tengo que llegar hasta allí.

Pongo el pie, la capa de hielo se mueve entera, pero no se rompe.

Mientras contemplaba la salida del sol, había hecho una especie de juego con Dios: si era capaz de llegar hasta la columna y volver sin que el hielo se rompiera, sería una señal de que estaba en el camino correcto, de que Su mano me estaba guiando por donde debía andar.

—Te vas a caer al agua.

—¿Y? El mayor riesgo es quedarme congelado, pero el hotel no está lejos y el sufrimiento no va a ser largo.

Pongo el otro pie: ahora ya estoy enteramente en la fuente, el hielo se despega en los bordes, sube un poco de agua a la superficie, pero la capa de hielo no se rompe. Camino hacia la columna, no son más que cuatro metros si consideramos la ida y la vuelta, y todo lo que arriesgo es la posibilidad de un baño frío. Sin embargo, nada de pensar en lo que puede suceder: ya he dado el primer paso, tengo que ir hasta el final.

Voy caminando, llego a la columna, la toco con la mano, oigo que todo estalla, pero todavía estoy en la superficie. Mi primer instinto es salir corriendo, sin embargo, algo me dice que, si hago eso, los pasos se harán más firmes, pesados, y caeré al agua. Tengo que volver lentamente, al mismo ritmo.

El sol está naciendo, me ciega un poco, sólo veo la silueta de Marie y los contornos de los edificios y de los árboles. La capa de hielo se mueve cada vez más, el agua sigue brotando en los bordes e inundando la superficie, pero yo sé —tengo la absoluta certeza— que voy a conseguir llegar. Porque estoy en comunión con el día, con mis elecciones, conozco los límites del agua congelada, sé cómo lidiar con ella, pedirle que me ayude, que no me deje caer. Empiezo a entrar en una especie de trance, de euforia; soy otra vez un niño, haciendo cosas prohibidas, equivocadas, pero que me dan un inmenso placer. ¡Qué alegría! Pactos alocados con Dios, del tipo «si soy capaz de eso, sucederá aquello»; señales provocadas no por lo que viene del exterior, sino por el instinto, por la capacidad para olvidar las antiguas reglas y crear nuevas situaciones.

Doy gracias por haber encontrado a Mikhail, el epiléptico que cree que oye voces. Fui a su encuentro en busca de mi mujer y acabé viendo que me había transformado en un pálido reflejo de mí mismo. ¿Sigue siendo importante Esther? Pienso que sí, fue su amor el que cambió mi vida una vez y vuelve a transformarme ahora. Mi historia era vieja, cada vez más pesada de llevar, cada vez más seria como para que yo me permitiese riesgos como el de andar sobre una fuente, haciendo una apuesta con Dios, forzando una señal. Había olvidado que era preciso rehacer siempre el camino de Santiago, dejar el equipaje innecesario, quedarse sólo con lo que es imprescindible para vivir cada día. Dejar que la energía del amor circule libremente, de fuera a dentro, de dentro a fuera.

Un nuevo estallido, aparece una grieta. Sin embargo, sé que voy a conseguirlo porque soy ligero, ligerísimo, podría incluso caminar sobre una nube y no me caería a la Tierra. No llevo el peso de la fama, de las historias contadas, de las rutas que hay que seguir. Soy transparente, dejo que los rayos de sol atraviesen mi cuerpo y me iluminen el alma. Me doy cuenta de que todavía hay muchas zonas oscuras en mí, pero se limpiarán poco a poco, con perseverancia y valor.

Otro paso, y el recuerdo de un sobre en mi mesa. Voy a abrirlo pronto, y en vez de caminar sobre el hielo, tomaré el camino que me lleva a Esther. Ya no es porque deseo que esté a mi lado; ella es libre para seguir donde está. Ya no es porque sueño día y noche con el Zahir; la obsesión amorosa, destructora, parece haberse ido. Ya no es porque me he acostumbrado a mi pasado y deseo ardientemente volver a él.

Otro paso, otro estallido, pero el borde salvador de la fuente está cerca.

Abriré el sobre e iré a su encuentro, porque –como dice Mikhail, el epiléptico, el vidente, el gurú del restaurante armenio– esta historia tiene que acabarse. Entonces, cuando todo haya sido contado y recontado muchas veces, cuando los lugares por los que he pasado, los momentos que he vivido, los pasos que he dado por ella se conviertan en recuerdos lejanos, sólo quedará, simplemente, el amor puro. No sentiré que «debo» algo, no pensaré que la necesito porque sólo ella es capaz de entenderme, porque estoy acostumbrado, porque conoce mis vicios, mis virtudes, las tostadas que me gusta comer antes de dormir, la televisión en los telediarios internacionales cuando me despierto, las caminatas obligatorias todas las mañanas, los libros sobre la práctica del tiro con arco, las horas pasadas delante de la pantalla del ordenador, la rabia que siento cuando la asistenta llama varias veces diciendo que la comida está en la mesa.

Todo eso se irá. Queda el amor que mueve el cielo, las estrellas, los hombres, las flores, los insectos, y obliga a todos a caminar por la superficie peligrosa del hielo, nos llena de alegría y de miedo, pero le da un sentido a todo.

Toco el muro de piedra. Una mano se tiende, yo la agarro, Marie me ayuda a equilibrarme y a bajar.

—Estoy orgullosa de ti. Yo jamás lo haría.

—Creo que, hace algún tiempo, yo tampoco lo habría hecho. Parece infantil, irresponsable, innecesario, sin ninguna razón práctica. Pero estoy renaciendo, tengo que arriesgarme a hacer cosas nuevas.

—La luz de la mañana te sienta bien: hablas como si fueses un sabio.

—Los sabios no hacen lo que acabo de hacer yo.

Debo escribir un texto importante para una revista que tiene un gran crédito conmigo en el Banco de Favores. Tengo cientos, miles de ideas, pero no sé cuál de ellas merece mi esfuerzo, mi concentración, mi sangre.

No es la primera vez que me pasa, pero pienso que ya he dicho todo lo importante que tenía que decir, estoy perdiendo la memoria, olvidándome de quién soy.

Voy hasta la ventana, miro la calle, intento convencerme de que soy un hombre profesionalmente realizado, no tengo que demostrar nada más, puedo retirarme a una casa en las montañas, pasar el resto de mi vida leyendo, caminando, hablando sobre gastronomía y sobre el tiempo. Digo y repito que ya he conseguido lo que casi ningún escritor ha conseguido: ser publicado en casi todas las lenguas. ¿Por qué molestarme por un simple texto para una revista por más importante que sea?

Por culpa del Banco de Favores. Entonces, realmente tengo que escribirlo, pero ¿qué les voy a decir a esas personas? ¿Que tienen que olvidar las historias que les han contado y arriesgarse un poco más?

Todas responderán: «Yo soy independiente, hago aquello que he escogido.»

¿Que deben dejar circular libremente la energía del amor?

Responderán: «Yo amo. Amo cada vez más», como si pudieran medir el amor como medimos la distancia entre los raíles de las vías de tren, la altura de los edificios o la cantidad de levadura necesaria para hacer un bizcocho.

Vuelvo a la mesa. El sobre que Mikhail dejó está abierto; sé dónde se encuentra Esther, necesito saber cómo llegar hasta allí. Lo llamo por teléfono y le cuento la historia de la fuente. Le encanta. Le pregunto qué va a hacer hoy por la noche, responde que va a salir con Lucrecia, su novia. «¿Puedo invitaros a cenar?» Hoy no, la próxima semana, si quiero, saldremos con sus amigos.

Le digo que la semana que viene tengo una conferencia en Estados Unidos. «No hay prisa —responde—, entonces esperamos dos semanas.»

—Debiste de oír una voz que te hizo caminar por el hielo —dice.

—No oí ninguna voz.

—¿Entonces por qué lo hiciste?

—Porque sentí que tenía que hacerlo.

—Bien, eso es otra manera de oír la voz.

—Hice una apuesta. Si conseguía atravesar el hielo, sería porque estaba preparado. Y pienso que lo estoy.

—Entonces, la voz te ha dado la señal que necesitabas.

—¿Y la voz te ha dicho algo al respecto?

—No. Pero no es necesario: cuando estábamos en la orilla del Sena, cuando te dije que ella nos avisaba de que el momento no había llegado, entendí que ella también te diría la hora precisa.

—Ya te he dicho que no oí ninguna voz.

—Eso es lo que tú crees. Es lo que todos creen. Y, sin embargo, por lo que la presencia me dice siempre, todos oyen voces todo el tiempo. Son ellas las que nos hacen entender cuándo estamos ante una señal, ¿entiendes?

Decido no discutir. Todo lo que necesito son detalles técnicos: saber dónde alquilar un coche, cuánto tiempo hay de viaje, cómo localizar la casa, porque lo que tengo, además del mapa, son una serie de indicaciones imprecisas: seguir por la orilla de tal río, buscar el rótulo de una empresa, girar a la derecha, etc. Tal vez él conozca a alguien que pueda ayudarme.

Concertamos el siguiente encuentro, Mikhail me pide que vaya vestido de la manera más discreta posible; la «tribu» va a peregrinar por París.

Le pregunto quién es la tribu. «Es la gente que trabaja conmigo en el restaurante», responde, sin entrar en detalles. Le pregunto si quiere algo de Norteamérica, me pide que le traiga una medicina para la acidez de estómago. Pienso que hay cosas mucho más interesantes, pero anoto su encargo.

¿Y el artículo?

Vuelvo a la mesa, pienso en qué escribir, miro de nuevo el sobre abierto, concluyo que no me ha sorprendido lo que he encontrado dentro. En el fondo, después de algunos encuentros con Mikhail, incluso ya me lo esperaba.

Esther está en la estepa, en una pequeña aldea de Asia Central: más concretamente, en una aldea en Kazajstán.

Ya no tengo ninguna prisa: sigo recordando mi historia, que le narro con detalle, compulsivamente, a Marie. Ella ha decidido hacer lo mismo, me sorprendo con las cosas que me cuenta, pero parece que el proceso está dando resultados: está más segura, menos ansiosa.

No sé por qué deseo tanto encontrar a Esther, ya que mi amor por ella ha pasado a iluminar mi vida, a enseñarme cosas nuevas, y eso basta. Pero me acuerdo de lo que dijo Mikhail —«hay que terminar la historia»—, y decido seguir adelante. Sé que voy a descubrir el momento en el que el hielo de nuestro matrimonio se rompió, y nosotros seguimos caminando por el agua fría como si nada hubiese pasado. Sé que voy a descubrirlo antes de llegar a esa aldea para cerrar un ciclo, o para hacerlo mayor todavía.

¡El artículo! ¿Es que Esther vuelve a ser el Zahir, y no me deja concentrarme en nada más?

Nada de eso: cuando tengo que hacer algo urgente, que exige energía creativa, es ése mi proceso de trabajo; llegar casi a la histeria, decidir desistir, y entonces, el texto se manifiesta. Ya he intentado comportarme de manera diferente, hacerlo todo con mucha antelación, pero parece que la imaginación sólo me funciona de esta manera, bajo una terrible presión. No puedo faltarle al respeto al Banco de Favores, debo enviar tres páginas escritas sobre − ¡imagínate!− los problemas de la relación entre hombre y mujer. ¡Yo! Pero los editores piensan que quien ha escrito *Tiempo de romper, tiempo de coser* debe de entender muy bien el alma humana.

Intento conectarme a internet, que no funciona: desde el día en que destrocé la conexión, nunca más volvió a ser la misma. Llamé a varios técnicos que, cuando decidían aparecer, se encontraban el ordenador a las mil maravillas. Preguntaban de qué me quejaba, probaban durante media hora, cambiaban las configuraciones, aseguraban que el problema no era mío, sino del servidor. Yo me dejaba convencer; al fin y al cabo, todo estaba en perfecto orden, me sentía ridículo por haber pedido ayuda. Pasan dos o tres horas, nuevo colapso de la máquina y de la conexión. Ahora, después de seis meses de desgaste físico y psicológico, acepto que la tecnología es más fuerte y más poderosa que yo: trabaja cuando quiere, y si no le apetece, es mejor leer un periódico, dar un paseo, esperar a que cambie el humor de los cables, de las conexiones telefónicas y decida funcionar otra vez. No soy su dueño, he descubierto que tiene vida propia.

Insisto dos o tres veces más, y sé −por experiencia propia− que es mejor dejar la investigación de lado. Internet, la mayor biblioteca del mundo, tiene en este momento sus puertas cerradas para mí. ¿Qué tal leer revistas, intentar buscar inspiración? Cojo un ejemplar de la correspondencia que ha llegado hoy, veo una extraña entrevista de una mujer que acaba de lanzar un libro sobre −¿adivina qué?− amor. El tema parece perseguirme por todas partes.

El periodista le pregunta si la única manera de que el ser humano consiga la felicidad es encontrando a la persona amada. La mujer dice que no:

La idea de que el amor lleva a la felicidad es una invención moderna, de finales del siglo XVII. A partir de entonces, la gente aprendió a creer que el amor debía durar para siempre y que el matrimonio era el mejor lugar para ejercerlo. En el pasado no había tanto optimismo en cuanto a la longevidad de la pasión. Romeo y Julieta no es una historia feliz, es una tragedia. En las últimas décadas, la expectativa en cuanto al matrimonio como el camino para la realización personal ha crecido mucho. La decepción y la insatisfacción han crecido con ella.

Es una opinión bastante valiente, pero no sirve para mi artículo, sobre todo, porque no estoy en absoluto de acuerdo con lo que dice. Busco en la estantería un libro que no tenga nada que ver con las relaciones entre hombres y mujeres: *Prácticas mágicas en el norte de México.* Necesito refrescarme la cabeza, relajarme, ya que la obsesión no me va a ayudar a escribir ese artículo.

Empiezo a hojearlo y, de repente, leo algo que me sorprende:

El «acomodador»: siempre hay un acontecimiento en nuestras vidas que es el responsable del hecho de que hayamos dejado de progresar. Un trauma, una derrota especialmente amarga, una desilusión amorosa, incluso una victoria que no entendemos muy bien, acaba haciendo que nos acobardemos y que no sigamos adelante. El hechicero, en el proceso de crecimiento de sus poderes ocultos, primero tiene que librarse de ese «punto acomodador», y para eso tiene que recordar su vida y descubrir dónde está.

¡El acomodador! Eso cuadra con mi aprendizaje del arco y la flecha —el único deporte que me atrae—, en el que el profesor dice que cada tiro no puede repetirse jamás, no vale la pena intentar aprender con los aciertos o los errores. Lo interesante es repetir cientos, miles de veces, hasta que nos libremos de la idea de acertar en el blanco y nos convirtamos en la flecha, en el arco y en el objetivo. En este momento, la energía de «eso» (mi profesor de *kyudo*, el tiro con arco japonés que yo practicaba, nunca utilizaba la palabra «Dios») guía nuestros movimientos, y empezamos a soltar la flecha no cuando queremos, sino cuando «eso» cree que ha llegado el momento.

El acomodador. Otra parte de mi historia personal empieza a mostrarse, ¡qué bueno sería que Marie estuviese aquí en este momento! Necesito hablar de mí, de mi infancia, contar que, cuando era pequeño, siempre me peleaba y siempre les pegaba a los demás porque era el mayor del grupo. Un día, mi primo me dio una paliza, me convencí de que a partir de ahí nunca más iba a conseguir ganar una pelea, y desde entonces he evitado cualquier enfrentamiento físico, aunque haya pasado muchas veces por cobarde, dejándome humillar delante de novias y de amigos.

El acomodador. Intenté durante dos años aprender a tocar la guitarra: progresé mucho al principio, hasta que llegó un punto en el que no fui capaz de avanzar más porque descubrí que otros aprendían más de prisa que yo, sentí que era un mediocre, decidí no pasar vergüenza, decidí que aquello ya no me interesaba. Lo mismo sucedió con el billar, el fútbol, el ciclismo: aprendía lo suficiente como para hacerlo todo razonablemente, pero llegaba un momento en el que no era capaz de seguir adelante.

¿Por qué?

Porque la historia que nos han contado dice que en un determinado momento de nuestras vidas «llegamos a nuestro límite». Una vez más recuerdo mi lucha para negar mi destino de escritor y de cómo Esther jamás aceptó que el acomodador dictase las reglas de mi sueño. Ese simple párrafo que acabo de leer encaja con la idea de olvidar la historia personal y quedarse simplemente con el instinto desarrollado por las tragedias y las dificultades que atravesamos: así se comportan los hechiceros de México, así oran los nómadas en las estepas de Asia Central.

El acomodador: «Siempre hay un acontecimiento en nuestras vidas que es el responsable del hecho de que hayamos dejado de progresar.»

Eso encaja en género número y grado con los matrimonios en general y con mi relación con Esther en particular.

Sí, puedo escribir el artículo para esa revista. Me pongo delante del ordenador; al cabo de media hora, el borrador está preparado y yo estoy contento con el resultado. La he narrado en forma de diálogo, como si fuese ficticia, pero la conversación tuvo lugar en una habitación de hotel en Amsterdam, después de un día de intensa promoción, de la cena de siempre, de la visita a las atracciones turísticas, etc.

En mi artículo, el nombre de los personajes y la situación en la que se encuentran se omite completamente. En la vida real, Esther está en camisón viendo el canal que pasa por delante de nuestra ventana. Todavía no es corresponsal de guerra, sus ojos siguen siendo alegres, adora su trabajo, viaja conmigo siempre que puede y la vida sigue siendo una gran aventura. Estoy acostado en la cama, en silencio, mi cabeza está lejos de allí, pensando en la agenda del día siguiente.

—La semana pasada fui a hacerle una entrevista a un especialista en interrogatorios policiales. Me contó cómo consigue arrancar la mayor parte de la información: usando una técnica llamada «frío/caliente». Empiezan siempre con un policía muy violento que amenaza con no respetar ninguna regla, grita, da golpes en la mesa... Cuando el prisionero está aterrorizado, entra el «buen policía», exige que se pare aquello, le ofrece un cigarrillo, se hace cómplice del sospechoso, y así consigue lo que quiere.

—Ya lo sabía.

—Sin embargo, me contó algo que me dejó horrorizada. En 1971, un grupo de investigadores de la Universidad de Stanford, en Estados Unidos, decidió crear un simulacro de prisión para estudiar la psicología de los interrogatorios: seleccionaron a veinticuatro estudiantes voluntarios, divididos entre «guardias» y «criminales».

»Después de una semana, tuvieron que interrumpir el experimento: los «guardias», chicos y chicas con valores normales, educados en buenas familias, se habían convertido en verdaderos monstruos. El uso de la tortura pasó a ser rutinario, los abusos sexuales con «prisioneros» se veían como algo normal. Los estudiantes que participaron en el proyecto, tanto «guardias» como «criminales», sufrieron traumas tan terribles, que necesitaron cuidados médicos durante un largo período, y el experimento no volvió a repetirse.

—Interesante.

—¿Qué quieres decir con «interesante»? Estoy hablando de algo de máxima importancia: la capacidad del hombre para hacer el mal siempre que tiene la oportunidad. ¡Estoy hablando de mi trabajo, de las cosas que he aprendido!

—Es eso lo que encuentro interesante. ¿Por qué estás enfadada?

—¿Enfadada? ¿Cómo puedo estar enfadada con alguien que no presta la menor atención a lo que digo? ¿Cómo puedo ponerme nerviosa con una persona que no me está provocando, que simplemente está acostada, mirando al vacío?

—¿Has bebido hoy?

—No sabes ni la respuesta a esa pregunta, ¿verdad? ¡He estado a tu lado toda la noche, y no sabes si he bebido o no! ¡Sólo te dirigías a mí cuando querías que confirmase algo que habías dicho o cuando necesitabas que contase una bella historia sobre ti!

—¿No te das cuenta de que llevo trabajando desde la mañana y que estoy cansado? ¿Por qué no te acuestas, dormimos y mañana hablamos?

—¡Porque llevo haciendo eso semanas, meses, durante estos dos años pasados! ¡Intento hablar, tú estás cansado, dormimos y ya hablamos mañana! Y mañana hay otras cosas que hacer, otro día de trabajo, cenas, dormimos y ya hablaremos al día siguiente. Así me paso la vida: esperando el día de poder tenerte otra vez a mi lado, hasta que me canse, hasta que no te pida nada más, hasta que cree un mundo donde pueda refugiarme siempre que tenga la necesidad: un mundo no tan distante como para que parezca que tengo una vida independiente, ni tan cercano como para que parezca que estoy invadiendo tu universo.

—¿Qué quieres que haga? ¿Que deje de trabajar? ¿Que deje todo lo que hemos conseguido de manera tan ardua y que hagamos un crucero por el Caribe? ¿No entiendes que me gusta lo que hago y que no tengo la menor intención de cambiar de vida?

—En tus libros, hablas de la importancia del amor, de la necesidad de aventura, de la alegría del combate por los sueños. ¿Y a quién tengo ahora delante de mí? A alguien que no lee lo que escribe. A alguien que confunde amor con conveniencia, aventuras con riesgos innecesarios, alegría con obligación. ¿Dónde está el hombre con el que me casé, que prestaba atención a lo que decía?

—¿Dónde está la mujer con la que me casé?

—¿Aquella que siempre te apoyaba, te estimulaba, te daba cariño? Su cuerpo está aquí, mirando al canal Singel, en Amsterdam, y ¡creo que seguirá a tu lado el resto de su vida! Pero el alma de esta mujer está en la puerta de la habitación, a punto de marcharse.

—¿Por qué razón?

—Por culpa de la maldita frase «mañana hablamos». ¿Es suficiente? Si no es suficiente, piensa que aquella mujer con la que te casaste sentía entusiasmo por la vida, estaba llena de ideas, de alegría, de deseos, y ahora se está convirtiendo rápidamente en una ama de casa.

—Eso es ridículo.

—Está bien, eso es ridículo. ¡Una tontería! Algo sin importancia, sobre todo, si pensamos que lo tenemos todo, que tenemos éxito, tenemos dinero, no hablamos de eventuales amantes, jamás hemos tenido una crisis de celos. Por lo demás, hay millones de niños pasando hambre en el mundo, hay guerras, enfermedades, huracanes, tragedias que suceden cada segundo. Entonces, ¿de qué puedo quejarme?

—¿No crees que es hora de que tengamos un hijo?

—Es así como todas las parejas que conozco resuelven sus problemas: ¡teniendo un hijo! Tú, que apreciabas tanto tu libertad, que siempre creías que debíamos dejarlo para más adelante, ¿ahora has cambiado de idea?

—Ahora creo que es el momento apropiado.

—¡Pues, en mi opinión, no podía ser más inoportuno! No, no quiero tener un hijo tuyo. ¡Quiero un hijo del hombre que conocí, que tenía sueños, que estaba a mi lado! ¡Si algún día decido quedarme embarazada, será de alguien que me entienda, que me acompañe, que me escuche, que me desee de verdad!

—Estoy seguro de que has bebido. Te lo prometo, hablamos mañana, pero ven a acostarte, por favor, que estoy muy cansado.

—Entonces hablamos mañana. Y si mi alma, que está en la puerta de esta habitación, decide marcharse ahora, no va a afectar mucho a nuestra vida.

—No se va a ir ahora.

—Conocías bien mi alma, pero hace años que no hablas con ella; no sabes cuánto ha cambiado, cómo pide de-ses-pe-ra-da-men-te que la escuches. Aunque sean temas banales, como esos experimentos en universidades norteamericanas.

—Si tu alma ha cambiado tanto, ¿por qué sigues siendo la misma?

—Por cobardía. Porque creo que mañana vamos a hablar. Por todo lo que hemos construido juntos y no quiero ver destruido. O por la razón más grave de todas: me he acomodado.

—Hace un poco, me acusabas de todo eso.

—Tienes razón. Te vi, creí que eras tú, pero en verdad soy yo. Esta noche rezaré con toda mi fuerza y con toda mi fe: le pediré a Dios que no me permita pasar el resto de mis días de esta manera.

Oigo los aplausos, el teatro está repleto. Voy a empezar a hacer aquello que siempre me deja insomne la víspera: dar una conferencia.

El presentador empieza diciendo que no necesita presentarme, lo cual es una barbaridad, ya que él está aquí para eso, no tiene en cuenta que tal vez mucha gente en la sala no sepa exactamente quién soy, que ha ido porque la han llevado unos amigos. Pero, a pesar del comentario, acaba dando algunos datos biográficos, habla de mis cualidades, de mis premios, de los mil-

llones de libros vendidos. Empieza a dar las gracias a los patrocinadores, me saluda y me cede la palabra.

También doy las gracias. Digo que las cosas más importantes
que tengo que decir las pongo en mis libros, pero creo que tengo
una obligación para con mi público: mostrar al hombre que hay
detrás de sus frases y de sus párrafos. Explico que la condición
humana nos hace compartir sólo aquello que tenemos de mejor
porque siempre buscamos amor, aceptación. Así que mis libros
siempre serán la punta visible de una montaña entre las nubes o
una isla en el océano: le da la luz, todo parece estar en su sitio,
pero bajo la superficie está lo desconocido, las tinieblas, la ince-
sante búsqueda de uno mismo.

Cuento lo difícil que fue escribir *Tiempo de romper, tiempo
de coser*, y que muchas partes de ese libro sólo las entiendo ahora, a medida que lo releo, como si la creación fuese siempre más
generosa y mayor que el creador.

Digo que no hay nada más aburrido que leer entrevistas o
asistir a conferencias de autores que explican los personajes de
sus libros: lo que está escrito, o se explica por sí mismo, o es un
libro que no debe ser leído. Cuando el escritor aparece en público, debe procurar mostrar su universo, no intentar explicar su
obra y por eso, empiezo a hablar de algo más personal:

—Hace algún tiempo, estuve en Ginebra para conceder una
serie de entrevistas. Al final de un día de trabajo, como una amiga había cancelado la cena, salí a caminar por la ciudad. La noche era particularmente agradable, las calles estaban desiertas,
los bares y los restaurantes llenos de vida, todo parecía en absoluta calma, en orden, bonito, y de repente...

»... de repente me di cuenta de que estaba completamente
solo.

»Es evidente que ya he estado muchas veces solo este año.
Es evidente que en algún lugar, a dos horas de vuelo, mi novia
me esperaba. Es evidente que, después de un día agitado como
aquél, nada mejor que caminar por las callejuelas y los callejones del casco viejo, sin necesidad de hablar de nada con nadie,

simplemente contemplando la belleza a mi alrededor. Pero la sensación que tuve fue un sentimiento de soledad opresora, angustioso; no tenía con quién compartir la ciudad, el paseo, los comentarios que me gustaría hacer.

»Cogí el teléfono móvil; después de todo, tenía un número razonable de amigos en la ciudad, pero era tarde para llamar a cualquiera. Consideré la posibilidad de entrar en uno de los bares, pedir algo de beber; casi con toda seguridad, alguien me reconocería y me invitaría a sentarme a su mesa. Pero resistí la tentación y procuré vivir aquel momento hasta el final, descubriendo que no hay nada peor que sentir que a nadie le importa el hecho de que existamos o no, que no les interesan nuestros comentarios sobre la vida, que el mundo puede seguir andando perfectamente sin nuestra presencia incómoda.

»Empecé a imaginar cuántos millones de personas en aquel momento estaban seguras de que eran inútiles, miserables, por más ricas, agradables y encantadoras que fuesen, porque estaban solas aquella noche, y el día anterior también, y posiblemente estuvieran solas al día siguiente. Estudiantes que no encuentran con quién salir, personas mayores delante de la televisión como si fuese la última salvación, hombres de negocios en sus habitaciones de hotel, pensando en si lo que hacen tiene algún sentido, mujeres que se han pasado la tarde arreglándose y peinándose para ir a un bar, fingir que no buscan compañía, simplemente les interesa confirmar si todavía son atractivas; los hombres miran, buscan conversación, y ellas descartan cualquier acercamiento con aire de superioridad porque se sienten inferiores, tienen miedo a que descubran que son madres solteras, empleadas en algo sin importancia, incapaces de charlar sobre lo que sucede en el mundo, ya que trabajan de la mañana a la noche para sustentarse y no tienen tiempo de leer las noticias del día.

»Personas que se han mirado al espejo, se creen feas, piensan que la belleza es fundamental, y se conforman pasando el tiempo leyendo revistas en las que todos son guapos, ricos, famosos. Maridos y mujeres que han terminado de cenar, a los que les gustaría estar hablando como hacían antes, pero hay otras preocupaciones, otras cosas más importantes, y la conversación puede esperar hasta un mañana que no llega nunca.

»Aquel día había comido con una amiga que acababa de divorciarse, y me decía: «Ahora tengo toda la libertad con la que siempre he soñado.» ¡Es mentira! Nadie quiere ese tipo de libertad, todos nosotros queremos un compromiso, una persona que esté a nuestro lado para ver las bellezas de Ginebra, discutir sobre libros, entrevistas, películas o compartir un sándwich porque el dinero no da para comprar dos. Mejor comer la mitad de uno que comerlo entero. Mejor ser interrumpido por el marido que desea volver pronto a casa porque hay un importante partido de fútbol en la televisión, o por la mujer que se detiene delante de un escaparate e interrumpe el comentario sobre la torre de la catedral, que tener Ginebra entera para uno mismo, todo el tiempo y el sosiego del mundo para visitarla.

»Es mejor tener hambre que estar solo. Porque cuando estás solo, y no hablo de la soledad que escogemos, sino de la que nos vemos obligados a aceptar, es como si ya no formases parte de la raza humana.

»El bonito hotel me esperaba al otro lado del río, con una suite cómoda, empleados atentos, servicio de primerísima calidad, y eso me hacía sentir peor porque debería estar contento, satisfecho con todo lo que había conseguido.

»En el camino de vuelta, me crucé con otras personas que se encontraban en la misma situación que yo, y noté que tenían dos tipos de miradas: arrogantes, porque querían fingir que habían escogido la soledad en aquella hermosa noche, o tristes, avergonzadas de estar solas.

»Cuento todo esto porque recientemente me acordé de un hotel en Amsterdam, de una mujer que estaba a mi lado, que hablaba conmigo, que me contaba su vida. Cuento todo eso porque, aunque el Eclesiastés diga que hay tiempo de romper y tiempo de coser, a veces el tiempo de romper deja cicatrices muy profundas. Peor que caminar solo y miserable por Ginebra, es tener a alguien a nuestro lado y hacer que esa persona se sienta como si no tuviese la menor importancia en nuestra vida.

Hay un largo momento de silencio antes de los aplausos.

Llegué a un lugar siniestro en un barrio de París donde se decía que la vida cultural era la más interesante de toda la ciudad. Me costó algún tiempo reconocer que el grupo mal vestido con el que me encontré era el mismo que se presentaba todos los jueves en el restaurante armenio, inmaculadamente ataviados de blanco.

—¿Por qué usáis esos harapos? ¿Influencia de alguna película?

—No son harapos —respondió Mikhail—. Cuando tú vas a una cena de gala, ¿no te cambias de ropa? Cuando vas a un campo de golf, ¿vas de traje y corbata?

—Entonces, cambio la pregunta: ¿por qué habéis decidido imitar la moda de los jóvenes vagabundos?

—Porque en este momento somos jóvenes vagabundos. Mejor dicho, dos jóvenes y dos adultos vagabundos.

—Cambio la pregunta por última vez: ¿qué hacéis aquí, vestidos de esa manera?

—En el restaurante, alimentamos nuestro cuerpo y hablamos de energía para gente que tiene algo que perder. Entre los mendigos, alimentamos nuestra alma y hablamos con quien no tiene nada que perder. Ahora, vamos a la parte más importante de nuestro trabajo: encontrar el movimiento invisible que renueva el mundo, gente que vive el día de hoy como si fuese el último, mientras los viejos viven como si fuese el primero.

Estaba hablando de algo que ya había notado y que parecía

aumentar cada día: jóvenes vestidos de aquella manera, ropas sucias pero tremendamente creativas, basadas en uniformes militares o en películas de ciencia ficción. Todos llevaban *piercings*. Todos llevaban el pelo cortado de manera diferente. Muchas veces, los grupos iban acompañados por un pastor alemán, de aire amenazador. Una vez le pregunté a un amigo por qué siempre llevaban un perro, y recibí como explicación –no sé si es verdad– que la policía no podía detener a sus dueños, ya que no tenían dónde meter al animal.

Una botella de vodka empezó a circular (bebían lo mismo cuando estábamos con los mendigos, y yo me pregunté si eso sería el resultado de los orígenes de Mikhail). Le di un trago, imaginando qué dirían si alguien me viese allí.

Decidí que dirían: «Está investigando algo para su próximo libro», y me relajé.

–Estoy preparado. Voy a buscar a Esther y necesito alguna información, porque no conozco nada de tu país.

–Voy contigo.

–¿Qué?

Aquello no estaba en mis planes. Mi viaje era un retorno a todo lo que había perdido en mí mismo, acabaría en algún lugar en las estepas de Asia –y eso era algo íntimo, personal, sin testigos.

–Siempre que me pagues el pasaje, claro. Pero necesito ir a Kazajstán, echo de menos mi tierra.

–¿No tienes trabajo que hacer aquí? ¿No debes estar todos los jueves en el restaurante para el espectáculo?

–Insistes en llamarlo espectáculo. Ya te he dicho que se trata de una reunión, de revivir lo que hemos perdido: la tradición de la conversación. Pero no te preocupes, Anastasia –señaló a la chica con un *piercing* en la nariz– está desarrollando su don. Puede ocuparse de todo mientras yo esté lejos.

–Tiene celos –dijo Alma, la señora que tocaba el instrumento de metal parecido a un plato y que contaba historias al final de la «reunión».

—Tiene sentido —esta vez era otro chico, que usaba ropa de cuero, con adornos de metal, imperdibles y broches que imitaban hojas de afeitar—. Mikhail es más joven, más guapo, está más unido a la energía.

—Es menos famoso, menos rico, está menos unido a los dueños del poder —dijo Anastasia—. Desde el punto de vista femenino, las cosas están equilibradas, ambos tienen las mismas posibilidades.

Todos rieron, la botella de vodka dio otra vuelta, yo fui el único que no le encontró ninguna gracia. Pero me estaba sorprendiendo a mí mismo: hacía muchos años que no me sentaba en el suelo de una calle de París, y eso me alegraba.

—Por lo visto, la tribu es mayor de lo que vosotros imagináis. Está presente desde la torre Eiffel a la ciudad de Tarbes, donde he estado recientemente. No entiendo muy bien lo que está ocurriendo.

—Estoy seguro de que llega más lejos que a Tarbes, y sigue rutas tan interesantes como el camino de Santiago. Parten hacia algún lugar de Francia o de Europa, jurando que formarán parte de una sociedad fuera de la sociedad. Temen volver a sus casas un día, buscar un empleo, casarse; lucharán contra eso el tiempo que sea posible. Son pobres y ricos, pero el dinero no tiene demasiada importancia. Son completamente diferentes, y aun así, al pasar, la mayoría fingen que no los ven, porque tienen miedo.

—¿Es necesaria toda esta agresividad?

—Es necesaria: la pasión de destruir es una pasión creadora. Si no son agresivos, pronto las tiendas estarán llenas de ropa como ésa, las editoriales publicarán revistas especializadas en el nuevo movimiento «que barre el mundo con sus costumbres revolucionarias», los programas de televisión tendrán una sección dedicada a la tribu, los sociólogos escribirán tratados, los psicólogos aconsejarán a las familias, y todo perderá su fuerza. Por tanto, cuanto menos sepan, mejor: nuestro ataque funciona como defensa.

—Sólo he venido para pedirte alguna información, y nada más. Tal vez pasar la noche de hoy en vuestra compañía sea algo realmente enriquecedor, que me ayude a apartarme aún más de una historia personal que ya no me permite nuevas experiencias. Sin embargo, no tengo la intención de llevar a nadie en mi viaje; si no consigo ayuda, el Banco de Favores se encargará de todos los contactos necesarios. Por lo demás, me voy dentro de dos días; tengo una cena importante mañana por la noche, pero después estoy libre durante dos semanas.

Mikhail pareció vacilar.

—Tú decides: tienes el mapa, el nombre de la aldea, y no será difícil encontrar la casa en la que se hospeda. Sin embargo, en mi opinión, el Banco de Favores puede ayudarte a llegar a Almaty, pero no te llevará más adelante porque las reglas de la estepa son otras. Y por lo que me consta, he hecho algunos depósitos en el Banco de Favores, ¿no crees? Es hora de rescatarlos, siento nostalgia de mi madre.

Tenía razón.

—Tenemos que empezar a trabajar —interrumpió el señor casado con Alma.

—¿Por qué deseas ir conmigo, Mikhail? ¿Simplemente por nostalgia de tu madre?

Pero él no respondió. El hombre empezó a tocar su atabaque, Alma usaba el plato de metal con adornos y los otros pedían limosna a los que pasaban. ¿Por qué deseaba ir conmigo? ¿Y cómo usar el Banco de Favores en la estepa si no conocía absolutamente a nadie? Podía conseguir un visado en la embajada de Kazajstán, un coche en una agencia de alquiler y un guía en el consulado de Francia en Almaty, ¿haría falta algo más?

Me quedé allí, observando al grupo, sin saber muy bien qué hacer. No era el momento de ponerse a discutir sobre el viaje, tenía trabajo y una novia esperándome en casa: ¿por qué no despedirme ahora?

Porque me sentía libre. Haciendo cosas que no hacía desde

muchos años atrás, abriendo espacio en mi alma para nuevas experiencias, apartando al *acomodador* de mi vida, experimentando cosas que tal vez no me interesasen mucho, pero que por lo menos eran diferentes.

Se acabó la bebida y fue sustituida por ron. Detesto el ron, pero era lo que había; mejor adaptarme a las circunstancias. Los dos músicos tocaban el plato y el atabaque, y cuando alguien se atrevía a pasar cerca, una de las chicas tendía la mano, pidiéndole alguna moneda. La persona normalmente caminaba más de prisa, pero siempre oía «gracias, que tenga una buena noche». Una de las personas, al ver que no había sido agredida, pero que era agradecida, volvió y dio algún dinero.

Después de asistir a aquella escena durante más de diez minutos sin que nadie del grupo me dirigiese la palabra, fui hasta un bar, compré dos botellas de vodka, volví y tiré el ron por la alcantarilla. Anastasia pareció alegrarse con mi gesto, e intenté entablar una conversación con ella.

—¿Me puedes explicar por qué lleváis *piercings*?

—¿Por qué vosotros usáis joyas, zapatos de tacón y vestidos escotados incluso en invierno?

—Eso no es una respuesta.

—Llevamos *piercings* porque somos los nuevos bárbaros que invaden Roma; como nadie lleva uniforme, algo tiene que identificar a quien pertenece a las tribus de la invasión.

Sonaba como si estuviesen viviendo un momento histórico importante, pero para los que volvían a casa en aquel momento, eran simplemente un grupo de desocupados sin sitio donde dormir que llenaban las calles de París, molestando a los turistas que tanto bien hacían a la economía local, y dejando a sus padres y a sus madres al borde de la locura por haberlos traído al mundo y no poder controlarlos.

Yo también fui así un día, cuando el movimiento hippy intentó demostrar su fuerza: los megaconciertos de rock, el pelo largo, la ropa de colores, el símbolo vikingo, los dedos en V en señal de «paz y amor». Acabaron —como dijo Mikhail— convirtiéndose simplemente en otro producto de consumo, desaparecieron de la faz de la Tierra, destruyeron sus iconos.

Un hombre iba caminando solo por la calle; el chico vestido de cuero e imperdibles se le acercó con la mano extendida y le pidió dinero. Pero el hombre, en vez de apurar el paso y murmurar algo como «no tengo suelto», se paró, se enfrentó a todo el mundo y dijo en voz alta:

—¡Me despierto todos los días con una deuda de aproximadamente cien mil euros por culpa de mi casa, de la situación económica de Europa, de los gastos de mi mujer! ¡O sea, que estoy en peor situación que tú, y mucho más tenso! ¿No puedes darme por lo menos una moneda y disminuir la deuda?

Lucrecia, la que Mikhail decía que era su novia, sacó un billete de cincuenta euros y se lo dio.

—Compre un poco de caviar. Necesita tener alguna alegría en su miserable vida.

Como si todo aquello fuese la cosa más normal del mundo, el hombre le dio las gracias y se fue. ¡Cincuenta euros! ¡La chica italiana tenía en el bolsillo un billete de cincuenta euros y estaban pidiendo dinero, mendigando en la calle!

—Estoy harto de estar aquí —dijo el chico de la ropa de cuero.

—¿Adónde vamos? —preguntó Mikhail.

—A buscar a los demás. ¿Norte o sur?

Anastasia decidió oeste; después de todo, según acababa de oír, ella estaba desarrollando su don.

Pasamos frente a la torre de Saint-Jacques, donde hace muchos siglos se reunían los peregrinos que iban a Santiago de Compostela, y luego por la catedral de Notre-Dame, donde se encontraron con «otros nuevos bárbaros». El vodka se acabó y fui a comprar otras dos botellas, incluso sin tener la seguridad de que todos eran mayores de edad. Nadie me dio las gracias, pensaron que era la cosa más normal del mundo.

Noté que ya estaba un poco borracho al mirar a una de las

chicas recién llegadas con interés. Hablaban alto, golpeaban algunas papeleras —en verdad, extraños objetos de metal con una bolsa de plástico colgando–, y no decían nada, absolutamente nada interesante.

Cruzamos el Sena y de repente nos paramos delante de una cinta de esas que se usan para delimitar el área donde se está construyendo un edificio. La cinta impedía pasar por la acera: todos tenían que bajar a la calzada y volver a la acera cinco metros más adelante.

—Todavía está ahí —dijo uno de los recién llegados.

—¿El qué? —pregunté.

—¿Quién es este tipo?

—Un amigo nuestro —respondió Lucrecia—. Es más, seguro que has leído alguno de sus libros.

El recién llegado me reconoció sin mostrar sorpresa ni admiración; al contrario, me preguntó si podía darle algún dinero, a lo cual me negué al momento.

—Si quieres saber por qué está ahí la cinta, dame una moneda. Todo en esta vida tiene un precio, tú lo sabes mejor que nadie. Y la información es uno de los productos más caros del mundo.

Nadie del grupo vino a socorrerme; tuve que pagar un euro por la respuesta.

—Lo que todavía está ahí es esta cinta. La pusimos nosotros. Si te fijas, no hay ninguna obra, no hay nada, sólo una estúpida cosa de plástico blanco y rojo que interrumpe el paso en una estúpida acera. Pero nadie se pregunta qué hace ahí: se bajan, caminan por la calzada arriesgándose a ser atropellados y vuelven a subir más adelante. Por cierto, he leído que sufriste un accidente, ¿es verdad?

—Precisamente por bajarme de la acera.

—No te preocupes, cuando la gente lo hace, presta el doble de atención; fue eso lo que nos inspiró para poner la cinta: hacer que sepan qué ocurre a su alrededor.

—No es nada de eso —era la chica que yo encontraba atractiva–. No deja de ser una broma para poder reírnos de la gente que obedece sin saber qué está obedeciendo. No tiene sentido, no tiene importancia, y no van a atropellar a nadie.

Se unió más gente al grupo; ahora eran once personas y dos pastores alemanes. Ya no pedían dinero porque nadie osaba acercarse a aquella banda de salvajes que parecían divertirse con el miedo que daban. La bebida se acabó, todos me miraron como si tuviese la obligación de emborracharlos y me pidieron que comprase otra botella. Entendí que era mi «pasaporte» para la peregrinación, y empecé a buscar una tienda.

La chica que yo encontraba interesante –y que tenía edad para ser mi hija– parece que notó mi mirada y me dio conversación. Sabía que no era más que una forma de provocarme, pero acepté. No me contó nada de su vida personal: indagó si yo sabía cuántos gatos y cuántos postes había en la parte de atrás de un billete de diez dólares.

–¿Gatos y postes?

–No lo sabes. No le das valor al dinero. Pues que sepas que tienen cuatro gatos y once postes de la luz grabados.

¿Cuatro gatos y once postes? Me prometí a mí mismo que lo verificaría la próxima vez que viese un billete.

–¿Tomáis drogas?

–Algunas, sobre todo el alcohol. Pero muy poco, no forma parte de nuestro estilo. Las drogas son más de tu generación, ¿no? Mi madre, por ejemplo, se droga cocinando para la familia, ordenando compulsivamente la casa, sufriendo por mí. Cuando algo va mal con los negocios de mi padre, ella sufre. ¿Lo puedes creer? ¡Sufre! Sufre por mí, por mis padres, por mis hermanos, por todo. Como tenía que gastar mucha energía fingiendo que era feliz todo el tiempo, pensé que era mejor marcharme de casa.

Bueno, era una historia personal.

–Como tu mujer –dijo un joven rubio con *piercing* en la ceja–. Ella también se marchó de casa. ¿Fue porque tenía que fingir que era feliz?

¿También allí? ¿Le había dado Esther a alguno de ellos un trozo de tela manchado de sangre?

—Ella también sufría —rió Lucrecia—. Pero, por lo que sabemos, ya no sufre. ¡Eso sí que es coraje!

—¿Qué hacía mi mujer aquí?

—Acompañaba al mongol con sus ideas extrañas respecto al amor que estamos empezando a comprender ahora. Y hacía preguntas. Contaba su historia. Un hermoso día, dejó de hacer preguntas y de contar su historia: dijo que estaba cansada de quejarse. Le sugerimos que lo dejase todo y que se viniese con nosotros, teníamos planeado un viaje al norte de África. Ella nos lo agradeció, nos explicó que tenía otros planes y que iba en dirección contraria.

—¿No has leído su nuevo libro? —preguntó Anastasia.

—Me han dicho que es demasiado romántico, no me interesa. ¿Cuándo vamos a comprar esa dichosa bebida?

La gente nos dejaba pasar como si fuésemos samuráis entrando en una aldea, bandidos llegando a una ciudad del oeste, bárbaros invadiendo Roma. Aunque ninguno de ellos hiciese ningún gesto amenazador, la agresividad estaba en la ropa, en los *piercings*, en las conversaciones en voz alta, en la diferencia. Finalmente llegamos a una tienda de bebidas: para mi desconsuelo y aflicción, entraron todos y empezaron a revolver en las estanterías.

¿A quién conocía? Sólo a Mikhail; aun así, no sabía si su historia era cierta. ¿Y si robaban? ¿Y si alguno de ellos llevaba una arma? Yo estaba con aquel grupo, ¿sería el responsable por ser el mayor?

El hombre de la caja no dejaba de mirar el espejo colocado en el techo del pequeño establecimiento. El grupo, sabiendo que estaba preocupado, se esparcía, se hacían gestos unos a otros, la tensión aumentaba. Para no tener que pasar por eso otra vez, cogí en seguida tres botellas de vodka y me dirigí rápidamente a la caja.

Una mujer, mientras pagaba una cajetilla de tabaco, comentó que, en sus tiempos, en París había bohemios, había artistas, pero no había bandas de desamparados que amenazaban a todo el mundo. Y le sugirió al cajero que llamase a la policía.

—Estoy segura de que algo malo va a suceder en los próximos minutos —dijo ella en voz baja.

El cajero estaba asustadísimo con la invasión de su pequeño mundo, fruto de años de trabajo, de muchos préstamos, donde posiblemente su hijo trabajaba por la mañana, su mujer por la tarde y él de noche. Le hizo un gesto a la mujer, y entendí que ya había llamado a la policía.

Detesto tener que meterme en cosas que no me incumben, pero también detesto ser cobarde; cada vez que eso pasa, pierdo el respeto por mí mismo durante una semana.

—No se preocupe...

Era tarde.

Dos policías entraron, el dueño hizo un gesto, pero aquellas personas vestidas como extraterrestres no les prestaron mucha atención; formaba parte del desafío enfrentarse a los representantes del orden establecido. Ya debían de haber pasado por aquello muchas veces. Sabían que no habían cometido ningún crimen (salvo atentados contra la moda, pero hasta eso podía cambiar en la próxima temporada de alta costura). Debían de tener miedo, pero no lo demostraban y seguían hablando a gritos.

—El otro día vi a un comediante que decía: toda la gente estúpida debería llevarlo escrito en el carnet de identidad —dijo Anastasia para quien quisiese escuchar—. Así, sabríamos con quién hablamos.

—Realmente, la gente estúpida es un peligro para la sociedad —respondió la chica con cara angelical y ropa de vampiro, que poco tiempo antes estaba hablando conmigo de postes y de gatos en el billete de diez dólares—. Deberían hacerles pruebas una vez al año, y tener un permiso para seguir andando por las calles, igual que los conductores necesitan un permiso para conducir.

Los policías, que no debían de ser mucho mayores que los de «la tribu», no decían nada.

—¿Sabes qué me gustaría hacer? —era la voz de Mikhail, pero yo no podía verlo porque estaba oculto por una estantería—. Cambiar las etiquetas de toda esta mercancía. La gente estaría perdida para siempre: no sabrían cuándo comer caliente, frío, cocido o frito. Si no leen las instrucciones, no saben cómo preparar la comida. Ya no tienen instinto.

Todos los que hasta entonces habían dicho algo se expresaban en francés perfecto, parisiense. Pero Mikhail tenía acento.

—Quiero ver su pasaporte —dijo el guardia.

—Está conmigo.

Las palabras salieron naturalmente, aunque yo supiera lo que podía significar: otro escándalo. El guardia me miró.

—No he hablado con usted. Pero ya que ha interferido, y ya que está con este grupo, espero que tenga algún documento que pruebe quién es. Y un buen argumento para explicar por qué está rodeado de gente a la que le dobla la edad comprando vodka.

Podía negarme a enseñar los documentos, la ley no me obligaba a llevarlos encima. Pero pensaba en Mikhail: uno de los guardias estaba ahora a su lado. ¿Tendría de verdad permiso para estar en Francia? ¿Qué sabía yo de él aparte de las historias de las visiones y de la epilepsia? ¿Y si la tensión del momento le provocaba un ataque?

Metí la mano en el bolsillo y saqué mi carnet de conducir.

—Es usted...

—Sí.

—Ya me lo pareció: he leído uno de sus libros. Pero eso no lo hace estar por encima de la ley.

El hecho de ser mi lector me desarmó por completo. Allí estaba aquel chico, de cabeza rapada, también con uniforme, aunque totalmente distinto de la ropa que las «tribus» usaban para identificarse unas con otras. Tal vez un día había soñado ser diferente, comportarse de forma diferente, desafiar a la autoridad de manera sutil, sin el desacato formal que acaba en la cárcel. Pero debía de tener un padre que nunca le dejó otra alternativa, una familia a la que ayudar o simplemente miedo a ir más allá de su mundo conocido.

Respondí con delicadeza:

—No estoy por encima de la ley. En verdad, nadie ha infringido ninguna ley. A no ser que el cajero o la señora que está comprando cigarrillos quieran dar alguna queja explícita.

Cuando me volví, la señora que hablaba de artistas y de bohemios de sus tiempos, la profetisa de una tragedia que estaba a punto de suceder, la dueña de la verdad y de las buenas costumbres había desaparecido. Seguro que a la mañana siguiente comentaría con los vecinos que gracias a ella se había impedido un atraco.

—No tengo queja —dijo el hombre de la caja, caí en la trampa de un mundo en el que las personas hablaban alto, pero aparentemente no hacían daño alguno.

—¿El vodka es para usted?

Asentí con la cabeza. Sabían que todos los del grupo estaban borrachos, pero tampoco deseaban crear un caos donde no había ninguna amenaza.

—¡Un mundo sin gente estúpida sería un caos! —era la voz del que llevaba ropa de cuero con cadenas—. ¡En vez de desempleados como tenemos hoy, habría empleos de sobra y nadie para trabajar!

—¡Basta! —Mi voz sonó autoritaria, decisiva—. ¡Que nadie diga nada más!

Y para mi sorpresa, se hizo el silencio. Mi corazón hervía por dentro, pero seguí hablando con los policías como si fuese la persona más tranquila del mundo.

—Si fueran peligrosos, no estarían provocando.

El policía se volvió hacia el cajero:

—Si nos necesita, estaremos cerca.

Y antes de salir, comentó con el otro, de modo que su voz se oyese en toda la tienda:

—Me encanta la gente estúpida: sin ella, a esta hora podríamos vernos obligados a enfrentarnos a unos atracadores.

—Tienes razón —respondió el otro policía—. La gente estúpida nos distrae, y no es arriesgado.

Con la formalidad habitual, se despidieron de mí.

Lo único que se me ocurrió al salir de la tienda fue romper las botellas de vodka inmediatamente, pero una de ellas se salvó de la destrucción, y pasó de boca en boca rápidamente. Por la manera de beber, vi que estaban asustados, tan asustados como yo. La diferencia era que, al sentirse amenazados, se habían lanzado al ataque.

—No me encuentro bien —le dijo Mikhail a uno de ellos—. Vámonos.

No sabía qué quería decir «vámonos»: ¿cada uno a su casa? ¿Cada uno a su ciudad o debajo de su puente? Nadie me preguntó si yo también me iba a ir, de modo que seguí acompañándolos. El comentario de «no me encuentro bien» me hacía sentir incómodo; no íbamos a hablar más sobre el viaje a Asia Central esa noche. ¿Debía despedirme? ¿O debía ir hasta el final, para ver qué significaba «vámonos»? Descubrí que me estaba divirtiendo y que me gustaría intentar seducir a la chica con ropa de vampiro.

Así que, adelante.

Y desaparecer a la menor señal de peligro.

Mientras seguíamos hacia un sitio que no conocía, pensaba en todo lo que estaba viviendo. Una tribu. Una vuelta simbólica a los tiempos en que los hombres viajaban, se protegían en grupos y dependían de muy poco para sobrevivir. Una tribu en medio de otra tribu hostil, llamada sociedad, atravesando sus campos, asustando porque los desafiaban constantemente. Un grupo de gente que se había reunido en una sociedad ideal, de la cual yo nada sabía, excepto lo de los *piercings* y la ropa que usaban. ¿Cuáles eran sus valores? ¿Qué pensaban de la vida? ¿Cómo ganaban dinero? ¿Tenían sueños o les bastaba con andar por el mundo? Todo aquello era mucho más interesante que la cena a la que debía asistir al día siguiente, de la que ya sabía absolutamente todo lo que iba a suceder. Estaba convencido de que debía de ser el efecto del vodka, pero me sentía libre, mi historia personal estaba cada vez más distante, quedaba simplemente el momento presente, el instinto, el Zahir había desaparecido...

¿El Zahir?

Había desaparecido, pero ahora me daba cuenta de que un Zahir era algo más que un hombre obcecado con un objeto, una de las mil columnas de la mezquita de Córdoba, como decía el cuento de Borges, o una mujer en Asia Central, como había sido mi terrible experiencia durante dos años. El Zahir era la fijación con todo lo que había ido pasando de generación en generación, no dejaba ninguna pregunta sin respuesta, ocupaba todo el espacio, no nos permitía jamás considerar la posibilidad de que las cosas cambiaban.

El Zahir todopoderoso parecía nacer en cada ser humano, ganar su fuerza total durante la infancia e imponer sus reglas, que a partir de entonces serán siempre respetadas:

La gente diferente es peligrosa, pertenece a otra tribu, quiere nuestras tierras y a nuestras mujeres.

Tenemos que casarnos, tener hijos, reproducir la especie.

El amor es pequeño, sólo da para una persona y, cuidado: cualquier intento de decir que el corazón es mayor que eso se considera maldito.

Cuando nos casamos, estamos autorizados a tomar posesión del cuerpo y del alma del otro.

Tenemos que trabajar en algo que detestamos porque formamos parte de una sociedad organizada, y si todos hicieran lo que les gusta, el mundo no avanzaría hacia adelante.

Hay que comprar joyas; nos identifican con nuestra tribu, igual que los *piercings* identifican a una tribu diferente.

Debemos ser simpáticos y tratar con ironía a la gente que expresa sus sentimientos; es un peligro para la tribu dejar que uno de sus miembros muestre lo que siente.

Es preciso evitar al máximo decir «no», porque gustamos

más cuando decimos «sí», y eso nos permite sobrevivir en un terreno hostil.

Lo que los demás piensan es más importante que lo que sentimos.

Jamás des escándalos, puedes llamar la atención de una tribu enemiga.

Si te comportas de modo diferente, serás expulsado de la tribu porque puedes contagiar a los demás y desintegrar lo que ha sido tan difícil de organizar.

Debemos tener siempre en mente cómo permanecer dentro de nuestras chozas, y si no sabemos, llamamos a un decorador, que hará lo mejor para demostrarles a los demás que tenemos buen gusto.

Hay que comer tres veces al día, incluso sin hambre; debemos ayunar cuando nos salimos de los cánones de belleza, aunque estemos hambrientos.

Debemos vestirnos como manda la moda, hacer el amor con o sin ganas, matar en nombre de las fronteras, desear que el tiempo pase de prisa y que llegue la jubilación, elegir a los políticos, quejarnos del coste de la vida, cambiar de peinado, maldecir a los que son diferentes, ir a un culto religioso los domingos, o los sábados, o los viernes, dependiendo de la religión, y allí pedir perdón por nuestros pecados, llenarnos de orgullo porque conocemos la verdad y despreciar a otra tribu que adora a un dios falso.

Nuestros hijos deben seguir nuestros pasos; después de todo, somos mayores y conocemos el mundo.

Tener siempre un título universitario, aunque no vayamos a conseguir nunca un trabajo en aquello que nos obligaron a escoger como profesión.

Estudiar cosas que jamás usaremos, pero que alguien dijo que era importante conocer: álgebra, trigonometría o el código Hammurabi.

Jamás disgustar a nuestros padres, incluso aunque eso signifique renunciar a aquello que nos hace felices.

Escuchar música a volumen bajo, hablar bajo, llorar a escondidas, porque yo soy el Zahir todopoderoso, aquel que dictó las reglas del juego, la distancia de los raíles, la idea del éxito, la manera de amar, la importancia de las recompensas.

Paramos delante de un edificio relativamente elegante en una zona cara. Uno de ellos tecleó un código en la puerta de entrada y subimos todos al tercer piso. Imaginé que me iba a encontrar con una familia comprensiva que tolera a los amigos del hijo, siempre que lo tengan cerca y puedan controlarlo todo. Pero cuando Lucrecia abrió la puerta, todo estaba oscuro: a medida que mis ojos se acostumbraban a la luz de la calle que se filtraba por las ventanas, vi una gran sala vacía; la única decoración era una chimenea que no debía de utilizarse desde hacía muchos años.

Un chico de casi dos metros, de pelo rubio, gabardina y con un corte de pelo como los indios sioux americanos fue hasta la cocina y volvió con unas velas encendidas. Se sentaron todos en círculo en el suelo y, por primera vez, aquella noche tuve miedo: parecía que estaba en una película de terror, estaba a punto de iniciarse un ritual satánico: la víctima sería el extranjero incauto que había decidido acompañarlos.

Mikhail estaba pálido, sus ojos se movían desordenadamente, sin conseguir fijarse en ningún sitio, y eso me hizo sentir más incómodo todavía. Estaba a punto de tener un ataque epiléptico: ¿sabrían aquellos chicos cómo reaccionar en una situación como ésa? ¿No sería mejor que me marchase para no acabar envuelto en una tragedia?

Tal vez ésa fuese la actitud más sabia, coherente con una vida en la que yo era un escritor famoso que escribe sobre la espiritualidad y que tiene que dar ejemplo. Sí, si yo fuera razonable, le diría a Lucrecia que en caso de un ataque debía meter algo en la boca de su novio para evitar que se tragase la lengua y muriese asfixiado. Era evidente que ella debía de saberlo, pero en el mundo de los seguidores del Zahir social no dejamos nada a la casualidad, tenemos que estar en paz con nuestra conciencia.

Antes de mi accidente, yo habría reaccionado así, pero ahora mi historia personal había perdido su importancia. Dejaba de ser historia y volvía a ser leyenda otra vez, la búsqueda, la aventura, el viaje hacia adentro y hacia afuera de mí mismo. Estaba otra vez en un tiempo en el que las cosas a mi alrededor se transformaban, y así deseaba que fuese hasta el final de mis días (recordé mis palabras para el epitafio: «Murió mientras estaba vivo»). Llevaba conmigo las experiencias de mi pasado, que me permitían reaccionar con velocidad y precisión, pero no me quedaba recordando todo el tiempo las lecciones que había aprendido. En el caso de un guerrero en medio de un combate, ¿se detendría a pensar cuál es el mejor golpe? Si lo hiciese, moriría en un abrir y cerrar de ojos.

El guerrero que había en mí, reaccionando con intuición y técnica, decidió que era preciso quedarse; seguir la experiencia de aquella noche, aunque ya fuese tarde, estuviese borracho, cansado, y con miedo por si Marie estaba despierta, preocupada o furiosa. Fui a sentarme junto a Mikhail para poder reaccionar rápidamente en caso de una convulsión.

¡Y noté que parecía dirigir el ataque epiléptico! Poco a poco se fue calmando, sus ojos empezaron a tener la misma intensidad que el joven vestido de blanco en el escenario del restaurante armenio.

—Empezaremos con la oración de siempre —dijo.

Y todos ellos, hasta entonces tan agresivos, borrachos, marginales, cerraron los ojos y se dieron las manos formando un gran círculo. Hasta los dos pastores alemanes parecían calmarse en un rincón de la sala.

—Oh, Señora, cuando presto atención a los coches, a los escaparates, a la gente que no mira a nadie, a los edificios y a los monumentos, percibo en ellos Tu ausencia. Haz que seamos capaces de traerte de vuelta.

Al unísono, el grupo continuó:

—Oh, Señora, reconocemos Tu presencia en las pruebas que estamos pasando. Ayúdanos a no desistir. Que nos acordemos de Ti con tranquilidad y determinación, incluso en los momentos en los que es difícil aceptar que Te amamos.

Me fijé en que todos tenían el mismo símbolo

en algún lugar de sus ropas. A veces era un broche, o un adorno de metal, o algo bordado, o incluso un dibujo hecho a bolígrafo en la tela.

—Me gustaría dedicarle esta noche al hombre que está a mi derecha. Se ha sentado a mi lado porque desea protegerme.

¿Cómo podía saberlo?

—Es una persona de bien: ha entendido que el amor transforma y se deja transformar por él. Todavía lleva mucho de su historia personal en el alma, pero intenta liberarse siempre que le es posible, y por eso se ha quedado con nosotros. Es el marido de la mujer que todos conocemos, que me dejó una reliquia como prueba de su amistad y como un talismán.

Mikhail sacó un trozo de tela manchada de sangre y lo puso delante de él.

—Ésta es parte de la camisa del soldado desconocido. Antes de morir, le pidió a esa mujer: «Corta mi ropa y compártela con aquellos que creen en la muerte, y que por ello son capaces de vivir como si hoy fuese el último día en la Tierra. Diles a esas personas que acabo de ver el rostro de Dios, que no se asusten, pero que no se relajen. Que busquen la única verdad, que es el amor. Que vivan de acuerdo con sus leyes.»

Todos miraban con veneración el trozo de tela.

—Nacimos en el tiempo de la revolución. Nos dedicamos a

ella con entusiasmo, arriesgamos nuestras vidas y nuestra juventud, pero de repente tenemos miedo; la alegría inicial da paso a los verdaderos desafíos: el cansancio, la monotonía, las dudas sobre la propia capacidad. Reparamos en que algunos amigos ya han desistido. Nos vemos obligados a enfrentarnos a la soledad, a las sorpresas en las curvas desconocidas, y después de algunas caídas sin nadie cerca para ayudarnos, acabamos preguntándonos si merece la pena tanto esfuerzo.

Mikhail hizo una pausa y acto seguido continuó:

—Merece la pena seguir. Y seguiremos, incluso sabiendo que nuestra alma, aunque sea eterna, en este momento está presa en la red del tiempo, con sus oportunidades y sus limitaciones. Intentaremos, mientras podamos, liberarnos de esta red. Cuando ya no sea posible, volveremos a la historia que nos han contado, pero todavía recordaremos nuestras batallas, y estaremos listos para retomar el combate si las condiciones vuelven a ser favorables. Amén.

—Amén —repitieron todos.

—Necesito hablar con la Señora —dijo el chico rubio con el pelo cortado como un indio americano.

—Hoy, no. Estoy cansado.

Hubo un murmullo general de decepción: al contrario que en el restaurante armenio, allí la gente conocía la historia de Mikhail y de la «presencia» que creía tener a su lado. Se levantó y fue hasta la cocina a buscar un vaso de agua. Yo lo acompañé.

Le pregunté cómo habían conseguido aquel apartamento; él me contó que la ley francesa permite a cualquier ciudadano usar legalmente un inmueble que no esté siendo utilizado por su propietario. O sea, eran *okupas*.

La idea de que Marie me estaba esperando empezaba a molestarme. Él me agarró el brazo.

—Hoy has dicho que te ibas a la estepa. Voy a repetirlo sólo una vez más: por favor, llévame contigo. Necesito volver a mi país, aunque sea por poco tiempo, pero no tengo dinero. Siento nostalgia de mi pueblo, de mi madre, de mis amigos. Podría decir «la voz me dice que me vas a necesitar», pero eso no es verdad, puedes encontrar a Esther sin ningún problema y sin ninguna ayuda. Sin embargo, necesito alimentarme con la energía de mi tierra.

—Puedo darte el dinero para un pasaje de ida y vuelta.

—Sé que puedes, pero me gustaría estar allí contigo, caminar hasta la aldea en la que está ella, sentir el viento en la cara, ayudarte a recorrer el camino que te lleva al encuentro de la mujer que amas. Ella fue —y sigue siendo— muy importante para mí. Al ver sus cambios y su determinación, aprendí mucho y quiero seguir aprendiendo. ¿Recuerdas que te hablé de las «historias no terminadas»? Me gustaría estar a tu lado hasta el momento en que lleguemos a la casa en la que está. Así, habré vivido hasta el final este período de tu vida y de la mía. Cuando lleguemos a la casa, te dejaré solo.

No sabía qué decir. Intenté cambiar de tema y le pregunté quiénes eran las personas de la sala.

—Gente que tiene miedo de acabar como vosotros, una generación que soñó con cambiar el mundo, pero que terminó rindiéndose a la «realidad». Fingimos ser fuertes porque somos débiles. Todavía somos pocos, muy pocos, pero espero que eso sea pasajero; la gente no puede engañarse para siempre.

»¿Y cuál es la respuesta a mi pregunta?

—Mikhail, sabes que estoy intentando liberarme de mi historia personal sinceramente. Si hubiese sido hace algún tiempo, me habría resultado más cómodo y mucho más conveniente viajar contigo, que conoces la región, las costumbres y los posibles peligros. Pero ahora pienso que debo desenrollar solo el hilo de Ariadna, salir del laberinto en el que me he metido. Mi vida ha cambiado, parece que he rejuvenecido diez años, veinte años, y eso es suficiente para partir en busca de una aventura.

—¿Cuándo irás?

—En cuanto consiga el visado. Dentro de dos o tres días.

—La Señora te acompaña. La voz dice que es el momento. Si cambias de idea, avísame.

Pasé junto al grupo de personas acostadas en el suelo, dispuestas a dormir. De camino a casa, pensaba que la vida era algo mucho más alegre que lo que yo creía cuando se llega a mi edad; siempre es posible volver a ser joven y alocado. Estaba tan concentrado en el momento presente que me sorprendí cuando vi que la gente no se apartaba para dejarme pasar, no bajaban la mirada con miedo. Ni siquiera nadie notó mi presencia, pero me gustaba la idea, la ciudad era de nuevo la misma que, cuando criticaron a Enrique IV por traicionar su religión protestante para casarse con una católica, él respondió: «París bien vale una misa.»

Valía mucho más que eso. Podía recordar las masacres religiosas, los rituales de sangre, los reyes, las reinas, museos, castillos, pintores que sufrían, escritores que se emborrachaban, filósofos que se suicidaban, militares que tramaban la conquista del mundo, traidores que con un gesto derrocaban una dinastía, historias que en un momento dado habían sido olvidadas, y ahora eran recordadas y recontadas.

Por primera vez en mucho tiempo, entré en casa y no fui hasta el ordenador para comprobar si me había escrito alguien, si había algo inaplazable que responder: nada era absolutamente inaplazable. No fui hasta la habitación a ver si Marie estaba durmiendo, porque sabía que sólo fingía dormir.

No encendí la televisión para ver los telediarios de la noche, porque eran las mismas noticias que llevaba escuchando desde niño: un país amenaza a otro, alguien ha traicionado a alguien, la economía va mal, un gran escándalo amoroso acaba de suceder, Israel y Palestina no han llegado a un acuerdo en estos cincuenta años, ha explotado otra bomba, un huracán ha dejado a miles de personas sin hogar...

Recordé que aquella mañana, a falta de atentados terroristas, las grandes cadenas de noticias daban como titular principal una rebelión en Haití. ¿Qué me importaba Haití? ¿Qué diferencia iba a suponer en mi vida, en la vida de mi mujer, en el precio del pan en París o en la tribu de Mikhail? Cómo podía pasar cinco minutos de mi preciosa vida oyendo hablar de los rebeldes y del presidente, viendo las mismas escenas de manifestaciones en la calle repitiéndose infinidad de veces, y todo ello retransmitido como si fuese un gran evento en la humanidad: ¡una rebelión en Haití! ¡Yo me lo había creído! ¡Había asistido hasta el final! Realmente, los estúpidos merecen un carnet de identidad propio, porque son ellos los que sustentan la estupidez colectiva.

Abrí la ventana, dejé entrar el aire helado de la noche, me quité la ropa, y me dije que podía controlarme y resistir el frío. Permanecí allí sin pensar en nada, simplemente sintiendo que mis pies pisaban el suelo, que mis ojos estaban fijos en la torre Eiffel, mis oídos oían perros, sirenas, conversaciones que no era capaz de entender bien.

Yo no era yo, no era nada, y eso me parecía maravilloso.

—Estás rara.

—¿Cómo que estoy rara?

—Pareces triste.

—Pero no estoy triste. Estoy contenta.

—¿Ves? El tono de tu voz es falso, estás triste por mi culpa, pero no te atreves a decir nada.

—¿Por qué iba a estar triste?

—Porque ayer llegué tarde y borracho. Ni siquiera me has preguntado adónde fui.

—No me importa.

—¿Por qué no te importa? ¿No te comenté que iba a salir con Mikhail?

—¿Y no saliste?

—Sí.

—Pues entonces, ¿qué quieres que te pregunte?

—¿Tú no crees que cuando tu novio llega tarde, y dices que lo amas, deberías por lo menos intentar saber qué pasó?

—¿Qué pasó?

—Nada. Salí con él y con un grupo de amigos.

—Entonces, ya está.

—¿Te lo crees?

—Claro que me lo creo.

—Creo que ya no me amas. No tienes celos. Estás indiferente. ¿Es normal que llegue a las dos de la madrugada?

—¿No dices que eres un hombre libre?

—Claro que lo soy.

—Entonces, es normal que llegues a las dos de la madrugada. Y que hagas lo que buenamente creas. Si yo fuese tu madre, estaría preocupada, pero eres adulto, ¿no? Los hombres tienen que dejar de comportarse como si las mujeres tuviesen que tratarlos como hijos.

—No hablo de ese tipo de preocupación. Hablo de celos.

—¿Estarías más contento si te hiciese una escena ahora, en el desayuno?

—No lo hagas, los vecinos nos van a oír.

—Poco me importan los vecinos: no lo hago porque no tengo la menor intención de hacerlo. Me ha costado, pero he acabado aceptando lo que me dijiste en Zagreb, y estoy intentando acostumbrarme a la idea. Sin embargo, si eso te hace feliz, puedo fingir que estoy celosa, enfadada, fuera de mis cabales.

—Como he dicho, estás rara. Empiezo a creer que ya no tengo ninguna importancia en tu vida.

—Y yo empiezo a creer que has olvidado que tienes a un periodista esperándote en la sala y que puede estar escuchando nuestra conversación.

Sí, el periodista. Poner el piloto automático porque ya sabía las preguntas que me iba a hacer. Sabía cómo empezaba la entrevista («hablemos de su nuevo libro, cuál es el mensaje principal»), sabía lo que iba a responder («si quisiera transmitir un mensaje, escribiría una frase, no un libro»).

Sabía que me preguntaría qué pensaba de la crítica, que generalmente es muy dura con mi trabajo. Sabía que terminaría nuestra conversación con la frase: «¿Y ya está escribiendo un nuevo libro? ¿Cuáles son sus próximos proyectos?» A lo que respondería: «Eso es secreto.»

La entrevista empezó como esperaba:

—Hablemos de su nuevo libro. ¿Cuál es el mensaje principal?

—Si quisiera transmitir un mensaje, sólo escribiría una frase.

—¿Y por qué escribe?

—Porque ésa es la manera que he encontrado para compartir mis emociones con los demás.

La frase también formaba parte del piloto automático, pero paré y me corregí:

—Sin embargo, esa historia se podría contar de manera diferente.

—¿Una historia que podía ser contada de manera diferente? ¿Quiere decir que no está satisfecho con *Tiempo de romper, tiempo de coser*?

—Estoy muy satisfecho con el libro, pero insatisfecho con la respuesta que acabo de dar. ¿Por qué escribo? La respuesta verdadera es la siguiente: escribo porque quiero ser amado.

El periodista me miró con aire de sospecha: ¿qué tipo de declaración era ésa?

—Escribo porque, cuando era adolescente, no sabía jugar bien al fútbol, no tenía coche, no tenía una buena paga, no tenía músculos.

Yo hacía un esfuerzo inmenso para seguir. La conversación con Marie me había recordado un pasado que ya no tenía sentido, era preciso hablar sobre mi verdadera historia personal, liberarme de ella. Continué:

—Tampoco usaba ropa a la moda. Las chicas con las que salía sólo sentían interés por eso, y no era capaz de que me prestasen atención. Por la noche, cuando mis amigos estaban con sus novias, yo empleaba mi tiempo libre en crear un mundo en el que pudiese ser feliz: mis compañeros eran los escritores y sus libros. Un bonito día escribí un poema para una de las chicas que vivía en mi misma calle. Un amigo lo descubrió en mi habitación, lo robó, y cuando estábamos todos reunidos, se lo enseñó a los demás. Todos se rieron, todos pensaron que era ridículo, ¡yo estaba enamorado!

»La chica a la que le había dedicado el poema no se rió. La tarde siguiente, cuando fuimos al teatro, hizo lo posible por sentarse a mi lado, y me cogió la mano. Salimos de allí de la mano; yo, que me encontraba feo, débil, sin ropa a la moda, estaba con la chica más deseada de nuestro grupo.

Hice una pausa. Era como si estuviese volviendo al pasado, al momento en que su mano tocaba mi mano y cambiaba mi vida.

—Todo por culpa de un poema —seguí—. Un poema me hizo entender que, escribiendo, demostrando mi mundo invisible, yo podía competir en igualdad de condiciones con el mundo visible de mis amigos: la fuerza física, la ropa a la moda, los coches, la superioridad en el deporte.

El periodista estaba un poco sorprendido, y yo más todavía. Pero se controló y siguió adelante:

—¿Por qué cree que la crítica es tan dura con su trabajo?

El piloto automático, en ese momento, habría respondido: «Basta leer la biografía de cualquier clásico en el pasado —y no me malinterprete, no me estoy comparando— para descubrir que la crítica siempre fue implacable con ellos. La razón es simple: los críticos son tremendamente inseguros, no saben muy bien lo que está sucediendo, son democráticos cuando hablan de política, pero son fascistas cuando hablan de cultura. Creen que el pueblo sabe escoger a sus gobernantes, pero no sabe escoger las películas, los libros, la música.»

—¿Ha oído hablar de la Ley de Jante?

Otra vez. Me había salido de nuevo del piloto automático, incluso sabiendo que difícilmente el periodista iba a publicar mi respuesta.

—No, no lo he oído nunca —responde él.

—Aunque existe desde el principio de la civilización, no fue enunciada oficialmente hasta 1933 por un escritor danés. En la pequeña ciudad de Jante, los dueños del poder crearon diez mandamientos que enseñaban a la gente cómo comportarse, y por lo visto eso no sólo valía para Jante, sino para cualquier lugar del mundo. Si tuviera que resumir todo el texto en una sola frase, diría: «La mediocridad y el anonimato son la mejor elección. Si te comportas así, jamás tendrás grandes problemas en tu vida. Pero si intentas ser diferente...»

—Me gustaría conocer los mandamientos de Jante —interrumpió el periodista, que parecía genuinamente interesado.

—No los tengo aquí, pero puedo resumir el texto completo.

Fui hasta mi ordenador e imprimí una versión condensada y editada:

Tú no eres nadie, no oses pensar que sabes más que nosotros. Tú no eres importante, no eres capaz de hacer nada bien, tu trabajo es insignificante, no nos desafíes, podrás vivir feliz. Tómate siempre en serio lo que decimos, y jamás te rías de nuestras opiniones.

El periodista dobló el papel y lo metió en su bolsillo.

—Tiene razón. Si no eres nada, si tu trabajo no tiene repercusión, entonces merece ser elogiado. Pero el que salga de la mediocridad y tenga éxito estará desafiando la ley, y merece ser castigado.

Qué bien que hubiera llegado él solito a esa conclusión.

—No sólo los críticos —completé—. Mucha más gente de la que usted imagina.

A media tarde llamé al teléfono móvil de Mikhail:

—Vamos juntos.

Él no se sorprendió; sólo me dio las gracias y me preguntó qué me había hecho cambiar de idea.

—Durante dos años, mi vida se reducía al Zahir. Desde que te encontré, empecé a recorrer un camino que había sido olvidado, una vía de tren abandonada, con hierba que crece entre los raíles, pero que todavía sirve para que pasen los trenes. Como no he llegado a la última estación, no tengo cómo parar en el camino.

Me preguntó si ya había conseguido mi visado; le expliqué

que el Banco de Favores era muy activo en mi vida: un amigo ruso había llamado a su novia, directora de una cadena de periódicos de Kazajstán. Ella telefoneó al embajador en París, y hacia el final de la tarde debería de estar todo listo.

—¿Cuándo nos vamos?

—Mañana. Sólo necesito tu verdadero nombre para poder comprar los pasajes; la agencia está esperando en la otra línea.

—Antes de colgar, quiero decirte algo: me gustó tu ejemplo sobre la distancia entre los raíles, me ha gustado tu ejemplo de la vía de tren abandonada. Pero en este caso, no creo que me estés invitando por eso. Pienso que lo haces por culpa de un texto que escribiste, que me sé de memoria, tu mujer acostumbraba a citarlo, y es mucho más romántico que ese «Banco de Favores»:

Un guerrero de la luz nunca olvida la gratitud.

Durante la lucha, fue ayudado por los ángeles; las fuerzas celestiales colocaron cada cosa en su lugar, y permitieron que él pudiera dar lo mejor de sí. Por eso, cuando el sol se pone, se arrodilla y agradece el Manto Protector que lo rodea.

Los compañeros comentan: «¡Qué suerte tiene!» Pero él entiende que «suerte» es saber mirar a los lados y ver dónde están sus amigos, porque fue gracias a lo que ellos decían como los ángeles consiguieron hacerse oír.

—No siempre recuerdo lo que escribo, pero me alegro. Hasta luego, tengo que darle tu nombre a la agencia de viajes.

Veinte minutos para que la central de taxis atienda el teléfono. Una voz malhumorada me dice que tengo que esperar otra media hora. Marie parece estar contenta con su exuberante y sensual vestido negro, y me acuerdo del restaurante armenio, cuando aquel hombre comentó que se excitaba al saber que su mujer era deseada por otros. Sé que en la fiesta de gala todas las mujeres irán vestidas de tal manera que los senos y las curvas serán el centro de atención de las miradas, y sus maridos o novios, sabiendo que ellas son deseadas, pensarán: «Eso, disfrutad de lejos porque ella está conmigo, yo tengo poder, soy el mejor, he conseguido algo que os gustaría tener.»

No voy a hacer ningún negocio, no voy a firmar contratos, no voy a conceder entrevistas; simplemente asistiré a una ceremonia, pagaré un depósito que se hizo en el Banco de Favores y cenaré con alguien aburrido a mi lado que me preguntará de dónde me viene la inspiración para escribir mis libros. A mi otro lado, posiblemente, habrá un par de senos a la vista, tal vez la mujer de un amigo, y yo tendré que controlarme todo el tiempo para no bajar los ojos, porque si lo hago tan sólo un segundo, ella le contará a su marido que yo estaba intentando seducirla. Mientras esperamos el taxi, hago una lista de los temas que pueden surgir:

A) Comentarios sobre el aspecto: «Qué elegante estás», «Qué vestido tan bonito», «Tienes la piel perfecta». Cuando vuelven a casa, se comentan el uno al otro que todos iban mal vestidos, con aspecto enfermizo.

B) Viajes recientes: «Tienes que conocer Aruba, es fantástico», «Nada mejor que una noche de verano en Cancún tomando un martini a la orilla del mar». En realidad, nadie se divirtió mucho, simplemente tuvieron la sensación de libertad durante algunos días, y tiene que gustarles a la fuerza porque han gastado dinero.

C) Más viajes, esta vez a lugares que pueden ser criticados: «Estuve en Río de Janeiro, ni te imaginas qué ciudad tan violenta», «Es impresionante la miseria en las calles de Calcuta». En el fondo, sólo fueron para sentirse poderosos mientras estaban lejos, y privilegiados cuando volvieron a la realidad mezquina de sus vidas, donde por lo menos no hay miseria ni violencia.

D) Nuevas terapias: «El extracto de trigo durante una semana mejora el aspecto del cabello», «Estuve dos días en un *spa* de Biarritz, el agua abre los poros y elimina toxinas». A la semana siguiente descubrirán que el extracto de trigo no posee ninguna cualidad, y que cualquier agua caliente abre los poros y elimina las toxinas.

E) Los otros: «Hace tiempo que no veo a fulano, ¿qué estará haciendo?», «Me he enterado de que tal señora ha vendido su apartamento porque está en una situación difícil». Se puede hablar de los que no han sido invitados a la fiesta en cuestión, se los puede criticar siempre que al final, con aire inocente y piadoso, se termine diciendo «pero aun así, es una persona extraordinaria».

F) Pequeñas quejas personales, sólo para darle un poco de sabor a la mesa: «Me gustaría que algo nuevo sucediese en mi vida», «Estoy preocupadísima por mis hijos, lo que escuchan no es música, lo que leen no es literatura». Esperan comentarios de gente con el mismo problema, se sienten menos solos, y se van contentos.

G) En fiestas intelectuales, como debe de ser la de hoy, discutiremos sobre la guerra en Oriente Medio, los problemas del islamismo, la nueva exposición, el filósofo de moda, el libro fantástico que nadie conoce, la música que ya no es la misma; daremos nuestras opiniones inteligentes, sensatas, completamente contrarias a todo lo que pensamos (sabemos cuánto nos cuesta ir a esas exposiciones, leer esos libros insoportables, asistir a películas aburridísimas, sólo para tener de qué hablar en una noche como ésta).

El taxi llega, y mientras nos dirigimos al sitio, añado otra cosa muy personal a mi lista: quejarme a Marie de que detesto las cenas. Lo hago, ella dice que al final siempre acabo divirtiéndome, y encantado, lo cual es verdad.

Entramos en uno de los restaurantes más elegantes de la ciudad, nos dirigimos a una sala reservada para el evento, un premio literario en el que participo como jurado. Todos están de pie, hablando, algunos me saludan, otros simplemente me miran y comentan algo entre sí. El organizador del premio viene hacia mí, me presenta a la gente que está allí, siempre con la irritante frase: «Éste ya sabes quién es.» Algunos sonríen y me reconocen, otros simplemente sonríen, no me reconocen, pero fingen que saben quién soy, porque admitir lo contrario sería aceptar que el mundo en el que vivían ya no existe, que no siguen de cerca lo que sucede de importante ahora.

Me acuerdo de la «tribu» de la noche anterior y añado: a los estúpidos habría que meterlos a todos en un navío en alta mar, con fiestas todas las noches, y presentándose indefinidamente unos a otros durante varios meses, hasta que consigan recordar quién es quién.

He hecho mi propio catálogo de gente que frecuenta eventos como éste. El diez por ciento son los «Socios», gente con poder de decisión, que ha salido de casa por culpa del Banco de Favores, que están atentos a cualquier cosa que pueda beneficiar sus negocios, dónde cobrar, dónde invertir. En seguida saben si el evento es provechoso o no, siempre son los primeros en abandonar la fiesta, jamás pierden el tiempo.

El dos por ciento son los «Talentos», los que tienen realmente un futuro prometedor, han conseguido cruzar algunos ríos, ya se han dado cuenta de que existe el Banco de Favores y son clientes en potencia; pueden prestar servicios importantes, pero todavía no están en condiciones de decidir ni de tomar decisiones. Son agradables con todo el mundo, porque no saben exactamente con quién están hablando y son mucho más abiertos que los Socios, pues cualquier camino, para ellos, puede llevarlos a algún lugar.

El tres por ciento son los «Tupamaros», en honor a un antiguo grupo de guerrilleros uruguayos: han conseguido infiltrarse en medio de aquella gente, están locos por un contacto, no saben si deben quedarse allí o irse a otra fiesta que se celebra al mismo tiempo; son ansiosos, quieren demostrar que tienen talento, pero no han sido invitados, no han escalado las primeras montañas, y en cuanto son identificados, dejan de recibir atención.

Finalmente, el otro 85 por ciento son los «Bandejas», los bauticé con este nombre porque, como no hay fiesta sin este utensilio, no hay evento sin ellos. Los Bandejas no saben exactamente qué está sucediendo, pero saben que es importante estar allí, están en la lista de los promotores porque el éxito de algo depende también de la cantidad de gente que aparece. Son ex algo importante: ex banqueros, ex directores, ex maridos de alguna mujer famosa, ex mujeres de algún hombre que hoy está en una situación de poder. Son condes en algún lugar en el que ya no hay monarquía, princesas y marquesas que viven de alquilar sus castillos. Van de una fiesta a otra, de una cena a otra; me pregunto: ¿es que no se aburren nunca?

Comentando recientemente este tema con Marie, me dijo que hay gente adicta al trabajo y personas adictas a la diversión. Ambas son infelices, pensando que se pierden algo, pero no son capaces de dejar el vicio.

Una mujer rubia, joven y guapa se acerca cuando estoy hablando con uno de los organizadores de un congreso de cine y literatura, y comenta que le gustó mucho *Tiempo de romper*, *tiempo de coser.* Dice que es de un país báltico y que trabaja en películas. Inmediatamente es identificada por el grupo como Tupamaro porque apuntó a una dirección (yo), pero le interesa lo que sucede al lado (los organizadores del congreso). A pesar de haber cometido ese error casi imperdonable, todavía existe la posibilidad de que sea un Talento inexperto; la organizadora del evento le pregunta qué quiere decir con «trabajar en películas». La chica explica que escribe críticas para un periódico, que ha publicado un libro (¿sobre cine? No, sobre su vida, su corta y nada interesante vida, imagino).

Y, pecado de los pecados: es demasiado rápida, pregunta si pueden invitarla al evento de ese año. El organizador dice que mi editora en su país, que es una mujer influyente y trabajadora (y muy guapa, pienso para mí mismo), ya ha sido invitada. Vuelven a hablar conmigo, la Tupamaro permanece algunos minutos sin saber qué decir y luego se aparta.

La mayor parte de los invitados de hoy —Tupamaros, Talentos y Bandejas— pertenecen al medio artístico, ya que se trata de un premio literario: sólo varían los Socios entre patrocinadores y personas ligadas a fundaciones que apoyan museos, conciertos de música clásica y artistas prometedores. Después de varias conversaciones sobre quién ejerció más presión para ganar el premio de esa noche, el presentador sube al palco, pide que todos se sienten en los sitios asignados en las mesas (todos nos sentamos), hace algunas bromas (forma parte del ritual y todos nos reímos), y dice que los vencedores serán anunciados entre la entrada y el primer plato.

Me siento a la mesa principal, lo que me permite situarme lejos de los Bandejas, pero también me impide confraternizar con entusiasmados e interesantes Talentos. Estoy entre la directora de una compañía de coches, que patrocina la fiesta, y una heredera que decidió invertir en arte (para mi sorpresa, ninguna de las dos lleva escote provocativo). La mesa también cuenta con el director de una empresa de perfumes, un príncipe árabe (que debía de pasar por la ciudad y fue cazado por una de las

promotoras para darle prestigio al evento), un banquero israelí
que colecciona manuscritos del siglo xiv, el organizador de la
noche, el cónsul de Francia en Mónaco y una chica rubia que
no sé muy bien qué está haciendo allí, pero deduzco que es una
posible amante del organizador.

A cada momento tengo que ponerme las gafas y, con disimu-
lo, leer el nombre de mis vecinos (debería estar en ese navío que
imaginé y ser invitado a esta misma fiesta una decena de veces,
hasta aprenderme de memoria los nombres de los invitados). A
Marie, como manda el protocolo, la enviaron a otra mesa; a alguien, en algún momento de la historia, se le ocurrió que en los
banquetes formales las parejas deben sentarse separadas, dejando en el aire la duda de si la persona que está sentada a nuestro
lado está casada, soltera, o casada pero disponible. O tal vez
pensó que las parejas, cuando se sientan juntas, se ponen a hablar entre sí, pero si así fuese, ¿para qué salir, coger un taxi e ir
a un banquete?

Como había previsto en mi lista de conversaciones en fiestas,
el tema empieza a girar en torno a eventos culturales (qué maravilla tal exposición, qué inteligente la crítica de fulano). Quiero
concentrarme en el entrante, caviar con salmón y huevo, pero
soy interrumpido en todo momento por las famosas preguntas
sobre el argumento de mi nuevo libro, de dónde me viene la inspiración o si estoy trabajando en un nuevo proyecto. Todos demuestran una gran cultura, todos citan —fingiendo que es por casualidad, claro— a algún famoso al que conocen y del que son
amigos íntimos. Todos saben analizar con perfección el estado de
la política actual o los problemas a los que se enfrenta la cultura.

—¿Qué tal si habláramos de algo diferente?

La frase me sale sin querer. Todos en la mesa se quedan callados: al fin y al cabo, es de pésima educación interrumpir a los
demás, y es peor todavía querer concentrar la atención en uno
mismo. Pero parece que el paseo de ayer como mendigo por las
calles de París me causó algún daño irreversible, y ya no soporto
ese tipo de conversaciones.

—Podemos hablar sobre el «acomodador»: un momento de nuestras vidas en el que desistimos de seguir adelante y nos conformamos con lo que tenemos.

A nadie le interesa demasiado. Decido cambiar de tema.

—Podemos hablar de la importancia de olvidar la historia que nos han contado e intentar vivir algo nuevo. Hacer algo diferente todos los días, como hablar con la persona que está sentada a la mesa de al lado en el restaurante, visitar un hospital, meter el pie en un charco de agua, escuchar lo que el otro tiene que decir o dejar que la energía del amor circule, en vez de intentar meterla en un bote y guardarla en un rincón.

—¿Significa eso adulterio? —pregunta el organizador del premio.

—No. Eso significa ser un instrumento del amor y no su dueño. Eso nos garantiza que estamos con alguien porque así lo deseamos y no porque las convenciones nos obligan.

Con toda delicadeza, pero con una cierta ironía, el cónsul de Francia en Mónaco me explica que las personas de esa mesa ejercen ese derecho y esa libertad. Todos están de acuerdo, aunque nadie cree que es verdad.

—¡Sexo! —grita la rubia que nadie sabe muy bien a qué se dedica—. ¿Por qué no hablamos de sexo? ¡Es mucho más interesante y menos complicado!

Por lo menos, es natural en su comentario. Una de mis vecinas de mesa sonríe irónicamente, pero yo aplaudo.

—El sexo es realmente más interesante, pero no creo que sea algo diferente, ¿no cree? Por lo demás, hablar sobre eso ya no está prohibido.

—Además de ser de un pésimo gusto —señala una de mis vecinas.

—¿Podría saber entonces qué es lo que está prohibido? —el organizador está empezando a sentirse incómodo.

—El dinero, por ejemplo. Aquí todos tenemos, o fingimos tenerlo. Creemos que hemos sido invitados porque somos ricos, famosos, influyentes. Pero ¿alguna vez hemos usado este tipo de cenas para saber realmente cuánto gana cada uno? Ya que estamos tan seguros de nosotros mismos, somos tan importantes, ¿qué tal si vemos nuestro mundo tal y como es, y no como lo imaginamos?

—¿Adónde quiere llegar? —pregunta la ejecutiva de coches.

—Es una larga historia: podría empezar hablando de Hans y de Fritz sentados en un bar de Tokio, y seguir con un nómada mongol que dice que tenemos que olvidar lo que creemos ser para poder ser lo que realmente somos.

—No he entendido nada.

—Tampoco me he explicado, pero vamos a lo que interesa: quiero saber cuánto gana cada uno. Qué significa, en términos de dinero, estar sentado a la mesa más importante de la sala.

Hay un momento de silencio: mi juego no va a seguir adelante. La gente me mira asustada: la situación económica es un tabú mayor que el sexo, mayor que preguntar sobre traiciones, corrupción o intrigas parlamentarias.

Pero el príncipe del país árabe, tal vez aburrido de tantas recepciones y banquetes con conversaciones vacías, tal vez porque ese día ha recibido una noticia de su médico diciéndole que iba a morir, o sea por la razón que sea, decide llevar la conversación adelante:

—Yo gano en torno a los veinte mil euros al mes, según aprobó el Parlamento de mi país. Pero eso no se corresponde con todo lo que gasto, porque tengo una asignación ilimitada para gastos llamados «de representación». O sea, que estoy aquí con el coche y el chófer de la embajada, la ropa que llevo pertenece al gobierno, mañana viajo a otro país europeo en un jet privado, con piloto, combustible y las tasas de aeropuerto a cargo de los gastos de representación. —Y concluye—: La realidad visible no es una ciencia exacta.

Si el príncipe ha hablado de manera tan honesta, y siendo la persona jerárquicamente más importante en esta mesa, nadie puede dejar a su alteza en esta incómoda situación. Hay que participar del juego, de la pregunta, de la incomodidad.

—No sé exactamente cuánto gano —dice el organizador, uno de los clásicos representantes del Banco de Favores, al que la gente llama «*lobbysta*»—: algo así como unos diez mil euros, pero también tengo gastos de representación de las organizaciones que presido. Puedo cargarlo todo: cenas, comidas, hoteles, pasajes aéreos, a veces incluso la ropa, aunque no tengo un jet particular.

El vino se acaba, él hace un gesto, nuestras copas vuelven a llenarse. Ahora es el turno de la directora de la firma de coches, que inicialmente detestaba la idea, pero que parece empezar a divertirse.

—Creo que yo también gano en torno a eso, con los mismos gastos ilimitados de representación.

Uno a uno, la gente va diciendo cuánto gana. El banquero es el más rico de todos: diez millones de euros al año, además de la revalorización constante de las acciones de su banco. Cuando le llega el turno a la chica rubia que no ha sido presentada, se echa atrás.

—Eso forma parte de mi jardín secreto. No le interesa a nadie.

—Claro que no le interesa a nadie, pero estamos jugando —dice el organizador del evento.

La chica se niega a participar. Al negarse, se coloca en una mejor posición que el resto: después de todo, ella es la única que tiene secretos en el grupo. Al situarse en una mejor posición, los demás empiezan a mirarla con desprecio. Para no sentirse humillada por culpa de su miserable salario, acaba humillando a todo el mundo, fingiéndose misteriosa, sin darse cuenta de que la mayoría de aquella gente vive al borde del abismo, colgada de los dichosos gastos de representación, que pueden desaparecer de la noche a la mañana.

Como es de esperar, me toca a mí contestar a la pregunta.

—Depende. Si publico un nuevo libro, pueden ser alrededor de unos cinco millones de dólares ese año. Si no publico nada, se quedan en dos millones de derechos remanentes de los títulos publicados.

—Usted ha preguntado eso porque quería decir cuánto ganaba —dice la chica del «jardín secreto»—. Nadie está impresionado.

Ella se ha dado cuenta de su paso en falso y ahora intenta corregir la situación atacando.

—Al contrario —interrumpe el príncipe—. Imaginaba que un artista de su proyección sería mucho más rico.

Punto para mí. La chica rubia no va a abrir la boca durante el resto de la noche.

La conversación sobre el dinero rompe una serie de tabús, ya que el salario es el peor de todos. El camarero empieza a aparecer con más frecuencia, las botellas de vino comienzan a vaciarse con una rapidez increíble, el presentador/organizador sube al escenario excesivamente alegre, anuncia al vencedor, le entrega el premio y vuelve en seguida a la conversación, que no ha cesado, a pesar de que la buena educación manda guardar silencio mientras alguien está hablando. Hablamos sobre lo que hacemos con nuestro dinero (la mayoría de las veces, comprar «tiempo libre», viajando o practicando algún deporte).

Pienso en sacar el tema de cómo les gustaría que fuesen sus funerales: la muerte es un tabú tan grande como el dinero. Pero el clima está tan alegre y la gente tan comunicativa que decido permanecer callado.

—Hablan de dinero, pero no saben lo que es el dinero —dice el banquero—. ¿Por qué la gente cree que un papel pintado, una tarjeta de plástico o una moneda fabricada en metal de quinta categoría tiene algún valor? Peor aún: usted sabe que su dinero, sus millones de dólares, no son más que impulsos electrónicos, ¿verdad?

Claro que todos lo saben.

—Pues, al principio, la riqueza era lo que vemos en estas señoras —continuó—. Adornos hechos de cosas que eran escasas, fáciles de transportar, con posibilidad de ser contadas y divididas. Perlas, pepitas de oro, piedras preciosas. Todos llevábamos nuestra fortuna en un lugar visible.

»A su vez, se cambiaban por ganado o semillas, ya que nadie

lleva ganado o sacos de trigo por la calle. Lo gracioso es que todavía seguimos comportándonos como una tribu primitiva: llevamos adornos para demostrar lo ricos que somos, aunque muchas veces tengamos más adornos que dinero.

—Es el código de la tribu —intervengo—. Los jóvenes en mis tiempos llevaban el pelo largo, los jóvenes de hoy llevan *piercings*: los ayuda a identificar a los que piensan como ellos, aunque eso no sirva para pagar nada.

—¿Pueden los impulsos electrónicos que tenemos pagar alguna hora más de vida? No. ¿Pueden pagar el regreso de los seres queridos que ya no están? No. ¿Pueden pagar el amor?

—El amor, sí —dice, en tono de broma, la directora de la compañía de coches.

Sus ojos denotan una gran tristeza. Me acuerdo de Esther y de mi respuesta al periodista en la entrevista que he concedido por la mañana. A pesar de nuestros adornos, de nuestras tarjetas de crédito, ricos, poderosos, inteligentes, sabemos que todo eso se hace en busca de amor, de cariño, para estar con alguien que nos ame.

—No siempre —señala el director de la fábrica de perfumes, mirando hacia mí.

—Tiene razón, no siempre (pero casi siempre), y como está usted mirándome, entiendo qué quiere decir: que mi mujer me dejó aunque yo sea un hombre rico. Por cierto, ¿alguien en esta mesa sabe cuántos gatos y cuántos postes hay en la parte de atrás de un billete de diez dólares?

Nadie lo sabe y a nadie le importa. El comentario sobre el amor ha deshecho por completo el clima de alegría y volvemos a hablar de premios literarios, exposiciones en museos, la película que acaba de estrenarse y la obra de teatro que está teniendo un éxito inesperado.

—¿Cómo fue tu mesa?

—Normal. Lo de siempre.

—Pues yo he conseguido provocar una discusión interesante sobre el dinero. Pero acabó en tragedia.

—¿A qué hora te vas?

—Salgo de aquí a las siete y media de la mañana. Tú también te vas a Berlín, podemos coger el mismo taxi.

—¿Adónde vas?

—Ya lo sabes. No me lo has preguntado, pero lo sabes.

—Sí, lo sé.

—Como también sabes que nos estamos diciendo adiós en este momento.

—Podríamos volver al tiempo en que te conocí: un hombre hecho pedazos por alguien que se fue y una mujer perdidamente enamorada de alguien que vivía en la casa de al lado. Podría volver a decirte lo que te dije un día: voy a luchar hasta el final. He luchado y he perdido; ahora pretendo curar mis heridas y seguir adelante.

—Yo también he luchado, también he perdido. No estoy intentando coser lo que se rompió: simplemente quiero ir hasta el final.

—Sufro todos los días, ¿lo sabías? Sufro desde hace muchos meses, intentando demostrarte cómo te amo, cómo las cosas son importantes sólo cuando tú estás a mi lado.

»Pero ahora, incluso sufriendo, he decidido que ya basta. Se acabó. Me he cansado. Desde aquella noche en Zagreb, bajé la guardia y me dije a mí misma: si viene el siguiente golpe, que venga. Que me ponga contra las cuerdas, que me noquee, ya me recuperaré algún día.

—Encontrarás a alguien.

—Claro que sí: soy joven, guapa, inteligente y deseada. Pero será imposible vivir todo aquello que he vivido contigo.

—Encontrarás otras emociones. Y que sepas, aunque no lo creas, que te amé mientras estábamos juntos.

—Estoy segura, pero eso no disminuye en nada mi dolor. Mañana iremos en taxis separados: detesto las despedidas, principalmente en aeropuertos o estaciones de tren.

El retorno a Ítaca

—Hoy dormiremos aquí y mañana seguiremos a caballo. Mi coche no puede rodar por la arena de la estepa.

Estábamos en una especie de búnker que parecía haber quedado de la segunda guerra mundial. Un hombre, su mujer y su nieta nos dieron la bienvenida y nos mostraron un cuarto sencillo, pero limpio.

Dos continuó:

—Y no te olvides: escoge un nombre.

—No creo que eso importe —dijo Mikhail.

—Claro que importa —insistió Dos—. He estado con su mujer recientemente. Sé cómo piensa, sé lo que ha descubierto, sé lo que espera.

La voz de Dos era gentil y aseverativa al mismo tiempo. Sí, iba a escoger un nombre, iba a hacer exactamente aquello que me sugería, iba a seguir dejando mi historia personal de lado y entrar en mi leyenda, aunque sólo fuese por puro cansancio.

Estaba exhausto, sólo había dormido dos horas la noche anterior: mi cuerpo todavía no había conseguido adaptarse a la terrible diferencia horaria. Había llegado a Almaty a eso de las once de la noche —hora local— cuando en Francia eran las seis de la tarde. Mikhail me había dejado en el hotel, dormité un poco, me desperté de madrugada, vi las luces allá abajo, pensé que en París era hora de salir a cenar, tenía hambre, pregunté si el servicio de habitaciones del hotel podía servirme algo: «Claro, pero debe usted hacer un esfuerzo e intentar dormir, o su organismo seguirá con los mismos horarios de Europa.»

Para mí, la mayor tortura que hay es intentar dormir; comí un sándwich y decidí caminar. Le hice la pregunta que siempre le hago al recepcionista del hotel: «¿Es peligroso salir a esta hora?» Él dijo que no, y yo comencé a pasear por aquellas calles vacías, los callejones estrechos, las avenidas largas, una ciudad como cualquier otra, con sus letreros luminosos, sus coches de policía pasando de vez en cuando, un mendigo aquí, una prostituta allí. Necesitaba repetir constantemente en voz alta: «¡Estoy en Kazajstán!» O acabaría creyendo que era simplemente un barrio de París que no conocía bien.

«¡Estoy en Kazajstán!», le decía a la ciudad desierta, hasta que una voz me respondió:

—Claro que está usted en Kazajstán.

Me llevé un susto. A mi lado, sentado en un banco a aquella hora de la noche, había un hombre con una mochila junto a él. Se levantó, se presentó como Jan, dijo que había nacido en Holanda y completó:

—Y sé lo que ha venido a hacer aquí.

¿Un amigo de Mikhail? ¿Alguien de la policía secreta que me estaba siguiendo?

—¿Qué he venido a hacer?

—Lo mismo que estoy haciendo yo desde Estambul, en Turquía: recorrer la Ruta de la Seda.

Suspiré aliviado. Y decidí continuar la conversación.

—¿A pie? Por lo que veo, está atravesando toda Asia.

—Lo necesitaba. No estaba contento con mi vida, tengo dinero, mujer, hijos, soy dueño de una fábrica de medias en Rotterdam. Durante un período, sabía por qué estaba luchando: la estabilidad de mi familia. Ahora ya no lo sé; todo lo que antes me alegraba hoy me produce tedio, aburrimiento. En nombre de mi matrimonio, del amor por mis hijos, de mi entusiasmo por el trabajo, he decidido dedicarme dos meses a mí mismo, a ver mi vida desde lejos. Está dando resultado.

—He estado haciendo lo mismo estos últimos meses. ¿Hay muchos peregrinos?

—Muchos. Muchísimos. También hay problemas de seguridad, ya que ciertos países están en una situación política muy complicada, y detestan a los occidentales. Pero todos se comportan: en todas las épocas, creo que los peregrinos son respetados, después de demostrar que no son espías. Pero, por lo que veo, no es ése su objetivo: ¿qué hace en Almaty?

—Lo mismo que usted: he venido a terminar un camino. ¿No ha conseguido dormir tampoco?

—Acabo de despertarme. Cuanto más temprano salga, más posibilidades tengo de llegar a la siguiente ciudad; en caso contrario, tendré que pasar la noche siguiente en el frío de la estepa, con el viento que nunca cesa.

—Buen viaje, entonces.

—Quédese un poco más: necesito hablar, compartir mi experiencia. La mayoría de los peregrinos no hablan inglés.

Y empezó a contarme su vida, mientras yo intentaba recordar lo que sabía de la Ruta de la Seda, la antigua vía de comercio que unía Europa con los países de Oriente. El camino más tradicional partía de Beirut, pasaba por Antioquía y llegaba hasta orillas del río Amarillo, en China, pero en Asia Central se convertía en una especie de red, con carreteras hacia muchas direcciones, lo que permitió el establecimiento de puestos de comercio, que más tarde se convertirían en ciudades, que serían destruidas por luchas entre tribus rivales, reconstruidas por sus habitantes, nuevamente destruidas y, una vez más, resucitadas. Aunque por allí circulara prácticamente de todo —oro, animales exóticos, marfil, semillas, ideas políticas, grupos de refugiados de las guerras civiles, bandidos armados, ejércitos privados para proteger las caravanas—, la seda era el producto más escaso, y también el más deseado. El budismo viajó desde China hasta la India gracias a una de las ramificaciones de la ruta.

—Salí de Antioquía con sólo doscientos dólares —dijo el holandés, después de describir montañas, paisajes, tribus exóticas, constantes problemas con patrullas y policías de diversos países–. No sé si entiende lo que quiero decir, pero necesitaba saber si era capaz de volver a ser quien soy.

–Lo entiendo más de lo que piensa.

–Me vi obligado a mendigar, a pedir: para mi sorpresa, la gente es mucho más generosa de lo que imaginaba.

¿Mendigar? Miré cuidadosamente su mochila y su ropa para ver si encontraba el símbolo de la «tribu», pero no vi nada.

–¿Ha estado alguna vez en un restaurante armenio en París?

–He estado en muchos restaurantes armenios, pero nunca en París.

–¿Conoce a alguien llamado Mikhail?

–Es un nombre muy común en esta región. Si lo conozco, no me acuerdo, y sintiéndolo mucho, no puedo ayudarlo.

–No se trata de eso. Simplemente me sorprenden ciertas coincidencias. Parece que mucha gente, en muchos lugares del mundo, está tomando conciencia de lo mismo y comportándose de manera muy semejante.

–La primera sensación, cuando iniciamos este tipo de viaje, es creer que no vamos a llegar nunca. La segunda es sentirse inseguro, abandonado, y pensar día y noche en desistir. Pero si aguanta una semana, llegará hasta el final.

–He peregrinado por las calles de una misma ciudad, pero hasta ayer no llegué a un sitio diferente. ¿Puedo bendecirlo?

Me miró de manera extraña.

–No viajo por motivos religiosos. ¿Es usted cura?

–No soy cura, pero he sentido que debía hacerlo. Como sabe, ciertas cosas no tienen mucha lógica.

El holandés llamado Jan, que yo nunca más volvería a ver en esta vida, bajó la cabeza y cerró los ojos. Yo puse mis manos sobre sus hombros, y usando mi lengua natal –que él nunca podría entender–, pedí que llegase a su destino con seguridad, que dejase en la Ruta de la Seda la tristeza y la sensación de que la vida no tiene sentido, y que volviese a su familia con el alma limpia y los ojos brillantes.

Él me dio las gracias, cogió su mochila y volvió a caminar. Regresé al hotel pensando que jamás, en toda mi vida, había bendecido a nadie. Pero había seguido un impulso, y el impulso estaba bien, mi plegaria sería atendida.

Al día siguiente, Mikhail apareció con un amigo llamado Dos, que iba a acompañarnos. Dos tenía un coche, conocía a mi mujer, conocía las estepas y también quería estar cerca cuando llegase a la aldea en la que se encontraba Esther.

Pensé en quejarme: antes era Mikhail, ahora su amigo, y cuando por fin llegase al final, habría un grupo inmenso siguiéndome, aplaudiendo o llorando, dependiendo de lo que me esperaba. Pero estaba demasiado cansado para decir nada; al día siguiente cobraría la promesa que me habían hecho: no dejar que nadie fuese testigo de aquel momento.

Entramos en el coche y seguimos algún tiempo por la Ruta de la Seda. Me preguntaron si sabía lo que era, respondí que me había encontrado a un peregrino aquella noche, y ellos dijeron que ese tipo de viaje se estaba haciendo cada vez más común, pronto empezaría a beneficiar a la industria turística del país.

Dos horas después dejamos la carretera principal para seguir por una carretera secundaria, hasta parar en el búnker en el que estábamos ahora comiendo pescado, escuchando el viento suave que sopla de la estepa.

—Esther fue muy importante para mí —explicó Dos, enseñándome la foto de uno de sus cuadros, donde podía ver uno de los trozos de tela manchada de sangre—. Yo soñaba con salir de aquí, como Oleg...

—Mejor llámame Mikhail o se va a hacer un lío.

—Soñaba con salir de aquí, como mucha gente de mi edad. Un día, Oleg, o mejor dicho, Mikhail, me llamó por teléfono. Dijo que su benefactora había decidido pasar algún tiempo en la estepa y quería que yo la ayudase. Acepté, creyendo que allí estaba mi oportunidad y que conseguiría los mismos favores: visado, pasaje y trabajo en Francia. Me pidió que la llevase a una aldea muy aislada, que ella había conocido en una de sus visitas.

»No pregunté la razón, simplemente obedecí. En el camino, insistió en que pasásemos por la casa de un nómada al que había visitado años antes: para mi sorpresa, ¡quería ver a mi abuelo! Fue recibida con la hospitalidad de aquellos que viven en este espacio infinito. Él le dijo que pensaba que estaba triste, pero en verdad su alma estaba alegre, libre, la energía del amor volvía a circular. Le aseguró que eso afectaría al mundo entero, incluso a su marido. Le enseñó muchas cosas sobre la cultura de la estepa y me pidió que le enseñase el resto. Finalmente, decidió que ella podía seguir teniendo el mismo nombre, al contrario de lo que manda la tradición.

»Y mientras ella aprendía con mi abuelo, yo aprendía con ella, y entendí que no tenía que viajar lejos, como Mikhail: mi misión es estar en este espacio vacío, en la estepa, comprender sus colores, convertirlos en cuadros.

—No entiendo muy bien esa historia de enseñarle cosas a mi mujer. Tu abuelo había dicho que debemos olvidarlo todo.

—Mañana te lo enseño —dijo Dos.

Y al día siguiente me lo enseñó, sin necesidad de decirme nada. Vi la estepa sin fin, que parecía un desierto, pero que estaba llena de vida escondida entre la baja vegetación. Vi el horizonte plano, el enorme espacio vacío, el ruido de los cascos de los caballos, el viento calmado, y nada, absolutamente nada, a nuestro alrededor. Como si el mundo hubiese escogido aquel lugar para demostrar su inmensidad, su simplicidad y su complejidad al mismo tiempo. Como si pudiésemos —y debiésemos— ser como la estepa, vacíos, infinitos y llenos de vida al mismo tiempo.

Miré al cielo azul, me quité las gafas oscuras que llevaba, me dejé inundar por aquella luz, por aquella sensación de que estaba en ningún sitio y en todos los sitios al mismo tiempo. Cabalgamos en silencio, parando sólo para dar de beber a los caballos en regatos que sólo el que conocía el lugar sabía cómo localizar. De vez en cuando, surgían otros jinetes en la distancia, pastores con sus rebaños, encajados entre la planicie y el cielo.

¿Hacia dónde iba? No tenía la menor idea, y no me importaba; la mujer que estaba buscando se encontraba en aquel espacio infinito, podía tocar su alma, escuchar la melodía que cantaba mientras hacía las alfombras. Ahora entendía por qué había escogido ese sitio: nada absolutamente nada que distrajese su atención, el vacío que tanto había buscado, el viento que barrería poco a poco su dolor. ¿Se imaginaría ella que un día yo estaría aquí, a caballo, yendo a su encuentro?

La sensación del Paraíso desciende de los cielos. Y yo soy consciente de que estoy viviendo un momento inolvidable en mi vida, esa conciencia que muchas veces alcanzamos después de que el momento mágico ya haya pasado. Estoy allí, sin pasado, sin futuro, enteramente concentrado en aquella mañana, en la música de las patas de los caballos, en la dulzura con la que el viento acaricia mi cuerpo, en la gracia inesperada de contemplar el cielo, la Tierra y los hombres. Entro en una especie de adoración, de éxtasis, de gratitud por estar vivo. Rezo en voz baja, escuchando la voz de la naturaleza y entendiendo que el mundo invisible siempre se manifiesta en el mundo visible.

Le hago algunas preguntas al cielo, las mismas preguntas que le hacía a mi madre cuando era niño: «¿Por qué amamos a ciertas personas y detestamos a otras?» «¿Adónde vamos después de la muerte?» «¿Por qué nacemos si al final morimos?» «¿Qué significa Dios?»

La estepa me responde con su murmullo constante del viento. Y eso basta: saber que las preguntas fundamentales de la vida jamás serán respondidas, pero que, aun así, podemos seguir adelante.

Cuando aparecieron algunas montañas en el horizonte, Dos nos pidió que parásemos. Vi que había un regato a su lado.

—Vamos a acampar aquí.

Descargamos las mochilas de los caballos y montamos la tienda. Mikhail se puso a cavar un agujero en el suelo:

—Así lo hacen los nómadas: cavan un agujero, llenan el fondo con piedras, ponen más piedras en los bordes y un sitio para encender la hoguera sin que el viento los moleste.

Al sur, entre las montañas y nosotros, apareció una nube de polvo, que, entendí al momento, estaba causada por el galope de caballos. Llamé la atención hacia lo que estaba viendo; mis dos compañeros se levantaron bruscamente y noté que se ponían tensos. Pero al momento dijeron unas palabras entre sí en ruso, se relajaron, y Dos volvió a montar la tienda, mientras Mikhail encendía la hoguera.

—¿Me puedes explicar qué pasa?

—Aunque parezca que estamos rodeados de espacio vacío, ¿te has dado cuenta de que hemos pasado junto a varios pastores, ríos, tortugas, zorros y jinetes? Y aunque tengas la impresión de verlo todo a tu alrededor, ¿de dónde sale esta gente? ¿Dónde están sus casas? ¿Dónde guardan sus rebaños?

»Esta idea de vacío es una ilusión: estamos constantemente observando y siendo observados. Para un extranjero que no es capaz de leer las señales de la estepa, todo está bajo control, y todo lo que ve son los caballos y los jinetes.

»Para nosotros, que hemos sido educados aquí, sabemos ver las *yurtas*, las casas circulares que se mezclan con el paisaje. Sabemos leer lo que sucede, observando cómo se mueven y qué dirección toman los jinetes; antiguamente, la supervivencia de la tribu dependía de esta capacidad, pues había enemigos, invasores y contrabandistas.

»Y ahora, la mala noticia: han descubierto que nos dirigimos hacia la aldea que hay cerca de aquellas montañas, y envían gente a matar al hechicero que ve apariciones de niñas y al hombre que viene a perturbar la paz de la mujer extranjera.

Soltó una carcajada.

—Espera, dentro de un poco lo entenderás.

Los jinetes se acercaban. Al poco tiempo ya podía distinguir lo que estaba sucediendo.

—No me parece normal. Es una mujer perseguida por un hombre.

—No es normal, pero forma parte de nuestras vidas.

La mujer pasó junto a nosotros empuñando un largo látigo, soltó un grito y le dirigió una sonrisa a Dos —como una especie de saludo de bienvenida—, y empezó a galopar en círculos alrededor del lugar en el que estábamos preparando el campamento. El hombre, sudando pero sonriente, también nos saludó rápidamente, mientras intentaba acompañar a la mujer.

—Nina debería ser más grande —dijo Mikhail—. No le hace falta.

—Justamente por eso: como no le hace falta, no tiene que ser amable —respondió Dos—. Ser bella y tener un buen caballo es suficiente.

—Pero lo hace con todo el mundo.

—Yo la desmonté —dijo Dos, orgulloso.

—Si estáis hablando en inglés, será porque queréis que yo comprenda.

La mujer reía, cabalgaba cada vez más de prisa, y sus risas llenaban la estepa de alegría.

—Es simplemente una forma de seducción. Se llama *Kyz Kuu* o «derribar a la chica». Todos nosotros, en algún momento de nuestra infancia o juventud, hemos participado en el juego.

El hombre que la perseguía estaba cada vez más cerca, pero todos nosotros podíamos ver que su caballo ya no aguantaba.

—Más tarde, te hablaré un poco sobre el *tengri*, la cultura de la estepa —continuó Dos—. Pero como estás viendo esta escena, déjame explicarte algo muy importante: aquí, en esta tierra, quien manda es la mujer. Siempre la dejan pasar. Recibe la mitad de la dote, aunque la decisión del divorcio haya sido suya. Cada vez que un hombre ve a una mujer que lleva turbante blanco, eso significa que es madre, tenemos que poner nuestra mano en el corazón y bajar la cabeza en señal de respeto.

—¿Y qué tiene eso que ver con «desmontar a la chica»?

—En la aldea que está al pie de las montañas, un grupo de hombres se reunió con esta chica, que se llama Nina, la más deseada de la región. Empezaron este juego, *Kyz Kuu*, creado en tiempos ancestrales, cuando las mujeres de la estepa, llamadas amazonas, también eran guerreras.

»En aquella época nadie pedía permiso a la familia para casarse: los pretendientes y la chica se reunían en un lugar determinado, todos a caballo. Ella daba algunas vueltas alrededor de los hombres, riendo, provocando, hiriéndolos con el látigo. Hasta que el más valiente de todos decidía perseguirla. Si conseguía escapar durante un tiempo determinado, ese chico debía pedir a la tierra que se lo tragase para siempre; sería considerado un mal jinete, la peor vergüenza para un guerrero.

»Si conseguía acercarse a ella, enfrentarse al látigo y tirarla al suelo, era un hombre de verdad, podía besarla y casarse con ella. Claro que, tanto en el pasado como en el presente, las chicas sabían de quién escapar y por quién dejarse capturar.

Por lo visto, Nina sólo quería divertirse. Volvió a ganarle distancia al chico y regresaba a la aldea.

—Sólo ha venido para exhibirse. Sabe que estamos llegando y ahora va a dar la noticia.

—Tengo dos preguntas. La primera puede parecer una tontería: ¿todavía escogen a sus novios así?

Dos dijo que hoy en día eso era sólo un juego. Igual que la gente en Occidente se viste de determinada manera y va a bares y a lugares de moda, en la estepa el juego de la seducción era el *Kyz Kuu*. Nina ya había humillado a un gran número de chicos, y ya se había dejado desmontar por algunos (como sucede en las mejores discotecas del mundo).

—La segunda pregunta os parecerá más idiota todavía: ¿es en la aldea que está al lado de las montañas donde está mi mujer?

Dos asintió con la cabeza.

—Y si estamos a tan sólo dos horas, ¿por qué no dormimos allí? Todavía falta mucho para que se haga de noche.

–Estamos a dos horas y hay dos motivos. El primero: aunque Nina no hubiese venido hasta aquí, alguien ya nos habría visto y se encargaría de decirle a Esther que estamos llegando. Así, ella puede decidir si nos quiere ver o si desea marcharse durante algunos días a una aldea vecina; en ese caso, nosotros no la seguiremos.

Mi corazón se encogió.

–¿Después de todo lo que he hecho para llegar hasta aquí?

–No repitas eso o no habrás entendido nada. ¿Qué te hace pensar que tu esfuerzo debe ser recompensado con la sumisión, el agradecimiento y el reconocimiento de la persona que amas? Has llegado hasta aquí porque éste era tu camino, no para comprar el amor de tu mujer.

Por más injusto que pudiera parecer, él tenía razón. Pregunté cuál era el segundo motivo.

–Todavía no has escogido tu nombre.

–Eso no es importante –insistió de nuevo Mikhail–. Él no entiende ni forma parte de nuestra cultura.

–Es importante para mí –dijo Dos–. Mi abuelo me dijo que yo debía proteger y ayudar a la mujer extranjera, de la misma manera que ella me protegía y me ayudaba. Lc debo a Esther la paz de mis ojos, y quiero que sus ojos estén en paz.

»Tendrá que escoger un nombre. Tendrá que olvidar para siempre su historia de dolor y de sufrimiento, y aceptar que es una persona nueva, que acaba de renacer, y que renacerá todos los días de aquí en adelante. Si no es así, en caso de que vuelvan a vivir juntos, se cobrará todo lo que un día sufrió por culpa de ella.

–Ya escogí un nombre anoche –respondí.

–Pues espera al crepúsculo para decírmelo.

En cuanto el sol se acercó al horizonte, fuimos a un lugar de la estepa que era prácticamente un desierto, con gigantescas montañas de arena. Empecé a oír un murmullo diferente, una especie de eco, de vibración intensa. Mikhail dijo que aquél era uno de los pocos lugares del mundo en el que las dunas cantaban.

—Cuando estaba en París y lo conté, sólo me creyeron porque un norteamericano dijo que él había visto lo mismo en el norte de África; sólo hay treinta lugares como éste en todo el mundo. Hoy en día, los técnicos lo explican todo: a causa de la formación única del lugar, el viento penetra en los granos de arena y crea este tipo de sonido. Sin embargo, para los ancianos, es uno de los lugares mágicos de la estepa, es un honor que Dos haya decidido hacer aquí tu cambio de nombre.

Empezamos a subir una de las dunas, y a medida que progresábamos, el sonido se iba haciendo más intenso y el viento más fuerte. Cuando llegamos arriba, podíamos ver las montañas más nítidamente al sur y la gigantesca planicie a nuestro alrededor.

—Gírate hacia el poniente y quítate la ropa —me pidió Dos.

Hice lo que me mandaba sin preguntar la razón. Empecé a sentir frío, pero ellos no parecían preocupados por mi bienestar. Mikhail se arrodilló, y creo que comenzó a rezar. Dos miró al cielo, hacia la tierra, hacia mí, poniendo las manos en mi hombro, de la misma manera que yo había hecho, sin saber, con el holandés.

—En nombre de la Señora, yo te consagro. Te consagro a la Tierra, que es la Señora. En nombre del caballo, yo te consagro. Te consagro al mundo, y le pido que te ayude a caminar. En nombre de la estepa, que es infinita, yo te consagro. Te consagro a la Sabiduría infinita, y le pido que tu horizonte sea más amplio que aquello que eres capaz de ver. Has escogido tu nombre, y ahora lo vas a pronunciar por primera vez.

—En nombre de la estepa infinita, escojo un nombre —respondí, sin preguntar si me estaba comportando como exigía el ritual, pero guiado por el sonido del viento de las dunas.

»Hace muchos siglos, un poeta describió la peregrinación de un hombre, Ulises, para volver hasta una isla llamada Ítaca, donde lo espera su amada. Ulises se enfrenta a muchos peligros, desde tempestades hasta tentaciones. En un determinado momento, cuando está en una cueva, se encuentra un monstruo con un único ojo en la frente.

»El monstruo le pregunta su nombre: «Nadie», responde Ulises. Luchan, él consigue atravesar el único ojo del monstruo con la espada y cierra la cueva con una roca. Sus compañeros oyen gritos y van a socorrerlo. Al ver que hay una roca en la entrada, le preguntan quien está con él. «¡Nadie! ¡Nadie!», contesta el monstruo. Los compañeros se van, ya que no hay ninguna amenaza para la comunidad, y Ulises puede seguir su camino hacia la mujer que lo espera.

—¿Tu nombre es Ulises?

—Mi nombre es Nadie.

Me temblaba el cuerpo, como si varias agujas estuviesen penetrando en mi piel.

—Concéntrate en el frío, hasta que pares de temblar. Deja que él ocupe todo tu pensamiento, hasta que no quede espacio para nada más, hasta que se transforme en tu compañero y amigo. No intentes controlarlo. No pienses en el sol o será mucho peor, porque sabrás que hay otras cosas, como el calor, y de esta manera el frío sentirá que no es deseado ni querido.

Mis músculos se contraían y se distendían para producir energía, y de esta manera conseguir mantener mi organismo vivo. Pero hice lo que Dos me mandaba, porque confiaba en él, en su calma, en su ternura, en su autoridad. Dejé que las agujas penetrasen en mi piel, que mis músculos se debatiesen, que mis dientes castañeteasen, mientras repetía mentalmente: «No luchéis; el frío es nuestro amigo.» Los músculos no obedecieron, y así permanecimos durante quince minutos, hasta que perdieron fuerza, dejaron de sacudir mi cuerpo y noté una especie de letargo; intenté sentarme, pero Mikhail me agarró y me mantuvo de pie mientras Dos hablaba conmigo. Sus palabras parecían venir de muy lejos, de algún lugar donde la estepa encuentra el cielo:

—Sé bienvenido, nómada que cruza la estepa. Sé bienvenido al lugar donde siempre decimos que el cielo es azul, aunque esté gris, porque sabemos el color que hay más allá de las nubes. Sé bienvenido a la región del *tengri*. Sé bienvenido a mí, que estoy aquí para recibirte y honrarte por tu búsqueda.

Mikhail se sentó en el suelo y me pidió que bebiese algo que en seguida me calentó el cuerpo. Dos me ayudó a vestirme, bajamos las dunas que hablaban entre sí, montamos y volvimos al campamento improvisado. Justo antes de que empezasen a cocinar, caí en un sueño profundo.

—¿Qué es eso? ¿Todavía no ha amanecido?

—Ha amanecido hace rato: es simplemente una tempestad de arena, no te preocupes. Ponte las gafas oscuras, protégete los ojos.

—¿Dónde está Dos?

—Ha regresado a Almaty. Me conmovió la ceremonia de ayer: en verdad, no tenía que hacerlo. Para ti debió de ser una pérdida de tiempo y la posibilidad de coger una neumonía. Espero que entiendas que fue su manera de demostrarte que eres bienvenido. Coge el aceite.

—He dormido más de lo que debería.

—Sólo son dos horas a caballo. Llegaremos allí antes de que el sol esté en lo alto del cielo.

—Tengo que darme un baño. Tengo que cambiarme de ropa.

—Imposible: estás en medio de la estepa. Pon el aceite en la tartera, pero antes ofréceselo a la Señora; es el producto más valioso después de la sal.

—¿Qué es «*tengri*»?

—La palabra significa «el culto del cielo», una especie de religión sin religión. Por aquí pasaron los budistas, los hinduistas, los católicos, los musulmanes, las sectas, las creencias, las supersticiones. Los nómadas se convertían para evitar la represión, pero seguían y siguen profesando sólo la idea de que la Divinidad está en todos los lugares, todo el tiempo. No se puede sacar de la naturaleza y ponerla en libros o entre cuatro paredes. Desde que pisé esta tierra, me siento mejor, como si realmente necesitase este alimento. Gracias por dejarme venir contigo.

—Gracias por haberme presentado a Dos. Ayer, mientras me consagraba, sentí que es una persona especial.

—Aprendió con su abuelo, que aprendió de su padre, y así sucesivamente. El estilo de vida de los nómadas y la ausencia de una lengua escrita hasta el final del siglo xix desarrollaron la tradición del *akyn*, la persona que debía acordarse de todo y transmitir las historias. Dos es un *akyn*.

»Sin embargo, cuando digo «aprender», espero que no entiendas «acumular conocimiento». Las historias tampoco tienen que ver con fechas, nombres o hechos reales. Son leyendas de héroes y heroínas, animales y batallas, símbolos de la esencia del hombre, no sólo de sus hechos. No es la historia de vencedores o vencidos, sino de gente que camina por el mundo, contempla la estepa y se deja tocar por la energía del amor. Echa el aceite más despacio o salpicará por todos lados.

—Me sentí bendecido.

—Me gustaría sentirme de la misma manera. Ayer fui a visitar a mi madre a Almaty; me preguntó si estaba bien, si ganaba dinero. Le mentí, le dije que estaba muy bien, que presentaba un espectáculo teatral de gran éxito en París. Hoy vuelvo a mi pueblo, parece que me fui ayer y que durante todo el tiempo que he estado fuera no he hecho nada importante. Hablo con los mendigos, ando con las tribus, celebro las reuniones en el restaurante, ¿y cuál es el resultado? Ninguno. No soy como Dos, que aprendió de su abuelo. Sólo tengo a la presencia para que me guíe, y a veces pienso que no son más que alucinaciones: tal vez lo que tenga sean realmente ataques epilépticos, y nada más.

—Hace un minuto me estabas agradeciendo que hubiera venido conmigo, y ahora parece que eso te hace infeliz. Decide qué es lo que sientes.

—Siento las dos cosas, no tengo que decidir; puedo navegar entre mis paradojas, entre mis contradicciones.

—Quiero decirte algo, Mikhail. También he navegado entre muchas paradojas desde que te conocí. Empecé odiándote, pasé a aceptarte, y a medida que seguía tus pasos, esa aceptación se convirtió en respeto. Todavía eres joven, y lo que sientes es absolutamente normal: impotencia. No sé a cuántas personas habrá afectado tu trabajo hasta ahora, pero te puedo asegurar una cosa: has cambiado mi vida.

—Tu interés era sólo encontrar a tu mujer.

—Sigue siéndolo. Pero me ha hecho atravesar más que las estepas de Kazajstán: he caminado por mi pasado, he visto dónde me equivoqué, he visto dónde paré, he visto el momento en el que perdí a Esther, el momento que los indios mexicanos llaman «el acomodador». He vivido cosas que jamás imaginé que podría experimentar a mi edad. Todo porque tú estabas a mi lado y me guiabas, aun sin ser consciente de ello. ¿Sabes qué más? Creo que oyes voces. Creo que tuviste visiones cuando eras niño. Siempre he creído en muchas cosas, y ahora creo más todavía.

—No eres la misma persona que conocí.

—No. Espero que Esther se ponga contenta.

—¿Tú estás contento?

—Claro.

—Entonces eso es suficiente. Vamos a comer. Esperaremos a que la tempestad amaine y seguiremos adelante.

—Enfrentémonos a la tempestad.

—Está bien, como quieras. La tempestad no es una señal, es simplemente la consecuencia de la destrucción del mar de Aral.

La furia del viento está disminuyendo y los caballos parecen andar más rápido. Entramos por una especie de valle y el paisaje cambia completamente: el horizonte infinito ha sido sustituido por rocas altas y sin vegetación. Miro hacia la derecha y veo un arbusto lleno de cintas atadas.

—¡Fue aquí! Fue aquí donde viste...

—No. El mío fue destruido.

—¿Entonces eso qué es?

—Un sitio en el que debe de haber sucedido algo muy importante.

Desmonta, abre la mochila, saca una navaja, corta un trozo de la manga de su camisa y la ata a una de las ramas. Sus ojos cambian, puede ser que la presencia esté a su lado, pero no quiero preguntar nada.

Hago lo mismo. Pido protección, ayuda, también siento una presencia a mi lado: mi sueño, mi largo viaje de vuelta hasta la mujer que amo.

Volvemos a montar. Él no me habla de su petición, y yo tampoco le comento la mía. Cinco minutos después, aparece una pequeña aldea, con sus casas blancas. Un hombre nos espera. Se dirige a Mikhail y habla con él en ruso. Ambos discuten durante un momento y luego el hombre se va.

—¿Qué quería?

—Me pidió que fuese a su casa, a curar a su hija. Nina debió de decir que yo llegaba hoy, y la gente mayor todavía se acuerda de las visiones.

Él parece inseguro. No hay nadie más a la vista, debe de ser hora de trabajo o de descanso. Cruzamos la calle principal, que parece conducir a una casa blanca, en medio de un jardín.

—Recuerda lo que te dije esta mañana, Mikhail. Puede ser que simplemente seas alguien con epilepsia, que se niega a aceptar la enfermedad y que ha dejado que su inconsciente creara toda una historia al respecto. Pero también puede ser que tengas una misión en la Tierra: enseñarle a la gente a olvidar su historia personal, a ser más abierta al amor como energía pura, divina.

—No te entiendo. Durante todos estos meses, desde que nos conocimos, sólo has hablado de este momento, de encontrar a Esther. Y de repente, desde esta mañana, pareces más preocupado por mí que por cualquier otra cosa. ¿El ritual de Dos de anoche no habrá tenido algún efecto en ti?

—Estoy seguro de que sí.

Quería decir: «Siento pavor.» Quiero pensar en todo, menos en lo que va a suceder dentro de unos minutos. Hoy soy la persona más generosa sobre la faz de la Tierra, porque estoy cerca de mi objetivo. Tengo miedo de lo que me espera, entonces, mi manera de reaccionar es procurar servir a los demás, demostrarle a Dios que soy una buena persona, que merezco la bendición tan duramente perseguida.

Mikhail desmonta y me pide que haga lo mismo.

—Voy hasta la casa de ese hombre cuya hija está enferma; cuidaré de tu caballo mientras tú hablas con ella.

Señala la pequeña casa blanca en medio de los árboles.

—Allí.

Intento mantener el control a toda costa.

—¿Qué está haciendo ella?

—Como he dicho antes, aprende a hacer alfombras y a cam-

bio da clases de francés. Por cierto, son alfombras muy complicadas, aunque de apariencia simple, como la propia estepa: los
colorantes son de plantas que hay que cortar en el momento
preciso, o pierden sus cualidades. Luego, se extiende lana de
oveja en el suelo, se mezcla con agua caliente, se hacen hilos
mientras la lana está mojada, y después de muchos días, cuando
finalmente el sol lo seca todo, empieza el trabajo de tejer.

»Los adornos finales los hacen niños; la mano de los adultos
es muy grande para los pequeños y delicados bordados.

Hace una pausa y luego prosigue:

—Y no me vengas con tonterías sobre el trabajo infantil: es
una tradición que hay que respetar.

—¿Cómo está?

—No lo sé. No hablo con ella desde hace seis meses, más o
menos.

—Mikhail, eso es otra señal: las alfombras.

—¿Alfombras?

—¿Recuerdas que ayer, cuando Dos me pidió un nombre, le
conté la historia de un guerrero que vuelve a una isla en busca
de su amada? La isla se llama Ítaca, la mujer se llama Penélope.
Desde que Ulises se fue a la guerra, ¿a qué se dedica Penélope?
¡A tejer! Como él tarda más de lo que esperaba, todas la noches
ella deshace su trabajo y vuelve a tejerlo a la mañana siguiente.

»Los hombres quieren casarse con ella, pero ella sueña con
el regreso de aquel que ama. Finalmente, cuando se cansa de esperar y decide que será la última vez que hará su vestido, Ulises
llega.

—Lo que pasa es que el nombre de esta ciudad no es Ítaca. Y
ella no se llama Penélope.

Mikhail no ha entendido la historia, no vale la pena explicarle que yo simplemente estaba poniendo un ejemplo. Le doy
mi caballo y camino a pie los cien metros que me separan de la
que un día fue mi mujer, se convirtió en Zahir y ahora vuelve a
ser la amada que todos los hombres sueñan con encontrar cuando vuelven de la guerra o del trabajo.

Estoy hecho un asco. Tengo la ropa y la cara llenas de arena, y el cuerpo cubierto de sudor, aunque la temperatura sea muy baja.

Pienso en mi aspecto, la cosa más superficial del mundo, como si hubiese hecho este largo camino hasta mi Ítaca personal sólo para lucir ropa nueva. En estos cien metros que faltan, tengo que hacer un esfuerzo, pensar en todo lo importante que sucedió mientras ella —¿o yo?— estaba fuera.

¿Qué debo decir cuando nos veamos? He pensado muchas veces en eso, cosas del tipo «he esperado mucho tiempo este momento», o «he entendido que estaba equivocado», «he venido hasta aquí para decirte que te amo», o también «estás más guapa que nunca».

Me decido por «hola». Como si ella nunca se hubiese marchado. Como si sólo hubiera pasado un día, y no dos años, nueve meses, once días y once horas.

Ella tiene que entender que he cambiado, mientras caminaba por los mismos sitios en los que estuvo ella, y que yo nunca supe, o por los que nunca he sentido interés. Había visto el trozo de tela ensangrentada en la mano de un mendigo, de jóvenes y señores que acudían a un restaurante en París, de un pintor, de mi médico, de un chico que decía tener visiones y oír voces. Mientras seguía su pista, conocí a la mujer con la que me había casado, y redescubrí el sentido de mi vida, que había cambiado tanto, y ahora cambiaba otra vez.

Aunque casado desde hace tanto tiempo, nunca conocí bien a mi mujer: yo había creado una «historia de amor» igual que las que veía en las películas, leía en los libros, en las revistas o veía en los programas de televisión. En mi historia, el «amor» era algo que crecía, llegaba a un determinado tamaño, y a partir de ahí, era simplemente una cuestión de mantenerlo vivo como una planta, regándolo de vez en cuando, cortando las hojas secas. «Amor» era también sinónimo de ternura, de seguridad, de prestigio, de plenitud, de éxito. «Amor» se traducía en sonrisas, en palabras como «te amo» o «me encanta cuando llegas a casa».

Pero las cosas eran más complicadas que lo que yo pensaba: a veces, amaba a Esther perdidamente antes de cruzar una calle, y cuando llegaba a la acera del otro lado, ya me sentía prisionero, triste por haberme comprometido con alguien, loco por marcharme de nuevo en busca de aventura. Y pensaba «ya no la amo». Y cuando el amor volvía con la misma intensidad que antes, tenía dudas y me decía a mí mismo «creo que estoy acostumbrado».

Posiblemente, Esther tenía los mismos pensamientos, y podría decirse a sí misma: «Qué tontería, somos felices, podemos pasar el resto de la vida así.» Después de todo había leído las mismas historias, visto las mismas películas, seguido las mismas series de televisión, y aunque ninguno de ellos dijese que el amor era mucho más que un final feliz, ¿por qué no ser más tolerante consigo misma? Si repitiese todas las mañanas que estaba contenta con su vida, con toda seguridad acabaría no sólo creyéndolo, sino haciendo que todo el mundo a nuestro alrededor también lo creyese.

Pero pensaba de diferente manera. Reaccionaba de diferente manera. Intentó enseñarme, pero yo no fui capaz de ver; tuve que perderla para entender que el sabor de las cosas recuperadas es la miel más dulce que podemos probar. Ahora yo estaba allí, caminando por la calle de una pequeña ciudad, dormida, fría, recorriendo otra vez un camino por ella. El primer hilo de la red y el más importante que me ataba —«todas las historias de amor son iguales»— se rompió cuando fui atropellado por una moto.

En el hospital, el amor habló conmigo: «Yo soy el todo y la nada. Soy como el viento, y no soy capaz de entrar donde las ventanas y las puertas están cerradas.»

Le respondí al amor: «¡Pero yo estoy abierto para ti!»

Y él me dijo: «El viento está hecho de aire. En tu casa hay aire, pero está todo cerrado. Los muebles se van a llenar de polvo, la humedad acabará destruyendo los cuadros y manchando las paredes. Tú seguirás respirando, conocerás una parte de mí, pero yo no soy una parte, yo soy el Todo, y eso tú no lo vas a conocer nunca.»

Vi los muebles llenos de polvo, los cuadros pudriéndose a causa de la humedad, no tenía otra alternativa más que abrir las ventanas y las puertas. Al hacerlo, el viento lo barrió todo. Yo quería guardar mis memorias, proteger lo que creía haber conseguido con tanto esfuerzo, pero todo había desaparecido, yo estaba vacío como la estepa.

Una vez más entendía por qué Esther había decidido venirse aquí: vacío como la estepa.

Y como estaba vacío, el viento que entró trajo cosas nuevas, ruidos que no había oído, gente con la que jamás había hablado. Volví a sentir el mismo entusiasmo de antes porque me había liberado de mi historia personal, había destruido al «acomodador», había descubierto que era un hombre capaz de bendecir a los demás de la misma manera que los nómadas y los hechiceros de la estepa bendecían a sus semejantes. Descubrí que era mucho mejor y mucho más capaz de lo que yo mismo pensaba; la edad sólo disminuye el ritmo de aquellos que nunca han tenido el coraje de andar con sus propios pasos.

Un día, por culpa de una mujer, hice una larga peregrinación para encontrarme con mi sueño. Muchos años después, esa misma mujer me obligaba a andar de nuevo, esta vez para encontrarme con el hombre que se había perdido en el camino.

Ahora pienso en todo, menos en cosas importantes: canto mentalmente una canción, me pregunto a mí mismo por qué no hay coches aparcados, noto que el zapato me lastima y que el reloj de pulsera todavía marca la hora europea. Todo eso porque la mujer, mi mujer, mi guía y el amor de mi vida, ahora está tan sólo a unos pasos de distancia; cualquier asunto me ayuda a huir de la realidad que tanto he buscado pero a la que tengo miedo de enfrentarme.

Me siento en uno de los peldaños de la escalera de la casa, fumo un cigarrillo. Pienso en volver a Francia; ya he llegado a donde quería, ¿por qué seguir adelante?

Me levanto, las piernas me tiemblan. En vez de emprender el camino de vuelta, me sacudo lo mejor posible la arena de la ropa y de la cara, pongo la mano en el pomo de la puerta y entro.

Aunque sepa que tal vez haya perdido para siempre a la mujer que amo, tengo que esforzarme para vivir todas las gracias que Dios me ha concedido hoy. La gracia no puede ser economizada. No hay un banco donde pueda depositarla para utilizarla de nuevo cuando esté en paz conmigo mismo. Si no disfruto de estas bendiciones, las perderé irremediablemente.

Dios sabe que somos artistas de la vida. Un día nos da un martillo para esculpir, otro día pinceles y tinta para pintar un cuadro, o papel y lápiz para escribir. Pero nunca seré capaz de usar martillos en telas, ni pinceles en esculturas. Así que, a pesar de ser difícil, tengo que aceptar las pequeñas bendiciones de hoy, que me parecen maldiciones porque sufro y el día es bonito, el sol brilla, los niños cantan en la calle. Sólo así conseguiré salir de mi dolor y reconstruir mi vida.

El sitio estaba inundado de luz. Ella levantó los ojos cuando entré, sonrió, y siguió leyendo *Tiempo de romper, tiempo de coser* para las mujeres y los niños que estaban sentados en el suelo, con telas de colores a su alrededor. Cada vez que Esther hacía una pausa, ellos repetían el texto sin levantar los ojos del trabajo.

Sentí un nudo en la garganta, me controlé para no llorar, y a partir de ahí ya no sentí nada más. Simplemente me quedé mirando aquella escena, escuchando mis palabras en sus labios, rodeado de colores, de luz, de gente totalmente concentrada en lo que estaba haciendo.

Y, después de todo, como dice un sabio persa, el amor es una enfermedad de la cual nadie quiere librarse. El que ha sido atacado por ella no intenta restablecerse, y quien sufre no desea ser curado.

Esther cerró el libro. Ellos levantaron los ojos y me vieron.

—Voy a pasear con el amigo que acaba de llegar —le dijo al grupo—. La clase de hoy ha acabado.

Todos rieron y me saludaron. Ella vino hasta mí, me besó en la cara, me cogió por el brazo y salimos.

—Hola —dije.

—Te estaba esperando —me respondió ella.

La abracé, apoyé la cabeza en su hombro y empecé a llorar. Ella acariciaba mi pelo y, por la manera de tocarme, yo iba comprendiendo lo que no quería comprender, aceptando lo que no quería aceptar.

—He esperado de muchas maneras —dijo ella, al ver que las lágrimas iban disminuyendo—. Como la mujer desesperada que sabe que su marido jamás comprendió sus pasos y que nunca vendrá hasta aquí, por lo que tendrá que coger un avión y volver, para marcharse otra vez en la próxima crisis, y volver, y marcharse, y volver...

El viento había disminuido de intensidad, los árboles escuchaban lo que ella me decía.

—Esperé como Penélope esperaba a Ulises, como Romeo esperaba a Julieta, como Beatriz esperaba a Dante para que la rescatase. El vacío de la estepa estaba lleno de tus recuerdos, de los momentos que pasamos juntos, de los países que hemos visitado, de nuestras alegrías, de nuestras peleas. Entonces, miré hacia atrás, hacia el camino que mis pasos habían dejado, y no te vi.

»Sufrí mucho. Entendí que había hecho un camino sin retorno, y cuando reaccionamos así, sólo podemos seguir adelante. Fui a ver al nómada que había conocido, le pedí que me enseñase a olvidar mi historia personal, que me abriese al amor que está presente en todos los lugares. Empecé a aprender la tradición *tengri* con él. Un día, miré hacia un lado y vi este amor reflejado en un par de ojos: un pintor llamado Dos.

Yo no dije nada.

—Estaba muy dolida, no podía creer que fuese posible volver a amar otra vez. Él no me dijo mucho, sólo me enseñó a hablar ruso, y me contaba que en las estepas siempre usan la palabra «azul» para describir el cielo, aunque esté gris, porque saben que encima de las nubes sigue siendo azul. Me cogió de la mano y me ayudó a atravesar las nubes. Me enseñó a amar antes de amarlo. Me demostró que mi corazón estaba a mi servicio y al servicio de Dios, y no al servicio de los demás.

»Dijo que mi pasado me acompañaría siempre, pero que cuanto más me liberase de los hechos y me concentrase sólo en las emociones, entendería que en el presente hay siempre un espacio tan grande como la estepa para llenarlo con más amor y más alegría de vivir.

»Finalmente, me explicó que el sufrimiento nace cuando esperamos que los demás nos amen de la manera que imaginamos y no de la manera con la que el amor debe manifestarse: libre, sin control, guiándonos con su fuerza, impidiéndonos parar.

Retiré la cabeza de su hombro y la miré.

—¿Y tú lo amas?

—Lo amé.

—¿Sigues amándolo?

−¿Crees que sería posible? ¿Crees que, si amara a otro hombre, al saber que ibas a llegar, todavía estaría aquí?

−Creo que no. Creo que has pasado la mañana esperando a que la puerta se abriese.

−Entonces, ¿por qué me haces esas preguntas tan tontas?

Por inseguridad, pensé. Pero era genial que hubiera intentado encontrar de nuevo el amor.

−Estoy embarazada.

Fue como si el mundo se desplomase sobre mi cabeza, pero duró sólo un segundo.

−¿Dos?

−No. Alguien que vino y se marchó.

Reí, aunque tuviese el corazón encogido.

−Al fin y al cabo, no hay mucho que hacer en este fin del mundo −comenté.

−No es el fin del mundo −respondió Esther, riendo también.

−Pero tal vez sea el momento de volver a París. Me han llamado de tu trabajo para preguntar si sabía dónde podían encontrarte. Querían que hicieses un reportaje acompañando a una patrulla de la OTAN por Afganistán. Tienes que responder que no puedes.

−¿Por qué no puedo?

−¡Estás embarazada! ¿Quieres que el bebé empiece a recibir desde tan pronto las energías negativas de una guerra?

−¿El bebé? ¿Crees que me va a impedir trabajar? Y además, ¿por qué estás preocupado? ¡No es problema tuyo!

−¿No? ¿No fue gracias a mí que viniste a parar aquí? ¿O te parece poco?

Ella sacó del bolsillo de su vestido blanco un trozo de tela manchada de sangre y me lo dio con los ojos llenos de lágrimas.

−Es para ti. Echaba de menos nuestras peleas.

Y después de una pausa:

−Pídele a Mikhail que consiga otro caballo.

Me levanté, la agarré por los hombros y la bendije, de la misma manera que había sido bendecido yo.

Nota del autor

Escribí *El Zahir* mientras hacía mi propia peregrinación por este mundo, entre enero y junio de 2004. Partes del libro fueron escritas en París, St. Martin (Francia), Madrid, Barcelona, Amsterdam (Holanda), en una carretera (Bélgica), Almaty y en la estepa (Kazajstán).

Quiero agradecerles a mis editores franceses, Anne y Alain Carrière, que se hayan encargado de conseguir toda la información respecto a las leyes francesas citadas a lo largo del libro.

Leí por primera vez la mención al Banco de Favores en *La hoguera de las vanidades*, de Tom Wolfe. El libro que Esther leyó, y que cuenta la historia de Fritz y Hans en Tokio, es *Ishmael*, de Daniel Quinn. El místico que cita Marie, al referirse a la importancia de mantenernos atentos, es Kenan Rifai. La mayoría de los diálogos de la tribu en París me fueron relatados por jóvenes que forman parte de grupos semejantes. Algunos de ellos colgaron sus textos en internet, pero es imposible distinguir la autoría.

Los versos que el personaje principal aprendió en su infancia y vuelve a recordar cuando está en el hospital («Cuando la indeseada de las gentes llegue...») forman parte del poema *Consoada*, del brasileño Manuel Bandeira. Algunos de los comentarios de Marie, después de la escena en la que el personaje principal va a recibir a la estación de tren al actor, nacieron de una conversación con Agneta Sjodin, actriz sueca. El concepto de olvidar la historia personal, aunque forma parte de muchas tradiciones iniciáticas, está bien desarrollado en el libro *Viaje a Ix-tlán*, de Carlos Castaneda. La Ley dc Jante fue desarrollada por el escritor danés Aksel Sandemose en la novela *Un refugiado sobre sus límites*.

Dos personas que me honran mucho con su amistad, Dmitry Voskoboynikov y Evgenia Dotsuk, me facilitaron todos los pasos necesarios para visitar Kazajstán.

En Almaty pude conocer a Imangali Tasmagambetov, autor del libro *The Centaurs of the Great Steppe* y gran conocedor de la cultura local, que me dio una serie de datos importantes sobre la situación política y cultural de Kazajstán, en el pasado y en la actualidad. También le estoy agradecido al presidente de la república, Nursultan Nazarbaev, por la excelente acogida, y aprovecho para felicitarlo por no haber dado continuidad a las pruebas nucleares en su país, aunque tuviese toda la tecnología necesaria para hacerlo, y haber optado por eliminar todo su arsenal atómico.

Finalmente, les debo mucho de mi mágica experiencia en la estepa a tres personas que me acompañaron y que tuvieron mucha paciencia: Kaisar Alimkulov, Dos (Dosbol Kasymov), un pintor de gran talento en el cual me inspiré para el personaje del mismo nombre, que aparece al final del libro, y Marie Nimirovskaya, al principio sólo mi intérprete y poco tiempo después, mi amiga.

Índice

Dedicatoria   11

SOY UN HOMBRE LIBRE   15
LA PREGUNTA DE HANS   53
EL HILO DE ARIADNA 157
EL RETORNO A ÍTACA 255

Nota del autor 285